DIE RAÜBER DES KÖNIGS

HEISSER HISTORISCHER WIKINGERROMAN

WILDE WIKINGER-HERZEN
BUCH 2

PEYTON LAWSON

THYRA UND DIE RÄUBER DES KÖNIGS

HEISSER HISTORISCHER WIKINGERROMAN

PROLOG

Die Gewässer waren gnädig gewesen. Das Schiff segelte sanft von Dänemark ab ohne großes Aufheben, und ihre Reise würde am Morgen enden. Ihr Ziel war die dänische Siedlung an der schottischen Küste. Vor ihrer Abreise hatte die Runenmeisterin des Königs einen Sturm vorausgesagt. Die Gruppe war froh, dass sie falsch gelegen hatte. Der Himmel war klar, und eine warme Brise wehte durch die Luft.

Während die meisten Wikingerschiffe einfach, solide und zuverlässig waren, gemacht für schnelle und einfache Reisen und nicht dafür ausgelegt, durch unnötige Gegenstände beschwert zu werden, war ein vom König gesandtes Schiff dazu bestimmt, furchterregend zu sein. Der bloße Anblick löste oft zwei Reaktionen aus: Staunen und Ehrfurcht oder Angst und Schrecken. Das Schiff des Königs war außerordentlich groß, konzipiert, um seine eigenen persönlichen Streitkräfte und alles, was sie bei Raubzügen erbeuteten, zu transportieren.

Es war später Abend. Die Sonne hatte bereits begonnen unterzugehen und tauchte den Horizont in ein Feuer aus orangefarbenen und rosa Tönen, was darauf hindeutete, dass der folgende Morgen herrlich werden würde. Die Ruderer trieben das Schiff stetig durch die Meeresgewässer voran, während der Rest der Männer und Frauen an Bord sich entweder für die Nacht einrichteten oder dasaßen, Spiele spielten und tranken.

Außerhalb der Hörweite der Mannschaft standen am Bug sechs tapfere und furchteinflößende Krieger. Sie teilten dasselbe Ziel, einen Auftrag vom König. Aber selbst bei ihrer einfachen Reise liefen Frustrationen und Temperamente hoch. Sie stritten mit gedämpften Stimmen, um das wahre Ziel ihrer Mission von lauschenden Ohren fernzuhalten.

»Sei nicht töricht. Wir haben Informationen von einem der Männer des Jarls. Es ist klar, wir sollten nach Süden suchen«, argumentierte die einzige Frau in der Gruppe, Revna Antunson.

»Ich stimme Revna zu. Wir haben die Informationen aus einer zuverlässigen Quelle. Warum sollten wir sie also ignorieren und auf eine wilde Gänsejagd gehen?«, entgegnete Sven und nickte seiner Zwillingsschwester unterstützend zu.

Revna verdrehte die Augen. Ihr Bruder unterstützte sie oft und gab ihr immer ein bestätigendes Nicken zur Unterstützung. Sie brauchte es nicht. Sie war die Anführerin der Schildmaiden und hatte ihn mehrmals beim Üben besiegt. Sie schätzte seine fortwährende Unterstützung, aber in Momenten wie diesen fühlte es sich herablassend an. Es wurde immer mit ihrem üblichen Augenrollen quittiert.

»Die Antunsons haben recht. Was, wenn jemand anderes den Schatz findet, während wir anderen Spuren folgen? Der König wird unzufrieden sein, wenn wir bei dieser Mission scheitern«, sagte Toke Ketelsen. Revna und Sven waren beide überrascht von Tokes Unterstützung. Er stellte sich oft auf die Seite von jedem anderen außer Revna und kämpfte hart gegen jede ihrer Ideen.

»Ich denke, wir sollten zur Siedlung fahren und uns mit allem versorgen, was wir brauchen, bevor wir nach Süden aufbrechen. Unsere wahre Mission muss nicht entdeckt werden, wenn wir Höflichkeiten austauschen«, sagte Sven und blickte zu Revna. Ihre Arme waren vor der Brust verschränkt, eindeutig frustriert.

»Nein, wir sollten jetzt den Kurs ändern, bevor es zu spät ist, direkt zum Punkt fahren und dort sofort mit der Suche beginnen. Wir können zur Siedlung fahren, falls wir nichts finden«, argumentierte Revna zurück.

Die Gruppe stritt untereinander, bis die Stimmen lauter wurden. Es war Leif, der zuerst bemerkte, dass sie ungewollte Aufmerksamkeit auf sich zogen. Er räusperte sich und blickte sehr deutlich über seine Schulter zu einigen Männern, die am Mast saßen und Armdrücken spielten. Das Streiten der Gruppe hatte sie dazu gebracht, ihr Spiel zu vergessen und stattdessen anzuhalten und zu starren.

»Genug!«, donnerte Leif, jetzt da er ihre Aufmerksamkeit hatte. »Ich bin hier der Kommandant. Ich wurde vom König beauftragt, das Geld zu finden, das der Jarl gestohlen hat. Ich wurde beauftragt, es an diesen seltsamen und elenden Ufern zu finden und zu ihm zurückzubringen. Ich habe euch alle ausgewählt, weil ich glaube, dass es keine anderen Wikinger gibt, denen ich mehr vertraue oder die besser darin sind, Befehle zu befolgen.« Leif hielt seine Lautstärke niedrig, aber sein strenger Ton unterstrich seinen Punkt und brachte sie zum Schweigen.

Sven tauschte einen schuldigen Blick mit seiner Schwester, da beide wussten, dass keiner von ihnen dieses Vertrauen vollständig verdiente.

»Habe ich einen Fehler gemacht, als ich euch ausgewählt habe?«, fragte Leif nach einer bedeutungsvollen Pause. Die Gruppe stöhnte, einige murmelten halbherzig »Nein« als Antwort.

»Dann hört auf, euch wie zankende Kinder direkt von der Brust zu benehmen, und verhaltet euch wie die Krieger, die ihr seid«, sagte Leif, wobei sein Ton einen Hauch wärmer wurde, aber nicht weniger befehlend. »Wir haben hier zwei sehr gute Optionen. Lasst uns das ein für alle Mal klären. Eine Abstimmung«, Leif schaute jeden von ihnen der Reihe nach an. »Diejenigen, die dafür sind, den Kurs zu ändern und nach Süden zu fahren, sagen ›Ja‹.«

Revna und Toke meldeten sich sofort zu Wort. Revna schaute verärgert zu ihrem Bruder, der sich zuvor auf ihre Seite gestellt hatte.

Sven verzog das Gesicht. In letzter Zeit schien er seiner Schwester nichts recht machen zu können.

»Diejenigen, die dafür sind, zuerst zur Siedlung zu fahren, sagen ›Ja‹«, fuhr Leif fort.

Arne Wetsrip, Ullf Tranbarger und Sven Antunson sagten einstimmig »Ja«. Leif Gastausen nickte zustimmend und wandte sich an Sven.

»Was auch immer wir tun, wir müssen klug vorgehen. Wir dürfen keinen Verdacht erregen«, warnte Arne.

»Sven hat recht. Wenn wir zuerst zur Siedlung fahren, wird es so aussehen, als ob wir nur auf Wunsch des Königs nach Gesundheit und Wachstum schauen«, pflichtete Ulf bei.

Leif nickte zufrieden. »Dann ist die Sache geklärt. Wir setzen unseren Kurs zur schottischen Siedlung fort. Von dort aus speisen wir, füllen unsere Vorräte auf und brechen dann nach Süden auf. Es soll wie ein gewöhnlicher Besuch der Männer des Königs aussehen. Jetzt füllt eure Mägen und ruht euch aus. Wir haben einen geschäftigen Tag vor uns.«

Die Gruppe zerstreute sich, Arne und Ulf gingen unter Deck, um zu schlafen, und Leif gesellte sich zu der Gruppe am Mast. Sven ging zum Bug des Schiffes, um den letzten Abstieg der Sonne über dem Horizont zu beobachten.

»Du hast nicht vor, die Jürgensens über die Belohnung des Königs zu informieren, oder?«, fragte Revna ihren Bruder, als sie sich neben ihn stellte.

»Hältst du mich für einen Narren, Schwester? Die Belohnung unter sechs Leuten aufzuteilen, ist Teilung genug. Unsere Familie braucht dieses Geld. Außerdem werden wir, sobald wir unseren Anteil haben, nicht mehr durch das Schiff des Königs eingeschränkt sein. Wir können ein eigenes Schiff bauen. Die Welt wird uns gehören.« Sven sah nicht mehr das leere Meer, als er sprach, sondern stellte sich stattdessen sein eigenes Schiff vor, das auf diesen offenen Gewässern segelte.

Revna nickte zustimmend. Ihre Augen glitzerten in der untergehenden Sonne, was ihn fragen ließ, ob sie es auch sah.

»Wir sollten ihnen eigentlich danken«, sagte Sven mit einem schelmischen Grinsen.

Revna beäugte ihn mit Ärger und Verwirrung. »Und warum das?«

»Wenn sie bei Verstand gewesen wären, hätte der Jarl nicht aus dem Danegald stehlen können. Kein zu findender Schatz bedeutet keine Belohnung«, begann Sven.

Revna schüttelte den Kopf und wandte sich zum Gehen.

Svens Stirn runzelte sich bei der Erinnerung an all die bösen Taten des Jarls. Als er sprach, war es mehr zu sich selbst als zu ihr. »Unwissende, erbärmliche Narren, warum sollten sie überhaupt eine Belohnung bekommen? Sie haben den Jarl viel zu lange solch böse Gräueltaten begehen lassen«, sagte Sven und spuckte seinen Hass in diesem Wortschwall über Bord.

»Wie willst du die anderen davon abhalten, sie zu informieren? Arne und Ulf sind zwei der ehrlichsten Männer, die ich je getroffen habe. Toke ist ein Narr, der seinen Mund nicht halten kann, und Leif erhält seine Befehle vom König«, fragte Revna, während sie nach lauschenden Ohren Ausschau hielt.

Svan richtete sich auf. »Überlass sie mir, Schwester.« Er machte die Worte zu einem Schwur. »Ich nehme meinen Auftrag ernst, aber unsere Familie wird in meinen Augen immer an erster Stelle stehen.«

KAPITEL
EINS

»Schiff in Sicht!« rief eine Stimme von den Docks und informierte den Rest der Siedlung, dass Besucher angekommen waren. Es war kurz nach Sonnenaufgang, und die aufgehenden Farben der Sonne umrahmten das reisende Schiff in Schattierungen, die Feuer ähnelten und dem großen Gefährt ein durchaus furchterregendes Aussehen gaben.

»Benachrichtigt Sören und Ryker und die anderen«, sagte Thyra Bredahl und schickte den jungen Mann in die Siedlung, um die Jürgensens über die Neuankömmlinge zu informieren.

Thyra stand am entfernten Ende des Docks und beobachtete das Schiff. Nach der Katastrophe, die der Besuch des Jarls gewesen war, stand sie auf Abstand, Bogen in der Hand, Axt und Schwert an der Hüfte, bereit für jeden Kampf, der auf sie zukommen könnte. Als das Schiff anlegte und die Sonnenstrahlen die Sicht nicht mehr behinderten, konnte sie die Segel und befestigten Flaggen sehen, die im Wind wehten. Die Farben des Königs? Sie warf ihren Bogen über den Rücken und beobachtete, wie mehrere Wikinger von Bord gingen.

Fünf große Wikinger stolzierten stolz den Steg hinauf, dicht gefolgt von einer Schwertmaid. Die Frau sah genauso wild aus wie die Männer. Thyra war selbst eine Schwertmaid und wusste die offensichtliche Stärke der Frau zu schätzen. Die Männer hingegen beeindruckten Thyra nicht. Sie war genauso geschickt und stark wie jeder von ihnen und hatte mehrere erfolgreiche Schlachten hinter sich.

Da sie all das nichts anging, wollte sie gerade gehen, als einer der letzten Männer von Bord kam und ihre Aufmerksamkeit auf sich zog. Er war ein ziemlich großer Mann mit langen blonden Haaren, die geflochten und von seinem Gesicht weg nach hinten gebunden waren. Seine durchdringenden blauen Augen fesselten ihre Aufmerksamkeit, als er in ihre Richtung schaute.

Seine vollen Lippen, umrahmt von einem kleinen, gepflegten Bart, verzogen sich zu einem leicht höflichen Grinsen. Er neigte den Kopf, bevor er an ihr vorbei zu den verbliebenen Jurgenson-Brüdern weiterging. Thyra verfolgte, wie Sören und Ryker mit der Gruppe sprachen, bevor sie sich in Richtung der Rathütte begaben. Sie riss sich aus ihren Gedanken los, ihr Blick wanderte von den kräftigen, massigen Schultern des blonden Mannes zu seinem wohlgeformten, runden Hintern und seinen starken Beinen, was bewies, dass sie gegen seine Reize nicht völlig immun war. Etwas verärgert ging sie zu ihrer Hütte, genervt von sich selbst, weil sie hingeschaut hatte.

Ein paar Stunden vergingen. Die Ankunft der Neuankömmlinge hatte nichts mit ihr zu tun, und Thyra hatte ihren Tag sinnvoll verbracht. Sie hatte ihren Bogen neu bespannt, ihre Klingen geschärft und mit den jüngeren Schwertmaiden in Ausbildung trainiert.

»Gut gemacht, Kaja. Du machst große Fortschritte. Du wirst eine gute Schwertmaid sein, wenn deine Ausbildung abgeschlossen ist«, sagte Thyra mit einem Lächeln zu einer der jungen Frauen, mit denen sie arbeitete.

»Thyra«, rief eine Stimme hinter ihr. Thyra drehte sich um und sah Harold, einen der jüngeren Späher, der auf sie zueilte. »Sören lässt dich sofort rufen«, sagte er und wechselte ungeduldig von einem Fuß auf den anderen, während er darauf wartete, dass sie ihm folgte.

Thyra nickte und entließ die jungen Auszubildenden für den Tag, dann machte sie sich mit Harold auf den Weg zur Rathütte.

Bei ihrer Ankunft fand sie die Gruppe von zuvor in der Hütte sitzend vor, begleitet von Ryker und

Sören. Offensichtlich hatten Gespräche stattgefunden und waren nicht gut verlaufen, da alle Gesichter ernst waren.

»Was sind meine Befehle?«, fragte sie und hielt ihren Blick auf Sören gerichtet.

»Unsere Besucher hier müssen zur Spitze reisen«, sagte Sören, ohne seinen Blick von der Gruppe vor ihm abzuwenden. »Thyra spricht mehrere Sprachen, einschließlich die der Einheimischen. Sie ist unsere beste Kundschafterin und eine unserer geschicktesten Schwertmaiden. Sie bildet derzeit unsere neuesten Rekruten aus. Sie wird während eures Aufenthalts als eure Führerin dienen.«

»Bei allem Respekt, Sören, ich werde nicht auf unsere Besucher aufpassen. Ich werde sie dorthin bringen, wo sie hin müssen, aber ich habe hier wichtige Aufgaben zu erledigen«, sagte Thyra und hoffte, dass ihre Proteste nicht respektlos wirken würden.

»Zum Beispiel?«, fragte die weibliche Besucherin mit einem spielerischen Grinsen.

»Wie Sören schon sagte, ich bilde unsere neuesten Rekruten aus«, antwortete Thyra schroff und wandte sich zu Sören, um zu sehen, ob er zustimmen würde oder nicht.

»Erwartet ihr in nächster Zeit eine Schlacht? Sind eure Streitkräfte nicht bereits ausreichend?«, entgegnete die weibliche Besucherin.

Thyra spürte, wie ihr Temperament aufflammte, und ballte ihre Fäuste fest zusammen, froh, dass ihre Ärmel lang genug waren, um ihren Zorn zu verbergen. »Ich versichere dir, unsere Kräfte sind gut ausgestattet und die besten Krieger, die du je gesehen hast. Das bedeutet nicht, dass wir auf Training verzichten sollten. Man kann nie zu gut auf eine Schlacht vorbereitet sein«, sagte Thyra stolz. Sie unterdrückte ein kleines Grinsen, als ihre Antwort die selbstgefällige Besucherin zum Schweigen zu bringen schien.

»Hör auf zu sticheln, Revna«, sagte der blonde Wikinger spielerisch von der Stelle, wo er an der Hüttenwand lehnte, nahe der Rückseite der Gruppe.

»Ich werde sie zur Spitze bringen, aber das ist so weit, wie ich gehe«, sagte Thyra und wandte sich wieder zu Sören.

»Deine Befehle bleiben unverändert. Du wirst als Führerin fungieren«, erwiderte Sören ruhig, während seine Augen vor Wut darüber funkelten, vor Gästen herausgefordert zu werden.

»Ich werde sie zur Spitze bringen. Wir haben andere Späher, die mich begleiten und sie zurückbringen können. Meine Zeit ist bei den Rekruten besser aufgehoben«, beharrte Thyra, noch nicht ganz bereit nachzugeben.

»Sprechen all eure Leute mit solcher Missachtung eurer Befehle zu euch, oder sind es nur die Frauen?«, fragte einer der Männer, und ein leichtes Kichern brach aus der Gruppe hervor.

Sören richtete sich noch mehr auf, wenn das überhaupt möglich war. Der Rücken des Mannes war bereits gerade. »Genug! Thyra, du wirst tun, was dir gesagt wird, oder die Konsequenzen tragen, wenn du meinen Befehlen nicht gehorchst!«

»Ich wollte nicht respektlos sein, Sören«, sagte Thyra und neigte den Kopf. Das Donnern in Sörens Stimme brachte Erinnerungen zurück, von denen Thyra dachte, sie hätte sie verdrängt, und wieder einmal war sie froh, dass ihre Ärmel ihre Hände verbargen, die zu zittern begonnen hatten. »Wann brechen wir auf?« Sie hielt ihre Augen sorgfältig auf den Boden gerichtet, als sie fragte, da ihr bewusst wurde, dass sie zu weit gegangen war.

»Bei Morgengrauen. Du wirst den Rest deines Tages damit verbringen, dich auf die Reise vorzubereiten. Unsere Gäste sind eingeladen, sich nach ihrer Reise auszuruhen und Vorräte zu sammeln. Heute Abend feiern wir eure sichere Ankunft«, sagte Sören.

»Sören«, sagte Thyra und bestätigte den Befehl. Schnell drehte sie sich um und verließ die Hütte, ohne den Wunsch zu bleiben und Smalltalk zu führen. Als sie sich der Tür näherte, sah sie zufällig auf und traf den Blick des hübschen blonden Besuchers, der sie mit einem mitfühlenden Lächeln und einem Funkeln in seinen Augen ansah.

Er stand auf und verbeugte sich, eilte nach vorne, um ihr die Tür der Hütte zu öffnen, eine Geste, die Thyra mit einem Augenrollen quittierte, da sie durchaus in der Lage war, eine Tür selbst zu öffnen.

»Ich freue mich auf unsere gemeinsame Reise«, sagte er, als sie durch die Tür ging. »Ich bin sicher, eine Frau wie Sie ist in allem, was sie tut, ausgezeichnet.«

Sie unterdrückte eine automatische Entgegnung und versuchte, das

Kribbeln in ihrem Nacken zu ignorieren, als seine Augen über ihr Gesicht wanderten. Schließlich hatte er nichts getan, um eine solche Feindseligkeit von ihr zu verdienen.

Er ist charmant. Das muss ich ihm lassen... und ein bisschen zu schmeichelhaft, dachte Thyra, als sie an ihm vorbeistürmte und zu ihren Auszubildenden zurückkehrte. Er will etwas. Kein Mann verhält sich so ohne Hintergedanken.

KAPITEL
ZWEI

Sven stand in der Hüttentür und beobachtete, wie Thyra davonstürmte, sichtlich verärgert über ihre Befehle. Irgendetwas an dieser Frau sprach Sven an. Wenn alles stimmte, was Sören über sie gesagt hatte, war sie intelligent. Besonders wenn sie tatsächlich für die Ausbildung der Rekruten verantwortlich war. Offensichtlich war sie eine geschickte Kriegerin. Es würde schwierig sein, Dinge vor ihr zu verbergen, was ihn beunruhigte. Er befürchtete, sie könnte Dinge bemerken, die er lieber über ihren Auftrag geheim halten würde.

Trotzdem konnte Sven nicht anders, als mit ihr zu fühlen, als Sören sie vor der Gruppe zurechtwies, und es ärgerte ihn, wie Revna sie verspottete. Ein Teil von ihm wollte nachsehen, ob es ihr gut ging. Er dachte über dieses Gefühl nach, während er ihr nachblickte. Schließlich lief er ihr nach, denn er dachte, dass sie vielleicht eine bessere Verbündete als eine Feindin sein könnte.

»Thyra, einen Moment deiner Zeit, bitte«, sagte er, als er sie eingeholt hatte.

Sie blieb stehen und drehte sich um... widerwillig. Sven konnte das an dem Stöhnen erkennen, das ihre Lippen verließ.

»Was? Glaubst du etwa, dass ich nicht schon genug zu tun habe?

Besonders jetzt, da ich die nächsten Tage damit verbringen muss, auf dich und deine Freunde aufzupassen?«, schoss sie zurück.

»Ich verstehe deinen Frust, und deine Zeit ist tatsächlich wertvoll. Aber darf ich fragen, warum du so genervt von der Expedition bist? Liegt es nur daran, wer wir sind? Meine Freunde und meine Schwester wurden von unserem König mit diesem Auftrag hierher geschickt. Und während ich mich in ihrem Namen entschuldige, gestehe ich auch ein, dass sie manchmal schwierig sein können.« Er machte eine bedeutungsvolle Pause. »Oder ist der Weg zum Ziel so gefährlich?«, fragte Sven mit einem verschmitzten Lächeln auf den Lippen.

Thyra schaute zu ihm auf und ihr Gesicht verzog sich vor Wut; sie stieß einen Luftstoß aus und drehte sich erneut um, um davonzustürmen. Svens lange Beine hatten keine Mühe, mit ihr Schritt zu halten.

»Natürlich nicht. Es ist eine langweilige und einfache Expedition«, sagte Thyra plötzlich und wirbelte herum, um ihm ins Gesicht zu sehen. »Ein Kind könnte den Weg finden. *Meine* Zeit ist besser für wichtigere Dinge genutzt. Außerdem liegt es nur wenige Tage mit dem Schiff entfernt. Es wäre viel einfacher für euch alle, euer Schiff zu besteigen und dorthin zu segeln. Das Wasser ist ruhig, und trotz der Unterwasserfelsen sind unsere Boote schon mehrmals problemlos durchgesegelt.« Damit wandte sie sich ab und ging zurück zum Dorf der Schwertjungfern.

Sven konnte nicht anders, als innezuhalten und ihren Anblick zu genießen. Ihr Zorn verlieh ihren Wangen eine angenehme Röte. Die untergehende Sonne brachte Akzente in ihr Haar, die kupferne Highlights im Braunen hervorhoben. Sie war mächtig anzusehen, leidenschaftlich und stark.

Er rannte ihr nach und fasste sie am Arm. »Du hast recht, wir könnten dorthin segeln, aber wir waren so lange auf See, dass es schön ist, wieder festen Boden unter den Füßen zu spüren«, sagte Sven und machte eine ausholende Geste, um auf den Schmutz unter seinen Füßen hinzuweisen.

»Du bist doch ein Wikinger, oder nicht? Das Segeln liegt dir im Blut«, schoss Thyra zurück, blieb endlich abrupt stehen und sah Sven ins Gesicht. Ihr Gesicht zeigte keinen Ärger mehr, sondern ein unverschämt neckendes Grinsen.

»Oder hast du vielleicht Angst wie ein kleines Kind, und deshalb hast du deine Reise verkürzt und hier angehalten«, sagte sie, verschränkte die Arme vor der Brust und musterte Sven von oben bis unten, um ihn einzuschätzen. »Die Mütter erzählen so überzeugende Geschichten von Selkies und Seeungeheuern. Vielleicht machen dir die Geschichten deiner Mutter immer noch Angst?«

Sven konnte nicht anders. Er konnte sein Lachen nicht länger zurückhalten. So sehr er auch die Entschlossenheit und den Witz dieser Frau bewunderte, diese Aussage war zu viel. Er brach in schallendes Gelächter aus und hielt sich mit einer Hand die Rippen, um den Seitenstecher zu lindern.

Als er wieder zu ihr aufblickte, schien sie von seinem Ausbruch überrascht zu sein. Sie hatte ihre Worte als Beleidigung gemeint, aber Sven hatte sich nicht beleidigt gefühlt. Wenn überhaupt, ließ ihn ihre Reaktion die Frau noch mehr bewundern.

»Vielleicht bist du selbst ein Selkie«, sagte er, richtete sich schließlich auf und wischte sich eine verirrte Träne aus dem Auge.

»Wie bitte?«, fragte sie, wich zurück und verschränkte die Arme, während sie ihn anstarrte.

»Selkies sind betörende Wesen, berühmt für ihre Schönheit und ihre Fähigkeit, einen Mann in den Tod auf See zu locken. Ich glaube, du passt zu dieser Beschreibung. Du bist so bezaubernd, dass ich seit dem ersten Blick nicht von deiner Seite weichen konnte. Ich glaube, du weißt gar nicht, wie schön du bist mit deiner hellen Haut, den dunklen Augen und dem dunklen Haar«, sagte Sven. Zu seiner Überraschung meinte er jedes Wort. Sven war schon immer ein Schmeichler und Charmeur gewesen und hatte nie Mangel an weiblichen Bewunderern.

Sven beobachtete, wie Thyra ihn unsicher ansah, verwirrt von seinem plötzlichen Interesse. Aus ihrer Reaktion konnte Sven erkennen, dass sie es nicht gewohnt war, männliche Aufmerksamkeit zu bekommen. Wenn das der Fall war, fragte sich Sven, warum. Sie war eine schöne Frau, stark und für eine Frau groß, aber nicht so groß, dass er nicht auf eine Art über ihr aufragte, die ihm gefiel. Sven hatte keinen Zweifel daran, dass Thyra auf sich aufpassen konnte, und der Gedanke, dass sie ihn höchstwahrscheinlich auf den Hintern werfen könnte, ließ ihn sie nur noch mehr bewundern.

Und doch war sie nicht das, was er normalerweise an einer Frau attraktiv fand. Er mochte seine Frauen klein, klein genug, um sie unter seinen Arm zu nehmen, damit er den mächtigen Beschützer spielen konnte. Diese Frau brauchte kaum seine Hilfe. Wenn überhaupt, sah sie aus, als könnte sie besser mit einem Schwert umgehen als er.

Sie schien zu demselben Schluss gekommen zu sein. »Bereite deine Gruppe bis zum Morgengrauen vor. Je früher wir aufbrechen, desto früher bin ich dich los«, schnaubte sie, bevor sie davonstürmte.

Sven stand grinsend da und sah ihr nach, wie sie davon marschierte, und neckte sie mit einem spielerischen Winken, als sie zurückblickte. Er kicherte, als sie bemerkte, dass er sie beobachtete, und sie verfiel in einen leichten Trab, um schneller wegzukommen.

Sie war vielleicht nicht sein Typ, aber Sven hatte sich noch nie so sehr auf eine Expedition gefreut wie auf diese.

KAPITEL
DREI

Thyra wachte am nächsten Tag auf, fest entschlossen, sich von den Besuchern nicht unterkriegen zu lassen. Sie war am Vortag beschämt genug worden. Stattdessen konzentrierte sich Thyra darauf, wie sie auf dieser Reise etwas Gutes finden könnte. Zunächst einmal könnte die Reise zum Aussichtspunkt benötigte Vorräte auffüllen. Die Heilerin brauchte Kräuter, und Thyra wusste, wo sie danach suchen konnte. Es gab viele Stellen entlang des Weges, an denen Pflanzen im Überfluss wuchsen.

Zumindest war das Wetter ruhig genug. Eine sanfte Brise tanzte und zupfte an ihrem Haar, und die Sonne schien wunderschön, ohne dass es übermäßig heiß war. Sie kleidete sich entsprechend, packte aber wärmere Kleidung ein, falls sich das Wetter ändern sollte. Seit ihrer Ankunft an diesen fremden Ufern hatte Thyra entdeckt, wie leicht das Wetter umschlagen konnte.

Sie packte ihre Waffen und einen Beutel für ihre Kräuter und machte sich auf, ihr Pferd zu holen. Sören hatte ihr gesagt, sie solle die Besucher ziemlich früh am Morgen am Rand der Siedlung treffen, und sie war rechtzeitig bereit. So war es. Thyra war überrascht, als die Frau der Gruppe wütend auf sie zustampfte, sobald sie ihr Haus verließ.

»Gibt es ein Problem?«, fragte Thyra und sah die junge Frau misstrauisch an.

»Wir brechen bald auf, und deine Schwertjungfern sind nicht bereit. Meine Jungfern wären niemals so faul«, spuckte sie aus.

Thyra spürte, wie ihr Temperament aufflammte. Die Frau schien eine Abneigung gegen sie entwickelt zu haben. Thyra, obwohl sie versucht hatte, unvoreingenommen zu bleiben, empfand das Gefühl als gegenseitig, als das Treffen mit Sören und Ryker endete. Dieser Angriff trug nicht dazu bei, diese Meinung zu revidieren. Thyra war stolz darauf, die besten Schwertjungfern auszubilden, und sie hatten ihren Wert im Kampf gegen die Armee, die Lord Beacham vor nicht allzu langer Zeit versammelt hatte, mehr als bewiesen. In Erwartung von Vergeltungsmaßnahmen hatten die Jürgensen-Brüder das Training sowohl für die Schwertjungfern als auch für die Männer intensiviert. Sie waren zu einer Macht geworden, mit der man rechnen musste.

»Hüte deine Zunge, oder ich reiße sie dir aus dem Mund. Meine Schwertjungfern sind alles andere als faul. Sie haben vor nicht allzu langer Zeit eine Armee abgewehrt, und direkt danach haben sie ihr Training verstärkt und sich beim Sparring gegen einige unserer besten männlichen Kämpfer bewiesen. Sie ruhen sich aus. Lass sie in Ruhe. Wir brauchen sie nicht für die Reise zum Aussichtspunkt«, fauchte Thyra und stellte sich Revna gegenüber.

»Krieger brauchen keine Ruhe. Sie ziehen nicht in die Schlacht. Sie begleiten uns auf einer Expedition«, schnappte Revna zurück.

»Hast du so wenig Vertrauen in deine Kampffähigkeiten, dass du meine Streitkräfte brauchst, um dich auf einem Kinderauftrag zu beschützen?«, fragte Thyra mit einem Grinsen.

Ihr Geschrei hatte die Schwertjungfern alarmiert, die alle an ihren Türen standen und zusahen. Mehrere jubelten bei Thyras Erwiderung.

»Du denkst, du kannst mich verspotten?«, knurrte Revna durch zusammengebissene Zähne.

»Ich verspotte dich nicht. Du verspottest dich selbst«, antwortete Thyra.

Revna und Thyra standen praktisch Nase an Nase, taxierten sich gegenseitig, beide gleich stur.

»Die Schwertjungfern bleiben hier, keine Sorge. Ich bin Kriegerin genug, um dich zu beschützen, falls etwas passieren sollte«, sagte Thyra, stieß Revna beiseite, als sie an ihr vorbeiging und auf ihr Pferd zuging.

Um die Sache noch schlimmer zu machen, standen Sören und Ryker mit der Gruppe an den Toren der Siedlung und warteten auf Thyra.

»Thyra, schön zu sehen, dass du heute besserer Laune bist«, scherzte Ryker und erhielt einen scharfen missbilligenden Blick von Sören.

»In der Tat bin ich das. Anfangs war ich vielleicht nicht glücklich mit meinen Befehlen, aber ich bin eine Frau von Ehre und respektiere Sörens Entscheidung. Außerdem braucht unsere Heilerin mehr Kräuter, also habe ich meine eigenen Aufgaben auf dieser Reise zu erledigen«, antwortete Thyra.

Dies schien die wartenden Männer zufriedenzustellen. Der große, grimmig dreinblickende Wikinger, der gestern die meiste Zeit gesprochen hatte, nickte bei ihren Worten scharf zustimmend. »Danke, dass du uns führst, Thyra. Erlaube mir, mich und meine Kameraden ordentlich vorzustellen«, sagte er mit einem scharfen Blick auf die anderen.

An seiner Kleidung und der Art, wie er sich präsentierte, war für Thyra offensichtlich, dass er der Anführer der Gruppe war.

»Ich bin Leif Gustausen, Anführer dieser Gruppe. Ich glaube, du hast bereits Sven und Revna Antunsen kennengelernt«, er deutete auf den Blonden und seine Zwillingsschwester.

Sven, es ist schön, endlich einen Namen zu dem Gesicht zu haben, dachte Thyra. Sie nickte Leif und Sven zu und schenkte Revna einen verächtlichen Blick.

»Sven ist mein Stellvertreter. Hier haben wir Toke Ketelsen, Ulf Tranbarger und zu guter Letzt haben wir Arne Westrup«, fuhr Leif fort. Jedes Gruppenmitglied, außer Revna, nickte bei der Vorstellung seines Namens.

»Bei allem Respekt, Leif, ich weiß, dass du der Gruppenführer bist, aber ich bin die Anführerin auf dieser Expedition. Während der Pfad zum Aussichtspunkt nicht übermäßig gefährlich ist, kenne ich diese Länder besser als die meisten, und es gibt immer noch viele Möglichkeiten, sich zu verirren. Ich muss dir nicht von der verlorenen Zuneigung zwischen Wikingern und den Kelten erzählen«, sagte Thyra, richtete sich auf und hoffte, dass sie ihre Botschaft klar machte.

»Wie du wünschst«, sagte Leif und warf dem Rest der Gruppe einen warnenden Blick zu, die ihr Verständnis nickten.

Sie brachen auf, Thyra übernahm die Führung, die anderen folgten dicht dahinter. Der Aussichtspunkt war je nach Wetterlage leicht ein zwei- oder dreitägiger Ritt, also mussten sie einen Platz finden, um das Lager für die Nacht aufzuschlagen. Thyra kannte den perfekten Ort, eine Lichtung in einem Dickicht von Bäumen südlich hinter den Hügeln, die ins Tal führten.

Sie ritten stundenlang, während die Besucher hinter ihr miteinander plauderten. Thyra war froh, dass niemand mit ihr sprechen wollte. Sie hatte nichts von Interesse oder Wichtigkeit, das sie irgendeinem von ihnen sagen wollte, und sie befürchtete, dass sie die Beherrschung verlieren könnte, wenn sie gezwungen wäre, wieder mit Revna zu sprechen.

Sie reisten über die Hügel und in Richtung des Tals, folgten einem kleinen Bach durch die Bäume. Es gab einen schnelleren Weg zum Aussichtspunkt, aber da Thyra nicht viel über die Besucher wusste, wollte sie nicht riskieren, sie durch die Dörfer zu führen. Sie sprach die Sprache der Einheimischen, hatte oft Handel mit ihnen getrieben und die wackelige Beziehung zwischen mehreren kleinen Städten und der Siedlung wiederhergestellt. Aber, soweit sie wusste, könnten diese neuen Besucher all das zunichtemachen, also war sie zufrieden damit, sie den langen Weg durch die Wälder zu nehmen. Außerdem waren sie Wikinger. Sie mussten kaum im Komfort der örtlichen Herberge verhätschelt werden. Eine Nacht unter freiem Himmel würde ihnen nicht schaden.

Die Sonne sank tiefer am Himmel und nahm viel Licht aus den Bäumen mit. Der Wind hatte aufgefrischt, und weiche graue Wolken zogen auf. Thyra konnte die dunklen Wolken in der Ferne sehen. In ein oder zwei Tagen würde sicherlich ein Sturm über sie hereinbrechen. Hoffentlich würden sie den Aussichtspunkt vorher erreichen.

Zum Glück erreichten sie die Lichtung, die sie im Sinn gehabt hatte, bevor es völlig dunkel wurde. »Halt«, sagte Thyra, stoppte ihr Pferd und stieg ab, »wir schlagen hier das Lager auf und setzen unseren Weg am Morgen fort.« Sie zog ihren Beutel aus einer ihrer Satteltaschen und band ihr Pferd an einen kleinen Baum.

»Hast du Angst, im Dunkeln durch die Wälder zu reisen?«, neckte Revna, aber Thyra ließ sich nicht darauf ein.

»Wenn du nach Einbruch der Dunkelheit durch diese Wälder reisen willst, nur zu. Viel Glück beim Navigieren der Klippen gleich hinter diesen Hügeln. Ich würde hassen, dein hübsches Gesicht über die Schlucht verteilt zu sehen«, sagte Thyra. Ihre Erwiderung ließ Sven und Arne kichern. Revna knurrte und stieg ab, stapfte in Richtung des Baches, um etwas Wasser zu holen.

Sven stieg ab, aber zu Thyras Überraschung ignorierte er seine Schwester völlig und kam stattdessen, um sie zu belästigen. Großartig. Er würde ihr wahrscheinlich sagen, sie solle aufhören und nicht mehr mit seiner Schwester zu streiten. Thyra war nicht in der Stimmung oder Gemütsverfassung, mit ihm zu sprechen, also ging sie an ihm vorbei, ignorierte ihn völlig und ging stattdessen direkt zu Leif und dem Rest der Gruppe.

»Fühlt euch frei, ein Feuer zu machen. Es wird kalt im Wald nach Sonnenuntergang. Wenn einer von euch für das Abendessen jagen will, empfehle ich, nach Osten den Hügel hinauf zu gehen. In diesen Felsen gibt es normalerweise reichlich kleines Wild. Manchmal ein oder zwei Hirsche, wenn ihr in das Dickicht gleich dahinter geht«, sagte sie. Sie ging mit einer Handbewegung in die völlig andere Richtung, auf die Bäume unterhalb des Lagers zu.

»Wohin gehst du?«, fragte Arne ihr nach.

Sie antwortete über ihre Schulter, ohne zu zögern: »Ich gehe auf Kräuterjagd. Ich werde bald zurück sein.«

Thyra reiste ein wenig den Hügel hinauf tiefer in den Wald. Wenn sie sich umdrehte, konnte sie das Lager immer noch durch die Bäume erkennen, und ihre Stimmen waren fern genug, dass sie etwas Raum zum Nachdenken hatte, aber nicht zu fern, dass sie es nicht hören würde, wenn etwas passieren sollte.

Sie sammelte Beifuß und Thymian, dann ging sie hinunter zum Bach eine kurze Strecke vor dem Lager, um etwas Schafgarbe zu holen. Dann, mit ihren Beuteln fast voll, fand sie eine weitere Lichtung in den Bäumen, um das letzte auf ihrer Liste zu sammeln. Sie kniete an den

Bäumen und sammelte Preiselbeeren, als sie ein Rascheln und das Knacken von Zweigen unter Füßen hörte.

»Ich bin überrascht, dass eine Kriegerin wie du sich mit Kräuterkunde auskennt«, sagte Svens tiefe Stimme hinter ihr.

Thyra machte sich nicht die Mühe, sich umzudrehen, um in seine Richtung zu schauen. Sie hielt sich mit ihrer Aufgabe beschäftigt, bis ihre Tasche voll war. Erst dann sprach sie.

»Meine Mutter war eine Heilerin. Also wurde ich in der Kräuterkunde unterrichtet, bevor ich ein Schwert oder einen Bogen in die Hand nehmen konnte«, informierte sie ihn, als klar war, dass er nicht wegging.

»Wie schön, so eine nützliche Fertigkeit von deiner Mutter zu lernen. Hast du dann das Kämpfen von deinem Vater gelernt?«, fragte Sven und setzte sich auf einen umgefallenen Baumstumpf.

Thyra mochte es nicht, über ihren Vater zu sprechen. Sie hatte nichts als angstvolle und verstörende Erinnerungen an den Mann, der mehr ein Monster als alles andere aus den Geschichten ihrer Mutter war. Ihre Erinnerung blitzte auf, wie sie sich in Höhlen, Löchern und an jedem dunklen und kleinen Ort, in den sie passen konnte, versteckte, wann immer er in Rage war. Ihr Vater hatte ihre Mutter nie geheiratet und blieb nur da, um jemanden zum Anschreien und Schlagen zu haben, wenn die anderen Männer ihn wegen seiner mangelnden Kampffähigkeiten verspotteten. Dann, als Demonstration seiner Stärke und zur Bekräftigung seiner sogenannten Fähigkeiten, kam er betrunken aus der Taverne nach Hause und ließ seine Wut an Thyra und ihrer Mutter aus.

Der Mann war ein Feigling und ein Biest gewesen. Thyras Träume wurden immer noch von den Erinnerungen an den Unhold heimgesucht. Er war der Grund, warum sie eine Schwertjungfer wurde. Sie hatte kämpfen gelernt, nur um geschickt genug zu sein, sich selbst und ihre Mutter zu beschützen. Sobald sie geschickt und stark genug war, hatte sie ihren Zorn an ihm ausgelassen, um ihm einen Vorgeschmack davon zu geben, wie es sich anfühlt, Angst zu haben.

Danach kam er nie wieder zurück.

»Ich habe keinen Vater«, antwortete sie schließlich, nachdem sie erkannte, dass sie zu lange in Gedanken versunken war. Sie konnte sehen, dass Sven im Begriff war, weiter nachzufragen, und wechselte sofort das Thema.

»Revna ist deine Schwester? Es muss schön sein, ein Geschwisterkind zu haben, besonders eines, dem du so nahe zu sein scheinst, da ihr zusammen reist.«

Sven wirkte über den plötzlichen Themenwechsel überrascht. Er beäugte sie scharf, wurde aber weicher, als er... irgendetwas... in ihren Augen sah. Sie hatte keine Ahnung was.

»Das ist sie. Obwohl sie manchmal eine Handvoll sein kann«, sagte er mit einem schiefen Lachen. »Was ist mit dir?«

»Leider hatte ich nicht so viel Glück. Ich war das einzige Kind meiner Mutter«, sagte Thyra, steckte die letzten Kräuter, die sie gesammelt hatte, in ihre Tasche und warf sie sich über die Schulter. »Hast du keine andere Familie?«

»Während ich Revna nahe stehe, ist sie nicht mein einziges Geschwisterkind. Wir sind die ältesten von acht. Sie sind zu Hause bei unseren Eltern«, sagte Sven, sein Gesicht veränderte sich von glücklich zu traurig bei der Erwähnung seiner Familie. »Ich vermisse sie sehr, wenn wir weg sind. Meine Familie bedeutet mir alles«, beendete er.

»Es ist schön zu sehen. Ich gebe zu, es ist heutzutage eine seltene Eigenschaft«, sagte Thyra.

Sven schaute zu ihr auf und lächelte zurück. Sie sahen einander für ein paar Momente an, behaglich in ihrem Schweigen und entspannt genug miteinander, dass nichts gesagt werden musste.

Es war... netter, als sie erwartet hatte.

»Deine Augen sind wirklich auffällig«, hauchte Thyra nach einem Moment.

»Danke, sie sind von meiner Mutter. Ich sollte sie wahrscheinlich zurückgeben«, sagte Sven mit einem frechen Grinsen, das sie zum Lachen brachte.

Ihr Moment wurde unterbrochen, als Revna durch die Bäume platzte. Sie sah regelrecht wütend aus, ihren Bruder mit Thyra stehend zu finden. Wortlos packte sie Svens Kragen und zerrte ihn zurück ins Lager.

Überrascht starrte Thyra ihr leer hinterher und beobachtete amüsiert, wie Sven sich gegen den Griff seiner Schwester wehrte. Seine

Proteste wurden leiser, als Revna ihn zurück durch die Bäume schimpfte. Kopfschüttelnd machte sich Thyra in einem viel langsameren Tempo zurück zum Lager auf, was den Zwillingen erlaubte, ihre Differenzen ohne sie in der Nähe zu klären.

Was für eine interessante Familie... ich frage mich, warum sie wirklich hier sind.

Als sie aus den Bäumen trat, blickte sie zu den Pferden hinüber, die friedlich grasten, und sah Sven und Revna in einem tiefen Gespräch. Revnas Gesicht loderte vor Frustration. Thyra steckte ihre Kräuter in die Satteltaschen und ließ sich auf einem Baumstamm am Feuer nieder, das Leif gemacht hatte. Sie beschäftigte sich mit den Flammen, fügte einen weiteren Stock zum Feuer hinzu. Allerdings brauchte es das kaum, während sie aufmerksam dem Gespräch hinter ihr lauschte.

»Warum bist du überhaupt gefolgt, Revna? Ich bin kein Kind, und ich halte es nicht für angebracht, wie eines behandelt zu werden«, dröhnte Svens Stimme.

Nun, so viel zum Diskretsein. Die ganze Gruppe hatte herübergeschaut, um den Austausch zwischen den Geschwistern zu beobachten. Thyra blickte zu den anderen und machte es sich gemütlich, um mit ihnen zu beobachten, wie sich die Abendunterhaltung entfaltete.

»Wenn du dich nicht wie eines benehmen würdest, würde ich dich nicht wie eines behandeln. Also halte deinen Verstand bei der Mission und nicht in deiner Hose«, schnappte Revna zurück.

Die Gruppe, Thyra eingeschlossen, unterdrückte ein Grinsen, und einige Kicherer entkamen Lippen. Thyra warf Sven einen Seitenblick zu und sah, dass seine Wangen rot angelaufen waren.

Unglücklicherweise alarmierten die Kicherer Bruder und Schwester, dass sie beobachtet wurden. Thyra blickte wieder zu den anderen, als Sven Revna weiter weg, außer Hörweite, zog, während sie weiterdiskutierten. Die Gemüter erhitzten sich, als Revna ausholte und ihren Bruder schlug; der Klang hallte durch die Lichtung.

Das war der letzte Strohhalm für Toke, der neben Leif saß und die Kaninchen häutete, die sie gefangen hatten. Er stand auf und schrie laut genug, damit Revna es hören konnte: »Ich denke, du bist es, die sich wie ein verwöhntes Kind benimmt, Revna. Wir sind nicht zu weit von der Siedlung entfernt. Vielleicht sollten wir dich zurückschicken.

Vielleicht bist du von unseren Reisen übermüdet und solltest dich mit den anderen Schwertjungfern ausruhen.« Er warf sein frisch gehäutetes Kaninchen zu Ulf, der einen Stock hindurchschob und es mit den anderen über dem Feuer aufspießte.

»Ich kämpfe genauso gut wie jeder von euch. Wenn auf dieser Reise etwas passieren sollte, wirst du, von allen, meine Hilfe brauchen. Ich weigere mich, zurückgelassen zu werden«, schrie Revna, stürmte herüber und schlug Toke hart auf den Kopf.

Toke sprang auf die Füße und stellte sich Revna gegenüber, die nicht zurückwich, obwohl der große Mann über ihr aufragte und das Messer, das er in der Hand hielt, noch immer von seiner grausigen Aufgabe blutverschmiert war.

»Verschwende deinen Atem nicht, mein Freund. Wir können sie nach Hause schicken, so viel wir wollen. Sie wird trotzdem folgen. Beachte sie nicht. Ihr Problem ist mit mir. Geschwisterrivalität, sozusagen«, sagte Sven und stupste seine Schwester mit der Schulter an, als er vorbeiging, um sich dem Rest der Gruppe am Feuer anzuschließen.

Thyra beobachtete Sven genau für den Rest des Abends. Nach seinem Streit mit Revna – der, wie Thyra schnell erkannt hatte, über sie war – hatte er es vermieden, ihren Blick zu treffen, und hielt sich beschäftigt, indem er sich um die Pferde kümmerte oder seine Klingen schärfte. Thyra beobachtete, wie er mit seiner Schwester umging, bis sie sich für die Nacht zurückzogen. Sie erinnerte sich, wie traurig er geworden war, als er an seine Familie zu Hause in Dänemark dachte, und erkannte, dass er seine Zwillingsschwester im Grunde liebte, auch wenn sie nicht immer gut miteinander auskamen.

Vielleicht habe ich ihn falsch eingeschätzt. Seine Worte scheinen aufrichtig genug. Ich habe keinen Zweifel, dass Revna auf sich selbst aufpassen kann, aber das hält ihn nicht davon ab, sie zu beschützen, dachte Thyra.

Als die Nacht tiefer wurde und der Mond die Wolken für eine Stunde jagte, bevor er vollständig hinter ihnen verschwand, bereiteten sich alle für die Nacht vor. Thyra versuchte, jeden Vorwand zu finden, um mit Sven zu sprechen. Doch er schien immer mit langweiligen Aufgaben beschäftigt zu sein oder fand jeden Grund, allein abseits der Gruppe zu sitzen. Es schmerzte ein wenig, wie er sie plötzlich zu meiden begann, und Thyra hatte Schwierigkeiten zu erklären, warum seine Handlungen so sehr schmerzten.

Ein harscher Wind fegte durch die Bäume, und Donner grollte in der Ferne. Plötzlich hatte sie keine Zeit, über Sven und seine Schwester nachzudenken oder sich Sorgen zu machen. Stattdessen musste sie ihren Verstand auf ihre Aufgabe konzentrieren. Wenn ein Sturm drohte, würde es sie dazu zwingen, ihren Weg zu ändern und die Reise um mindestens einen Tag zu verlängern. Schließlich fiel Thyra in einen unruhigen Schlaf und arbeitete mehrere andere Wege aus, die sie zum Aussichtspunkt nehmen konnten, alle darauf ausgerichtet, die Reise kurz und sicher angesichts des Sturms zu halten.

KAPITEL
VIER

Thyra bekam in dieser Nacht kaum Schlaf. Die provisorischen Unterstände, die Leif und seine Männer gebaut hatten, waren nach Thyras Geschmack viel zu klein, und es gefiel ihr gar nicht, dass sie den wenigen Platz, den sie hatte, mit Revna teilen musste. Der Wind, der durch die Bäume heulte, ließ die Unterstände wackeln und durchlässig werden. Der Regen, der Thyra ins Gesicht prasselte, machte die Sache auch nicht besser. Wenn sie versuchte zu schlafen, blitzten Erinnerungen aus ihrer Vergangenheit in ihrem Kopf auf. Der Donner erinnerte sie an die dröhnende Stimme ihres Vaters und seine stampfenden Schritte, an das Geräusch von Stühlen, die gegen die Wände krachten, während er ihr Zuhause auf der Suche nach ihr auseinandernahm. Schließlich verließ sie den Unterstand und ließ sich unter den Bäumen nieder. Es war nicht viel bequemer, gab ihr aber den dringend benötigten Raum zum Strecken und Atmen.

Der Sturm hatte sich etwas beruhigt, als Thyra aus dem wenigen Schlaf erwachte, den sie hatte finden können. Sie streckte sich und ging zurück zur Mitte ihres Lagers, wo sie Revna und Sven dabei fand, wie sie versuchten, das Feuer mit feuchtem Holz wieder anzuzünden.

»Gut geschlafen?« fragte Ulf, als Thyra näher kam.

Revna schnaubte, als sie die Frage hörte. »Wohl kaum. Offenbar ist unsere Führerin hier zu gut, um in unseren Unterständen zu schlafen. Oder vielleicht wolltest du nach unserer Begegnung gestern einfach keinen Raum mit mir teilen«, sagte Revna. Sie versuchte, Thyra wieder zu einer Erwiderung zu provozieren, aber ihr Tonfall verriet sie. Thyra meinte fast, was zu erkennen? Besorgnis?

Vielleicht war die Frau nicht so hart und grausam, wie sie anfangs schien.

»Keine Sorge, Revna, du nimmst in meinen Gedanken zu wenig Platz ein, um Bedenken zu rechtfertigen«, sagte Thyra und rieb sich mit den Handflächen müde über das Gesicht.

»Sie meint es nicht böse. Wenn sie dich nicht neckt, stichelt oder mit dir streitet, dann solltest du besorgt sein. Meine Schwester hat eine seltsame Art, ihre Zuneigung zu zeigen«, sagte Sven, der sich neben Thyra setzte und ihr etwas Brot und Käse reichte, das er aus seiner Tasche zog.

Thyra nahm es dankbar an.

»Ist der Pfad nach dem Sturm noch sicher?« fragte Revna und reichte Thyra ihren Wasserschlauch.

»Es gibt eine flache Stelle im Fluss gleich hinter den Bäumen. Wir sollten dort überqueren und einen Umweg um die Höhlen am Fuße des Hügels nehmen können«, sagte Thyra, nahm den Wasserschlauch an und spülte das trockene Brot und den Käse hinunter.

»Ich wusste, dass unsere Führerin uns nicht im Stich lassen würde. Sören hat uns tatsächlich seine Beste mitgeschickt«, sagte Sven. Revna verdrehte die Augen und ging weg, um ihr Pferd zu überprüfen, während Thyra seinen Kommentar völlig ignorierte, unsicher, wie sie reagieren sollte.

Die Gruppe wartete geduldig, bis der restliche Regen aufhörte und Toke endlich aufwachte. Sven hielt sich immer in Thyras Nähe auf, fand jede Ausrede, um mit Thyra zu flirten, und bemühte sich, besonders nett zu sein. Thyra dachte, es sei seine Art, sich dafür zu entschuldigen, dass er sie am Abend zuvor gemieden hatte. Dennoch hielt sie ihren Kopf frei von Gedanken, die sich als ablenkend erweisen könnten, indem sie stattdessen über die anstehende Expedition nachdachte.

Als Toke zu lange brauchte, um aufzuwachen, und die Gruppe ungeduldig wurde, spritzte Revna ihm Wasser ins Gesicht und weckte ihn mit einem Ruck. Als die Gruppe gefüttert und ordentlich gekleidet war, um den Elementen zu trotzen, führte Thyra die Gruppe an der Lichtung vorbei und weiter die Hügel hinunter zu der Stelle, wo der Bach endete. Das Geräusch des Flusswassers, das gegen das Ufer rauschte und prallte, verriet ihnen, dass sie in die richtige Richtung gingen. Aber leider kamen sie nicht weit, bevor sie gezwungen waren anzuhalten. Der Teil des Flusses, den sie überqueren mussten, war überflutet; der nächtliche Sturm hatte die behelfsmäßige Brücke weggespült.

»Wir können hier nicht überqueren. Es ist jetzt viel zu gefährlich. Die Pferde werden es nicht hinüber schaffen«, sagte Thyra und suchte die Gegend nach einer anderen Unterbrechung im Fluss ab, die sie überqueren könnten.

»Sollen wir zurückgehen und einen anderen Weg finden?« fragte Toke mit einem Gähnen.

»Nein, wenn wir zurückgehen, werden wir unsere Reise nur verlangsamen«, antwortete Thyra.

»Es gibt andere Abschnitte des Flusses, die wir überqueren können sollten. Der Großteil der Flut ist hier«, sagte Leif, dem Thyra zustimmte.

»Arne, Toke, geht flussaufwärts und sucht nach einer Überquerungsmöglichkeit. Revna und Ulf, geht den Hügel hinauf und sucht nach einer anderen Route«, wies Leif an, und die Gruppe teilte sich auf.

»Revna, Ulf, seid vorsichtig. Der Pfad diesen Hügel hinauf hat oft Erdrutsche, wenn es regnet. Zwingt die Pferde nicht, die Reise zu machen. Wenn ihr den geringsten Zweifel habt, kommt zurück. Wenn nötig, können wir andere Wege finden«, sagte Thyra und erhielt ein dankbares Nicken von den beiden, bevor sie ihre Pferde in einen leichten Galopp den Hügel hinauf lenkten.

»Lasst uns flussabwärts gehen. Vielleicht zeigt uns der Fluss einen anderen Weg«, sagte Leif. Er drehte sich schnell um und ging flussabwärts, wobei er Sven und Thyra genug Raum ließ, um unter sich privat zu plaudern.

»Er ist... intensiv. Ist er immer so? So ernst?« fragte Thyra.

»Er ist ein Mann mit einer Mission. Er muss erfolgreich sein. Er will, dass der König gut von ihm denkt. Er könnte für eine höhere Position in Betracht gezogen werden, wenn er seine Sache gut macht«, antwortete Sven.

»Es ist nicht leicht, so ehrgeizig zu sein«, sagte Thyra, und Sven nickte.

»Gut gesagt! In Wahrheit bin ich ziemlich neugierig auf dich, denn du scheinst überhaupt nicht ehrgeizig zu sein.« sagte Sven.

Thyra fragte sich, ob er das Gefühl hatte, freier sprechen zu können, da Leif weit genug voraus geritten war, um noch in Sichtweite zu sein, aber weit genug, um sie allein zu lassen. »Neugierig inwiefern?« fragte Thyra, während sie einen Ast mit einer Hand anhob und ihn hochhielt, damit er darunter durchreiten konnte, ohne sich zu ducken.

»Du hast diese Expedition angenommen, ohne nach unserer Mission zu fragen«, antwortete Sven.

»Ich nehme meine Befehle von Sören entgegen. Mein Auftrag war es, euer Führer zu sein. Ich habe keinen Grund zu wissen, warum«, antwortete sie ehrlich. Sie war so verärgert darüber, zum Babysitten verdonnert worden zu sein, dass sie nie daran gedacht hatte zu fragen, und jetzt interessierte es sie ehrlich gesagt nicht wirklich. »Scheint blinder Gehorsam ohne Ehrgeiz zu sein?« Ihre Lippen verzogen sich zu einem Lächeln. »Vielleicht bin ich es sogar mehr, weil ich weiß, dass das Befolgen von Befehlen auch seine Vorteile hat, wenn man für eine höhere Position in Betracht gezogen wird.«

»Vielleicht habe ich dir nicht genug Anerkennung gezollt. Ich habe dich unterschätzt, vielleicht?« fragte Sven, und Thyra errötete.

»Warum bist du hier?« fragte sie und wechselte das Thema, da sein Tonfall mehr als nur ein wenig flirtend wurde, und sie war sich nicht sicher, wie sie genau darüber fühlte.

»Du bist dir der Probleme mit dem Jarl Halfden bewusst?« fragte Sven, worauf Thyra mit einem Nicken antwortete.

»Er hat einen Schatz aus dem Danegeld gestohlen. Wir haben den Auftrag, ihn zurückzubringen. Wir haben es aus zuverlässiger Quelle, dass der Jarl ihn am Punkt zurückgelassen hat«, informierte Sven sie.

Thyra runzelte die Stirn. Wenn der König eine solche Mission angeordnet und nicht um die Hilfe der Jürgensens gebeten hatte, könnte es einen triftigen Grund geben, ihnen zu misstrauen. »Warum erzählst du mir das?« fragte sie und fragte sich, ob sie überhaupt Zugang zu diesen Informationen haben sollte.

»Deine Zeit ist wertvoll, und ich wollte, dass du weißt, dass du diese Zeit nicht verschwendest, indem du uns hilfst«, zuckte Sven mit den Schultern.

Thyra schätzte seine Ehrlichkeit, war aber immer noch unwohl bei dem Gedanken, Informationen zu haben, die eindeutig nicht für sie bestimmt waren. Sie sagte sich, dass es sie nicht interessierte, warum sie auf diese Mission geschickt worden waren. Es ging sie nichts an. Ihre Aufgabe war es, diese Wikinger dorthin zu bringen, wo sie hinmussten. In der Zwischenzeit konnte sie Svens Gesellschaft so viel genießen, wie sie wollte. Es half, dass er angenehm anzusehen war.

Sven beugte sich von seinem Pferd hinunter und zog an einem vorbeiziehenden Busch. Als er sich wieder aufrichtete, straffte er die Schultern und räusperte sich. »Eine Blume für die Dame, als Dank dafür, dass du uns deine wertvolle Zeit und Aufmerksamkeit schenkst«, sagte Sven und überreichte Thyra eine Blume mit weißen Blütenblättern und gelbem und rotem Zentrum.

Thyra verbarg ein Lächeln. »Danke, aber ich finde, deine Worte verlieren an Wert, wenn du mir eine giftige Blume anbietest.«

Sven warf sie wie eine brennende Flamme zu Boden und wischte seine Hand energisch an seiner Kleidung ab, zog seinen Wasserschlauch heraus und goss dessen Inhalt über seine Hände. Einen solchen Mann aus Angst vor einer kleinen zarten Blume so zu sehen, brachte Thyra zum Lachen.

Sven beobachtete, wie sie lachte, während er seine Hände abtrocknete, bevor er selbst in Gelächter ausbrach. Dann ebbte das Lachen ab, und die beiden starrten einander an, überließen ihren Pferden die Führung und vertrauten darauf, dass sie ihre Reiter sicher dorthin bringen würden, wo sie hinmussten.

»Du hast ein wundervolles Lachen. Ich würde es gerne öfter hören«, sagte Sven mit atemloser und verführerischer Stimme.

»Deine Augen funkeln, wenn du lächelst«, sagte Thyra mit einem Augenzwinkern.

Sie überraschte sich selbst, indem sie seine Flirts erwiderte, mochte aber das Gefühl ihrer schweißnassen Hände und ihres rasenden Pulses. All das waren für sie neue und aufregende Empfindungen.

»Du bist wirklich bemerkenswert, Thyra«, sagte Sven und lenkte sein Pferd näher an ihres heran, so dass ihre Beine fast zwischen den beiden riesigen Tieren eingequetscht wurden.

Sven leckte sich über die Lippen und begann sich langsam zu ihr zu lehnen. Zu ihrer Überraschung tat Thyra es ihm gleich. Sie konnte seinen Atem riechen, und ihre Augen waren auf seine Unterlippe fixiert.

»Meine liebe Thyra, wenn ich ein Spieler wäre, würde ich sagen, du willst, dass ich dich küsse«, neckte Sven.

»Dann nimm die Wette an«, antwortete Thyra.

Just als sich ihre Lippen berühren wollten, rief Leif in der Ferne. Beide Reiter fuhren auseinander und blickten nach vorne, nur um festzustellen, dass Leif weiter voraus war als gedacht, denn er war nicht mehr zu sehen. Sie trieben ihre Pferde mit einem frustrierten Blick zueinander an und jagten durch die Bäume.

KAPITEL
FÜNF

Leif stand auf einer Lichtung, die wie die verlassenen Überreste eines Lagers aussah. Behelfsmäßige Unterstände, einige noch aufrecht, andere vom Wind umgeweht, bildeten einen Halbkreis um ein längst erloschenes Feuer. Andere Überreste zeigten, dass das Lager in Eile verlassen worden war.

Thyra stand erstaunt vor dem, was sie sah. Sie war diesen Weg schon oft gegangen. Wie hatte sie ein Lager nicht bemerken können? Hatte Jarl Halfden dort Zuflucht gesucht, als er vor den Jurgenson-Brüdern floh? Wie lange lag das Lager schon verlassen da?

Sven und Leif durchwühlten die Überreste, drehten Decken und Fahnen um, die das Wappen des Jarls trugen, und zerbrochene Waffen, eine Mischung aus Speeren, Bögen und Äxten. Hatte vor Halfdens Flucht ein Kampf stattgefunden?

»Schau hier«, sagte Leif und hob eine zerbrochene Truhe auf, deren Deckel kaum noch am letzten Scharnier hing. Es sah aus, als wäre sie aufgebrochen und zertrampelt worden.

Sven drängte sich an Thyra vorbei, stieß sie dabei fast um, und stürzte sich auf die Truhe, riss sie hart aus dem Unkraut, das sich mit den Überresten verflochten hatte. Er schrie auf, als er bemerkte, dass das Innere leer war, und schleuderte die Truhe heftig gegen einen nahegelegenen Baum, sodass die Reste der schweren Kiste zersplitterten.

Thyra schaffte es gerade noch, ihre Gefühle zu verbergen. Svens Ausbruch schockierte sie. Die Art, wie er sich auf die Truhe gestürzt hatte, als hinge sein Leben von ihrer Entdeckung ab. Da traf sie die Erkenntnis wie eine Welle. All die Höflichkeiten, all die Flirtereien waren eine Lüge gewesen. Ein Weg, um sie bei Laune zu halten, damit sie ihm half, sein Ziel zu erreichen. Sie fühlte sich dumm, benutzt, verraten, und Wut durchströmte sie. Sie wandte den Blick ab, da sie nicht wollte, dass Sven ihr in die Augen sah, während sie innerlich tobte.

»Lasst uns weitersuchen«, sagte Leif, und Thyra konnte hören, wie die beiden mit neuer Energie und Frustration die Reste des Lagers auseinanderrissen. Sie schienen völlig vergessen zu haben, dass sie überhaupt da war.

Thyra wanderte zum Rand des Lagers, da sie Abstand von Sven wollte, als sie eine Kerbe in einem Baum bemerkte. Wenn man nicht danach suchte, konnte man sie leicht übersehen. Sie war strategisch platziert worden, um einen anderen Pfad zu verbergen.

Dieser Pfad führt zu den Höhlen am Grund des Tals. Sicherlich würden Halfden und seine Männer nicht dorthin gehen. Sie sind dafür bekannt, dass sie überschwemmen. Aber Halfden würde diese Gegend nicht so gut kennen wie ich, dachte sie und hob ihre Hand zur Kerbe im Baum, um anhand der Abnutzung an den Rändern zu bestimmen, wie lange es her sein mochte, dass sie gemacht wurde. Sie war sich nicht sicher. Die Markierung war nicht frisch, aber sie war noch nicht zu stark von den Elementen abgeschliffen. Ein paar Monate? Ein halbes Jahr?

Thyra überlegte, ob sie Leif und Sven davon erzählen sollte. Sie zögerte kurz, übermannt von ihren Gefühlen der Wut gegenüber ihm, und dachte darüber nach, ob Halfdens Flucht in die Höhlen eine echte Möglichkeit war. Doch leider hatte sie nicht viel Zeit, diese Dinge zu bedenken, bevor sie Schritte hörte, die sich näherten. Sie drehte sich um und sah Sven, der sie misstrauisch beäugte. Sein Gesicht war nicht mehr das Gesicht voller Schönheit und Freundlichkeit, das sie kennengelernt hatte. Stattdessen stand vor ihr ein Mann mit rotem Gesicht, zornig, die Hände zu festen Fäusten mit weißen Knöcheln geballt. Sein Gesicht erinnerte Thyra an ihren Vater, abgesehen von den blauen Augen und den blonden Haaren.

»Was verheimlichst du?«, forderte er mit zusammengebissenen Zähnen, als er sie hart zur Seite stieß, um zu sehen, was sie betrachtet hatte.

KAPITEL
SECHS

Thyra stolperte, aber es gelang ihr mit einiger Anstrengung, schnell auf den Beinen zu bleiben. Sie drehte sich um und sah Sven an, während Wut durch ihre Adern strömte. Wie konnte er es wagen, sie so anzufassen! Ihre Hand wanderte zu der kleinen Axt, die in ihrem Gürtel steckte. Sie wollte damit nach ihm schlagen und ihm seinen Fehler vor Augen führen.

Sven ignorierte sie völlig. Er stand da und betrachtete die Kerbe, dann ging er ein kurzes Stück durch die Bäume, bevor er sofort wütend wurde. Seine Augen funkelten, als er auf Thyra zustürmte. Sie blieb standhaft und ließ ihn weder Bedauern noch Angst sehen, sondern spiegelte stattdessen seinen Zorn.

»Verräterin«, zischte er ihr zu, leise genug, dass Leif es nicht hören konnte.

»Das bin ich nicht!«, fauchte sie zurück, ihre Hand umklammerte die Axt fester. »Du solltest aufpassen, wie du mit mir redest. Und wenn du jemals wieder Hand an mich legst, werde ich besagte Hand eigenhändig entfernen«, tobte sie und stieß ihn mit dem Griff ihrer Axt hart gegen die Schulter.

»Du hast diesen Pfad gesehen. Wenn ich es nicht bemerkt hätte, hättest du ihn vor uns verheimlicht. Du hattest nie die Absicht, Sörens Befehle zu befolgen oder uns zu helfen«, brüllte er.

Sein Geschrei machte Leif auf die Situation aufmerksam, der mit gerunzelter Stirn zu ihnen beiden aufblickte.

»Ich habe einen Fehler gemacht, als ich dir vertraute und dir von unserem Auftrag erzählte. Ich werde nicht noch einmal so töricht sein!«, donnerte Sven, seine Stimme scheuchte Vögel aus den Bäumen.

»Was ist hier los?«, fragte Leif, während er sich die Hände an seiner Hose abwischte, um den Schmutz abzuklopfen, als er herüberkam.

»Es gibt einen weiteren Pfad, der aus dem Lager führt. Einen, den sie«, er zeigte mit einem anklagenden Finger auf Thyra, »für sich behalten wollte. Warum? Um den Schatz später selbst aufzuspüren? Ich sollte dich stattdessen vor den König schleifen und dich dasselbe Schicksal erleiden lassen wie andere, die von ihm stehlen«, brüllte Sven.

Thyra trat zurück, verletzt von seinen grausamen Worten. Der Zorn verschlang den Schmerz und nutzte ihn, um ihren Arm anzutreiben, als sie mit ihrer Axt nach ihm schlug und ihn zwang, zurückzuspringen, um nicht getroffen zu werden. Nun selbst brüllend stürmte sie erneut auf ihn zu und stieß ihn hart an der Schulter, wodurch er gegen den gekerbten Baum zurückprallte.

»Du bist verrückt. Du kennst mich nicht, bilde dir nicht ein, dass du es tust! Wenn du es tätest, wüsstest du, wie falsch du liegst. Ich habe gezögert, ja, das stimmt, aber nicht aus den Gründen, die du denkst. Ihr habt zuverlässige Informationen von einem von Jarls Männern über den Aufenthaltsort des Schatzes. Deshalb wurde ich angewiesen, euch zum Point zu führen. Dorthin will ich euch bringen. Dieser Pfad und dieses Lager sind für mich genauso neu wie für euch«, schrie sie und trat so nahe, dass ihre Gesichter sich fast berührten.

»Umso mehr ein Grund, uns von deiner Entdeckung zu erzählen!«, donnerte Sven, während der Rest der Gruppe ins Lager ritt.

»Es fühlte sich wie eine Verfolgung eines Hirngespinsts an. Das Lager ist längst verlassen. Die Truhe, die ihr gefunden habt, ist leer. Soweit wir wissen, haben sie hier gelagert und sind zum Point aufgebrochen, wohin eure Informationen euch führen«, schrie Thyra zurück.

Leif legte sanft eine Hand auf Thyras Schulter und zog sie langsam von Sven weg.

»Genug gestritten wie Kinder«, sagte er und beendete den Streit. »Wohin führt der Pfad?«

Er hatte Thyra ruhig, sogar freundlich gefragt. Thyra funkelte Sven an und wandte ihren Blick langsam ab, um zu Leif aufzusehen. Sie zügelte ihren Zorn genug, um ihm klar zu antworten.

»Nirgendwohin von Bedeutung. Am Fuße des Hügels gibt es einige Höhlen. Sie führen nirgendwohin. Es ist eine Sackgasse. Schaut selbst nach, wenn ihr mir nicht glaubt. Ich wurde angewiesen, euch zum Point zu führen und nirgendwo anders hin. Wenn ihr also dorthin gehen wollt, geht ihr allein«, sagte Thyra, während ihr Zorn langsam verflog. Immerhin richtete sich ihr Ärger nicht gegen Leif.

Unglücklicherweise kannte Thyra die Höhlen nur zu gut und hatte nicht die Absicht, jemals wieder hineinzugehen. Sie hatte dort einst während eines besonders schlimmen Sturms Zuflucht gesucht, weshalb sie auch wusste, dass sie überschwemmt wurden. Aber mehr noch hasste sie die Dunkelheit und besonders enge Räume. Es war viel zu leicht, sich in den Höhlen zu verirren, und sie hatte keine Lust, in einer von ihnen stecken zu bleiben. Besonders da sie kaum atmen konnte, wenn sie sich diesen dunklen und schrecklichen Orten näherte. Sie würde sich vor diesen Männern nicht der Angst und Panik hingeben, besonders nicht vor Revna, die ihr bereits Verachtung zeigte.

»Dann geh«, sagte Sven im härtesten Ton, den Thyra bisher gehört hatte. Sie schwor, auf seinem Gesicht loderte Hass, als er an ihr vorbeiging und sein Pferd bestieg.

Thyra stand in den Überresten des Lagers und beobachtete, wie die Gruppe ohne sie durch die Bäume ritt. Sie wartete, bis sie außer Sicht waren, bevor sie aufbrach. Die Wut raste noch immer durch ihr Blut, als sie ihr Pferd bestieg und härter als beabsichtigt in die Rippen trat, was sie sofort bereute.

Vergiss sie, Thyra. Lass sie ihrer Hirngespinst-Jagd nachgehen. Es geht dich nichts an, was sie tun, dachte sie, als sie zurück in Richtung der Siedlung ritt.

KAPITEL SIEBEN

Der Sturm, den Thyra für vorüber hielt, schien erneut aufzuleben, als sie das Lager verließ. Je weiter sie ritt, desto heftiger begann der Regen zu fallen und verschlimmerte sich mit jeder Minute. Nach nur kurzer Strecke zügelte sie ihr Pferd und blickte zum Himmel. Eben war es noch hell und sonnig gewesen, und jetzt brodelte der Himmel mit schwarzen Wolken. Blitze zuckten darin, als versuchten sie auszubrechen. Sie schaute über ihre Schulter zurück und überlegte, was sie über die Höhlen wusste.

Die Hügel darüber boten an sonnigen Tagen Schutz. Doch bei starkem Regen füllten sich die Höhlen mit Wasser und wurden zu Todesfallen, wobei einige Passagen vollständig von außen abgeschnitten wurden. Ein Mensch könnte in solch einem Ort leicht ertrinken.

Sie sind Wikinger. Ich weiß, dass Sven vielleicht dumm ist, aber sicherlich gibt es genug von ihnen, die aufeinander aufpassen. Außerdem, dachte sie, hätte zumindest einer den Verstand haben müssen zu wissen, dass man nicht in nasse Höhlen vordringen sollte.

Aber Thyra war eine Frau, die zu ihrem Wort stand, eine Frau mit Ehre, und während ihr Zorn sie dazu bringen wollte, sie ihrem Schicksal zu überlassen, ließ ihr Gewissen das nicht zu. Es war sonnig, als sie den Hügel hinabstiegen. Einmal drinnen werden sie nichts vom Regen wissen, und sie kennen die Windungen der Höhlen nicht, dachte sie.

»Mitgefühl wird mein Tod sein«, sagte sie zu ihrem Pferd, wendete es und ritt in voller Geschwindigkeit zurück.

Thyras Pferd kämpfte darum, auf den Beinen zu bleiben, während seine Hufe in den nassen Boden einsanken und sich zu den Höhlen vorarbeiteten. Donner grollte durch den Himmel, und Blitze zuckten, während der Regen in Wellen herabprasselte, die mit dem Meer wetteiferten. Arne stand am Eingang der Höhlen und kämpfte sichtlich mit etwas. Er rannte zu Thyra, als sie von ihrem Pferd sprang.

»Sie antworten nicht; ich habe mehrmals nach ihnen gerufen, seit der Sturm begann. Ich glaube, sie sind zu tief hineingegangen. Ich fürchte um sie. Was sollen wir tun?«, fragte er und erhob seine Stimme, um über das rauschende Wasser gehört zu werden, das über den Hügel rollte und die Höhlenöffnung wie ein Wasserfall verbarg.

»Geh nach Westen, dort findest du eine kleine Stadt. Erzähle ihnen von deinen Freunden, die in der Höhle gefangen sind, bringe so viele Männer mit wie möglich«, brüllte Thyra über das krachende Wasser vom Hügelgipfel. »Sie werden wissen, wie man sie rettet.«

»Ich spreche die Sprache nicht«, antwortete Arne.

»In dieser Stadt werden mehrere Sprachen gesprochen. Du wirst jemanden finden, der hilft. Geh jetzt, ich werde hineingehen und nach ihnen suchen, aber beeil dich«, beharrte Thyra und schob Arne zu den Pferden, die unruhig wurden, als der Donner um sie herum dröhnte.

Aus Angst war Thyra nicht weit in die Höhlen vorgedrungen, aber sie hatte viel über die verschlungenen Gänge gehört und wohin einige von ihnen führen könnten. Sie holte mehrmals tief Luft, sammelte sich, bevor sie durch den Wasserfall, der jetzt den Eingang der Höhle umhüllte, nach innen stürmte. Das kalte, schmutzige Wasser prasselte auf sie herab, als sie hineinrannte. Sie zitterte, fand einen Baumstamm und einige Steine, schlug die Steine zusammen und entzündete eine kleine Fackel, die ihr beim Sehen helfen sollte, in der Hoffnung, dass sie ihre Ängste beseitigen würde. Das tat sie nicht. Ihre Hände zitterten, und ihre Brust wurde mit jedem Schritt enger.

‚Wo bist du, Kind?' Die Stimme ihres Vaters hallte in ihren Ohren,

‚Entweder du kommst raus, oder ich schlage deine Mutter zweimal, einmal für sie und einmal für dich.'

Sie lehnte sich gegen die feuchte, mit Moos bewachsene Höhlenwand und kniff die Augen zusammen. Hör auf, hör auf, hör auf, es ist nicht echt, er ist nicht hier. Sie nahm einen zittrigen Atemzug und machte weiter, duckte sich, als die Decke in einem Gang niedrig wurde.

‚Papa nein, bitte', ihre Erinnerung blitzte auf, als ihr Vater sie fand und an ihrem Arm packte, sie so hart aus ihrem Versteck zerrte, dass er ihre Schulter ausgekugelt hatte.

Es ist nicht real; du bist nicht mehr dieses verängstigte Kind; du bist eine tapfere Kriegerin, die Männer bezwungen hat, die doppelt so groß sind wie du. Atme Thyra, atme. Sie erinnerte sich selbst daran, als sie aufstand und der Gang sich vor ihr öffnete. Sie marschierte vorwärts, jeder Schritt ein Triumph des Mutes.

»Sven? Revna? Leif?«

Niemand antwortete.

Sie schritt voran, rief in Gang um Gang, versuchte herauszufinden, welchen Weg sie nehmen sollte. Sven brauchte sie. Es war teilweise ihre Schuld, dass sie sie allein diesen Weg gehen ließ. Schuldgefühle stachen in ihr. Sie würde sich nie verzeihen, wenn sie wegen ihrer törichten Ängste verletzt würden.

Die Fackel, die sie entzündet hatte, bot wenig Licht in der Dunkelheit der Höhlen, und ihr Licht zitterte, als sie versuchte, gegen ihre Angst und die Kälte anzukämpfen.

Bei so wenig Licht, das sie führte, sah sie die Vertiefung am Boden nicht, bis es zu spät war. Thyra schrie auf, als sie ihren Knöchel verdrehte. Schnell kämpfte sie sich wieder aufrecht, bemerkte den Schmerz kaum, da sie Schlimmeres erlebt hatte. Aber als sie wieder Halt fand, rutschte sie aus und ließ ihre Fackel fallen. Sie platschte in eine Pfütze und erlosch, und ließ Thyra nach Luft schnappend in völliger Dunkelheit zurück.

Angst übernahm ihr Herz, als Erinnerungen aus ihrer Kindheit zurückkehrten. Sie war im Dunkeln gefangen, allein, ohne Ausweg und mit dem Sturm draußen, der eine Überschwemmung androhte.

»Sven!«, schrie sie aus Reflex statt aus Angst. Ihr Schrei hallte lang und laut durch die Höhle. Es war ein Schrei von reiner, völliger Hilflosigkeit und Furcht. Der Terror in ihrer eigenen Stimme reichte aus, um ihr Blut gefrieren zu lassen.

Keine Antwort kam. Sie war allein, kilometerweit unter der Erde, wo niemand sie jemals finden würde.

KAPITEL
ACHT

Die Höhlen hatten so viele Gänge, dass die Gruppe sich nach dem Betreten aufteilte, um mehr Gelände abzudecken. Sven kannte Höhlen. Er hatte viele solcher Orte schon erkundet, also markierte er seinen Weg mit einem weichen Stein, der als Kreide diente, um seinen Pfad nicht zu verlieren. Später wusste er, dass er dankbar sein würde, dies getan zu haben.

Als Sven Thyras Stimme durch die Höhle hallen hörte, bemerkte er zuerst den Alarm in ihrer Stimme. Er drehte sich um, Fackel in der Hand, und folgte der Richtung, aus der der Laut gekommen war, während er aufmerksam lauschte, wie ihre Angst immer noch widerhallte. Er dachte, er sei unfair zu ihr gewesen mit der Art, wie er sie behandelt hatte. Jetzt betete er zu Odin, dass er sie finden konnte, bevor das Echo verklang, denn er musste sich entschuldigen, die Dinge wieder in Ordnung bringen.

Sie retten.

Er bog um eine Ecke und dann um eine weitere, duckte sich und trat aus einer großen Öffnung in der Wand heraus.

Er scannte den Raum, schwenkte seine Fackel, als die Flamme Licht einfing. Thyra kauerte an der Wand, wiegte sich vor und zurück, ihre Knie an die Brust gezogen und die Arme fest um sie geschlungen. Der

Schmerz, den er noch nie zuvor gefühlt hatte, stach bei ihrem Anblick in seine Brust. Er lief nach vorne und steckte die Fackel in einen Spalt in der Höhlenwand.

»Thyra?«, fragte er und nahm sie in seine Arme. Sie klammerte sich an ihn, kämpfte darum, ihm näher zu kommen.

»Sven! Gefangen... konnte nicht atmen... ich... Angst«, stolperte sie über die Worte, unfähig, einen ganzen Satz zu vollenden. Sie zitterte in seinen Armen, und er zog sie näher, wiegte ihren Kopf an seiner Schulter und beruhigte sie, wie man ein verängstigtes Kind beruhigen würde.

»Es wird alles gut. Du bist nicht allein«, flüsterte er.

Schließlich beruhigte sie sich und löste sich von ihm. Als er endlich ihr Gesicht sehen konnte, sank Svens Herz beim Anblick ihrer tränenverschmierten Wangen. Sven umfasste ihr Gesicht mit seinen großen, schwieligen Händen und wischte die Tränen mit seinen Daumen weg. Seine Finger strichen sanft über die Seite ihres Halses.

»Sven... Danke... Ich«

»Du musst nichts erklären. Ich habe deinen Schrei gehört. Ich konnte nicht fernbleiben, trotz unserer früheren Meinungsverschiedenheit«, sagte er leise. Er schenkte ihr das gleiche mitfühlende Lächeln, das er getragen hatte, als Sören sie angeschrien hatte.

»Es tut mir leid, dass du mich so sehen musstest. Ich bin eine Schwertmaid. Ich soll keine Angst spüren. Ich wäre nicht in diesen Höhlen, wenn es nicht wegen dir wäre«, sagte sie und täuschte Wut vor, um ihre Verlegenheit und Dankbarkeit für Svens Rettung zu verbergen.

»Ohne Angst, wie soll man wissen, wie man mutig sein kann?«, sagte Sven einfach.

Thyra antwortete nicht. Dies war ein neuer Gedanke für sie, einer, den sie zuvor noch nicht in Betracht gezogen hatte.

»Ich entschuldige mich für meinen Ausbruch vorhin. Allerdings gibt es da etwas, das ich dir sagen sollte. Der König hat eine Belohnung für die Rückgabe seines Schatzes ausgesetzt«, begann Sven und setzte sich auf einen Felsen gegenüber von Thyra, während sie sich sammelte. Er rieb sich den Nacken und kämpfte mit einer eigenen Schlacht.

Thyras Augen weiteten sich. »Dann warum-«

»Mein Vater war ein Berater des Königs. Plötzlich erkrankte er, er konnte nicht mehr sprechen, sein Gesicht war nicht mehr das, mit dem ich aufgewachsen bin, und er konnte sich nicht mehr selbst ernähren. Was auch immer diese geheimnisvolle Krankheit ist, die meinen Vater befallen hat, sie hat ihn verkrüppelt«, sagte Sven mit brechender Stimme, als er von seinem Herzschmerz sprach.

»Oh, Sven...« Sie streckte ihre Hand nach ihm aus und nahm seine Finger in ihre.

Sven räusperte sich und hielt seinen Blick auf den Höhlenboden gerichtet, weil er die Geschichte zu Ende erzählen musste.

»Meine Mutter und mein älterer Bruder kümmern sich um unseren Familienhof, um die Familie zu unterstützen, und Revna und ich haben die Rolle meines Vaters übernommen, um so gut wie möglich zu helfen. Die Belohnung ist großzügig genug, selbst wenn sie durch sechs geteilt wird. Es würde bedeuten, dass meine Mutter und mein Bruder nicht mehr so hart arbeiten müssten, und Revna und ich könnten endlich unser eigenes Boot bauen und wären nicht länger an das Schiff des Königs gebunden. Revna befürchtet, wenn ich dir näherkomme, werde ich unseren Anteil teilen wollen. Es steht außer Frage. Wenn wir den Schatz finden, dann wegen deiner Hilfe, also würde ich ihn natürlich mit dir teilen. Ich habe das Revna erklärt, aber sie denkt, ich sei ein Narr«, gestand Sven.

Thyra erkannte nur allzu schnell, dass sie Revna und Sven falsch beurteilt hatte. Sie hatten viele Probleme und waren nicht bloß gierig nach Gold. Aber dennoch fühlte sie sich selbst immer noch töricht wegen ihres Verhaltens und spürte plötzlich eine Wärme und Bewunderung für Sven. Je mehr sie ihn kennenlernte, desto mehr erkannte sie, dass er nicht nur äußerlich schön war, sondern auch innerlich. Sicher, er hatte nicht immer so gehandelt, wie er sollte, aber wer tat das schon? Er hatte sich entschuldigt. Konnte sie ihm nicht verzeihen, besonders da sie jetzt die ganze Geschichte kannte?

»Revna hat recht. Du bist töricht. Ich brauche keine Münzen. Außerdem, sollten wir nicht erst den Schatz finden, bevor wir über die Aufteilung der Belohnung sprechen?«, sagte Thyra mit einem Grinsen.

Plötzlich verfinsterte sich ihr Gesicht, als sie sich an den Grund erinnerte, warum sie zurückgekommen war. Der Regen.

»Was ist los?«, fragte Sven, als er ihre plötzliche Veränderung der Stimmung bemerkte.

Thyra bekam keine Chance zu antworten. In der Ferne hörte sie das Rauschen von Wasser, das die Gänge füllte. Sie war bereits zu spät.

KAPITEL
NEUN

Sven riss die Fackel von der Wand und nahm Thyras Hand. Er zog sie hinter sich her und steuerte durch den Gang nach oben, wobei er als Thyras Augen fungierte und ihr von Löchern im Boden und Absenkungen in der Decke erzählte. Mit Sven als ihrem Führer verspürte Thyra keine Angst mehr vor den engen Räumen und konnte mit überraschender Leichtigkeit folgen. Sven hatte seinen Weg markiert und kannte sich in Höhlen aus. Es war offensichtlich, dass sie in guten Händen war.

Während sie sich fortbewegten, vermutete er, dass die Gruppe zu einem zentralen Gang gehen würde, wo alle Pfade zusammenliefen, um einander zu suchen, bevor die Zeit ablief. Sie schlängelten sich durch Gänge, änderten mehrmals ihre Route, da einige Wege bereits von Wasser überflutet waren.

»Er ist hier«, rief Ulf, als er Sven in die zentrale Höhle eintreten sah. Svens Instinkte hatten sich bewahrheitet, und er atmete erleichtert auf, als er alle wieder zusammen sah.

»Ich dachte, du wärst bereits weg«, sagte Revna mehr überrascht als alles andere, als sie Thyra hinter Sven entdeckte.

»Ich kam zurück, sobald der Sturm losbrach. Wir müssen gehen; diese Höhlen werden überflutet«, sagte sie.

»Mehrere Gänge stehen bereits unter Wasser. Wie kommen wir raus?«, fragte Toke.

»Hier entlang, ich habe einen Weg markiert, aber beeilt euch«, sagte Sven und drehte sich in die Richtung um, aus der er gekommen war.

Alle drehten sich um, um Sven zu folgen, als Ulf stoppte und sich zum Boden beugte, um etwas zu greifen, das die anderen übersehen hatten.

»Wartet! Seht, das ist eine Goldmünze. Sie muss vom Danegeld stammen«, rief er und hielt die Münze hoch genug, damit alle sie sehen konnten.

Die Gruppe hielt an, um zu schauen. In diesem Moment strömte Wasser durch Risse in der Decke. Es brauste, als es fiel, prallte gegen Felsen und machte es schwer, einander zu hören.

»Bewegt euch! Jetzt!«, schrie Sven, während er den Gang hinunterlief, dicht gefolgt von den anderen.

Sie liefen den von Sven markierten Pfad entlang, hielten aber plötzlich an, da der Gang, den sie zur Flucht nehmen mussten, überflutet war. Der Gang war bereits schwierig genug mit einer niedrigen Decke und gezackten Wänden. Sie könnten durchschwimmen, aber es war zu riskant ohne Licht. Also suchte Sven nach einem anderen Gang in der Hoffnung, dass er umleiten und zu einem anderen Fluchtweg führen würde.

Ulf schrie vor Schmerz auf, als ein loser Felsen von der Höhlendecke fiel und auf seine Schulter krachte. Er griff nach seinem Schlüsselbein und taumelte weiter, während mehr Wasser durch das Loch in der Decke strömte und den Wasserstand bis zu den Knien ansteigen ließ.

Die Gruppe eilte vorwärts, stellte aber fest, dass es keinen Ausweg gab. Der Pfad, den sie genommen hatten, führte in eine Sackgasse.

»Wir sitzen in der Falle!«, rief Revna.

»Wir müssen zurück. Wir werden durch den überfluteten Gang schwimmen müssen; das ist der einzige Ausweg«, rief Thyra.

»Bist du verrückt? Wir werden blind schwimmen«, argumentierte Toke.

»Hast du eine bessere Idee? Bitte teile sie mit, bevor wir alle ertrinken«, bellte Revna.

»Wir haben keine Wahl. Kommt schon«, sagte Sven und drehte sich um, während er sich durch das Wasser kämpfte, das inzwischen hüfttief war.

Svens Griff um Thyras Hand verstärkte sich, als sie zu der Passage zurückkehrten, die nach unten führte und zu ihrer Flucht. Er drehte sich zu ihr um und nahm ihr Gesicht in seine Hände.

»Erinnerst du dich an die Windungen im Gang?«, schrie er über das hallende Brausen des fließenden Wassers in der Höhle. Thyra nickte.

»Hole tief Luft und dreh nicht um. Ich werde direkt hinter dir sein. Los!«, sagte er und hielt die Fackel hoch, damit die anderen seinen Standort leicht finden konnten.

Thyra holte tief Luft und tauchte ins Wasser, verschwand aus dem Blickfeld. Sven gab die Fackel an Ulf weiter und folgte Thyra dicht. Er öffnete seine Augen unter Wasser, aber das verursachte ihm nur Schmerzen. Die Höhle war zu dunkel und das Wasser trüb, voller Trümmer und Schlamm. Er fühlte die Wände und verließ sich auf sein Muskelgedächtnis, um den Weg nach draußen zu finden. Plötzlich wurde ihm klar, dass er nicht weiterkam, und er begann zu panikieren. Er konnte nicht zurück und ging langsam die Luft aus. Als er die Hoffnung verlor, spürte er eine Hand auf seiner Schulter, die ihn hochzog. Thyra führte ihn zu einem Loch im Gang, das zu einer höheren Ebene führte und sie aus den überfluteten Gängen herausbrachte.

Ein kleiner Lichtschein vom Eingang rief nach ihnen. Es war nicht mehr weit. Sven zog sich aus dem Wasser, dicht gefolgt von Ulf, Leif und Revna. Während des Schwimmens hatte Leif sich den Kopf gestoßen, und Blut floss aus seiner Schläfe und färbte seinen Bart.

»Wo ist Toke?«, dröhnte Leifs Stimme.

»Er war direkt hinter mir«, antwortete Revna, aber das Wasser lag still. Es gab kein Anzeichen von Toke.

»Ich gehe zurück«, rief Revna.

»Das kannst du nicht. Es ist zu gefährlich«, schrie Leif, aber Revna hörte nicht zu. Stattdessen tauchte sie zurück ins Wasser und verschwand schnell aus dem Blickfeld. Alle saßen mit angehaltenem Atem und warteten darauf, dass Revna und Toke zurückkehrten. Als die Momente vergingen und der Wasserspiegel aus dem Gang zu steigen begann und sie in Richtung Höhlenöffnung trieb, waren Ulf und Leif gezwungen, Sven zurückzuhalten, als er in Panik um seine Schwester geriet.

»Sie ist die stärkste Frau, die ich kenne«, stöhnte Ulf, der immer noch seine verletzte Schulter umklammerte.

»Stärke bedeutet nichts, wenn sie nicht atmen kann«, argumentierte Sven.

In diesem Moment schoss Revna aus dem Wasser, Toke tauchte hinter ihr auf und schockte die Gruppe in momentane Stille. Sven und Leif stürzten nach vorne, zogen Toke aus dem Wasser und überließen Revna sich selbst.

»Er atmet nicht«, rief Leif, als Revna sich an Leif vorbeidrängte und ihn beiseiteschob. Sie packte Tokes Gesicht, öffnete seinen Mund und begann, ihm Leben einzuhauchen. Sie drückte mehrmals auf seine Brust, bevor sie ihm wieder Atem einblies.

»Wage es nicht, mir zu sterben, du starrsinniger Narr, nicht nachdem ich mein Leben riskiert habe, um dich zu retten«, schrie sie und schlug mit der Faust auf seine Brust.

Toke bäumte sich auf, hustete schlammiges Wasser aus und rang nach Luft.

»Was ist passiert?«, keuchte er und schaute in die Runde besorgter Gesichter, die ihn anstarrten.

»Ein Teil des Ganges ist eingestürzt. Sein Fuß war eingeklemmt. Können wir jetzt bitte gehen?«, schrie Revna, zog Toke hoch und legte seinen Arm über ihre Schultern, während alle zum Ausgang rannten.

Endlich draußen, stürzten alle kopfüber zu Boden und rutschten auf dem durchnässten Boden, während der Regen weiter um sie herum goss. Zumindest konnten sie jetzt beruhigt sein, da sie sich keine Sorgen mehr machen mussten zu ertrinken.

Sie gönnten sich einen Moment zum Nachdenken, lagen alle still, bevor sie schließlich auf die Füße krabbelten. Ulf zog die Münze aus seiner Tasche, erstaunt, dass er sie nach dem Schwimmen durch den Gang noch hatte.

»Wir wären fast gestorben, aber wir haben einen Hinweis gefunden. Das Danegeld ist hier«, sagte Ulf und warf die Münze zu Leif, der sie leicht fing. Er spielte mit ihr zwischen seinen Fingern und untersuchte die Münze.

»Die Höhlen sind viel zu nass, um das Risiko einzugehen, etwas darin aufzubewahren. Er könnte sie eine Weile dort gelagert haben, aber wahrscheinlich hat er sie zum Punkt gebracht, als er merkte, dass die Höhlen überschwemmen. Das ist wahrscheinlicher der Grund, warum sein Mann euch dorthin geschickt hat«, sagte Thyra, und die Gruppe stimmte zu.

»Hat jemand daran gedacht, Halfden zu fragen, warum er die Münze zurückgelassen hat?«, fragte Thyra und ärgerte sich über sich selbst, dass sie nicht früher daran gedacht hatte.

»Halfden hat die Gelder für die englische Armee hinterlassen. Er hat Verbündete an diesen Küsten und plante, Bescheid zu geben, wenn die Zeit gekommen wäre, die Armee zu finanzieren. Er plante einen Krieg gegen Dänemark, falls sein Plan, den König loszuwerden, scheitern sollte«, erklärte Leif und machte die Dinge für Thyra verständlicher. »Es war bestenfalls ein Notfallplan, und zum Glück ein Plan, der bisher gescheitert zu sein scheint«, fuhr Leif fort, während er die Münze in seinen Beutel steckte.

»Warum können wir ihn also nicht fragen, wo er es gelassen hat? Ich bin sicher, wenn er sich weigert zu sprechen, gibt es Wege, ihn dazu zu bringen«, sagte Thyra.

»Als Dittmer und Erik Jurgenson den Jarl nach Dänemark brachten, ließ der König ihn für seine Verbrechen hinrichten. Der König will jetzt, dass das Geld zurückgegeben wird, bevor es jemand findet. Er will besonders nicht, dass jemand die englische Armee bezahlt. Krieg ist immer noch eine sehr wahrscheinliche Möglichkeit. Halfden hatte Verbündete, einige kennen wir, andere nicht«, erklärte Leif.

Die Gruppe schaute einander an. In jedem Gesicht war eine Niederlage zu lesen. Der Gedanke an einen Krieg an fremden Küsten oder zu Hause mit der englischen Armee, besonders einer, die mit dänischen Münzen finanziert wurde, war kein angenehmer Gedanke.

»Leif!«, rief Arne und unterbrach die düstere Stimmung der Gruppe, als er mit Männern aus der Stadt auf sie zugerannt kam.

»Wie immer zu spät«, neckte Toke, der Revna nicht aus den Augen gelassen hatte, seit sie sein Leben gerettet hatte. Thyra war überrascht, dass er sich nicht bedankt hatte, aber dachte, es sei nicht ihre Sache, das zu kommentieren.

»Ihr habt Glück, überhaupt herausgekommen zu sein. Die Höhlenfluten haben schon viele Leben gefordert«, sagte einer der Stadtbewohner, als sie sich näherten.

»Kommt in die Stadt. Wir werden euch sauber machen und euch Essen und ein warmes Bett für die Nacht anbieten«, sagte ein anderer Stadtbewohner. Mit wenigen Worten oder Argumenten stimmte die Gruppe stöhnend zu und machte sich auf den Weg den Pfad hinauf, weg von den Höhlen.

Sven packte Thyras Arm und hielt sie zurück, ließ die Gruppe vorausgehen. Sie schaute fragend zu ihm auf und sah etwas in seinen Augen, das ihr Herz einen Schlag aussetzen ließ.

»Ich weiß nicht, was in dieser Höhle passiert ist, um dich so ängstlich zu machen, und ich muss es nicht wissen, wenn du es nicht erzählen willst. Was ich weiß, ist, dass es viel Mut brauchte, dein Leben für völlig Fremde zu riskieren«, sagte Sven und zog sie näher zu sich.

Thyra sagte nichts, spürte aber, wie ihre Wangen rot wurden und ihr Körper sich in seiner Nähe erwärmte, obwohl beide völlig durchnässt waren. Sven legte seine Hand um ihren Nacken und zog sie ohne ein weiteres Wort zu sich, drückte seine weichen vollen Lippen auf ihre. Thyra begrüßte den Kuss, griff nach seiner Kleidung und zog ihn näher. Sie öffnete ihren Mund für ihn und ließ seine Zunge sie erkunden, während sie ihn erkundete.

»Sollen wir das Aufholen zu den anderen für später lassen?«, fragte Sven, indem er sich zurückzog, aber nah genug blieb, um sich einen weiteren Kuss stehlen zu können, wenn er wollte.

»Nun, die Stadtbewohner können sie in die Stadt führen. Ich bin der Führer der Gruppe, und ich halte mich wohl noch an die Befehle, wenn ich dich zu einer nahen Höhle führe, die trocken und einigermaßen komfortabel ist«, sagte sie mit einem Augenzwinkern.

Sie griff nach seiner Hand und eilte den Hügel hinauf, vorbei an einem Dickicht von Bäumen zu einer Höhle auf dem Berg, die vor dem Regen geschützt und tief in den Berg eingegraben war.

Einmal drinnen und aus dem Regen, führte Thyra Sven durch einen Abschnitt mit weit offenen Gängen zu einer kleinen Öffnung, die einst genutzt worden war, um Vorräte zu verstecken. Decken und andere Kleinigkeiten füllten den Raum. Unangezündete Fackeln hingen an mehreren Stellen in der Umgebung, und es dauerte für Thyra keine Zeit, sie anzuzünden. Bei jedem anderen Besuch dieser Höhle hatte sie sichergestellt, eine Fackel dabei zu haben, um ihren Weg zu beleuchten, aber mit Sven an ihrer Seite stellte sie fest, dass sie die Dunkelheit nicht mehr fürchtete.

»Lass uns dich aus diesen nassen Kleidern holen«, neckte Thyra, streckte die Hand aus und zog Svens Hemd über seinen Kopf.

»Du zuerst«, grinste Sven zurück.

Sie hatten ein leichtes, schnelles Spiel daraus gemacht, die Kleidung des anderen zu entfernen, und die Fackeln heizten langsam den geschlossenen Raum auf.

Da es kalt und nass war, standen Thyras Brustwarzen hoch und stolz auf ihren runden, straffen Brüsten. Sie schmerzten, nicht nur wegen der Kälte, sondern wegen Svens Berührung.

»Du bist wirklich bezaubernd«, hauchte Sven mit einem Augenzwinkern, als er Thyras starken, schlanken Körper vor sich bewunderte.

»Du bist auch nicht schlecht«, flüsterte sie, während sie ihre Hände über seine muskulöse Brust gleiten ließ und eine Narbe an seinem Schlüsselbein mit sanften, zärtlichen Küssen nachzeichnete.

Sven sog scharf die Luft ein, als Thyras Zunge an seinen Brustwarzen knabberte und ihre Hand die Linie über seine Bauchmuskeln hinunter, vorbei an seinem Bauchnabel, zog und ihre Finger sich um seinen geschwollenen Schwanz legten. Dann begann sie, ihn qualvoll langsam zu streicheln, ihre Hand wärmte ihn, während seine Lippen Küsse an ihrem Hals entlang verteilten, bevor er ihr Ohrläppchen zwischen seine Zähne nahm.

Thyra war beeindruckt von der Länge und dem Umfang von Sven und spürte, wie ihre Beine bei dem Gedanken, ihn tief in sich zu spüren, zitterten. Svens Hände fuhren Thyras muskulöse Schenkel hinauf. Eine blieb fest um ihren Hintern gelegt, während seine andere Hand hochfuhr, um ihre Brust zu necken. Sie ließ ihren Kopf zurückfallen, als Sven seine Zähne über ihren Hals und ihr Schlüsselbein streifen ließ, bevor er ihre Brust in seinen Mund nahm. Thyra begrüßte seine Wärme, als die beiden zu Boden sanken, bequem gemacht durch die zurückgelassenen Decken.

Sven rollte Thyra auf den Rücken und küsste jeden Teil von ihr, vom Kopf bis zu den Zehenspitzen. Langsam arbeitete er sich mit seinen Küssen ihre Beine hinauf, drückte ihre Beine auseinander, während er ihre Innenschenkel küsste. Schließlich schaute er auf, hielt seinen Blick mit ihrem verschlossen, leckte seine Lippen und gab ihr ein verschmitztes Grinsen, bevor seine Zunge sie erkundete.

Thyra führte ihre Hände zu ihren Brüsten, zwickte und neckte ihre Brustwarzen, während Sven an der pulsierenden Stelle zwischen ihren Schenkeln leckte und saugte. Thyra stöhnte vor Vergnügen, als sie spürte, wie Wellen der Lust in ihr aufbauten. Ihre Stöhner wurden lauter, als sie ihrem Höhepunkt näher kam. Ihr Höhepunkt rief nach ihr.

Kurz bevor sie ihren Höhepunkt erreichte, zog sich Sven zurück und kroch zu ihr hoch, küsste sie leidenschaftlich, bevor er ihr ins Ohr flüsterte.

»Ich will dich um mich spüren, wenn du deinen Höhepunkt erreichst.«

Seine Stimme sandte einen Schauer der Lust durch sie.

Sanft drang Sven in sie ein, rollte sanft mit seinen Hüften, während Thyras Hände seinen muskulösen Rücken erforschten. Sven dehnte sie auf eine Art und Weise, die sie noch nie zuvor gefühlt hatte, und sie stöhnte vor Vergnügen, wollte und brauchte mehr.

»Ich will dich ganz, Sven«, sagte Thyra zwischen Stöhnern der Lust.

»Mehr?«

Er knurrte das Wort in ihr Ohr, und sie schrie auf: »Ja!«

Sven stieß härter und schneller zu, während Thyras Finger über seinen Rücken kratzten. Sven stöhnte vor Vergnügen bei den Momenten des Schmerzes. Ihre Stöhner und das Rufen ihrer Namen erfüllten die Höhle, hallten im kleinen Raum wider, bis die beiden ihre Erlösung fanden.

EPILOG

Zurück im Dorf ließ sich die Gruppe am lodernden Feuer des Gasthauses nieder, während Revna und Thyra friedlich in ihren Zimmern im Obergeschoss schliefen. Leif, Sven, Ulf, Arne und Toke saßen über den Tisch gebeugt und leerten ihren Met, wobei sie mit gedämpften Stimmen sprachen, da sie nicht wollten, dass jemand anderes sie hörte.

»Mir gefällt es immer noch nicht, dass du es versäumt hast, uns über die Möglichkeit eines Krieges zu informieren. Ich schätze es, die ganze Geschichte zu kennen, bevor ich einen Auftrag annehme«, stöhnte Toke.

»Der Auftrag wäre so oder so derselbe gewesen. Die Münze finden und sie zum König zurückbringen«, sagte Leif. Er hatte den ganzen Abend dasselbe gesagt und nichts anderes als Antwort geboten.

»Woher sollen wir wissen, dass du uns nicht noch andere Geheimnisse vorenthältst, Leif? Wie erwartest du, dass wir dir vertrauen, wenn du uns Dinge verschweigst?«, fragte Ulf, während er den letzten Schluck seines Getränks nahm.

»Wie lange sind wir schon Freunde? Hattest du jemals zuvor einen Grund, mir nicht zu vertrauen?«, fragte Leif mit hochgezogener Augenbraue.

»Das bedeutet nicht, dass es uns gefällt, Leif. Du spielst deine Karten zu dicht an der Brust«, entgegnete Sven.

»Jetzt, da wir von der Möglichkeit einer englischen Armee wissen, denke ich, sollten wir nach Verrätern in unseren Reihen suchen. Mit wem hat der Jarl zusammengearbeitet?«, fragte Arne.

»Genau deshalb habe ich beschlossen, es euch nicht zu sagen. Unser Auftrag ist nicht, Verräter zu finden, sondern das Danegeld. Ich wollte nicht, dass ihr abgelenkt werdet«, sagte Leif.

Arne warf ihm einen Blick zu. »Nun, jetzt wissen wir es, und wir sind hier und haben die Gelegenheit, einen Krieg zu verhindern. Diese Verantwortung können wir nicht vernachlässigen.«

»Wir sind Wikinger. Wir laufen nicht vor einem Kampf davon«, sagte Leif barsch.

»Vor einem Kampf davonlaufen und einen Krieg gegen unsere Heimat verhindern sind zwei sehr verschiedene Dinge, mein Freund«, argumentierte Sven.

Die Diskussion darüber, was als Nächstes zu tun sei, dauerte bis in die frühen Morgenstunden, weit über den Sonnenuntergang hinaus. Schließlich wurde eine Entscheidung getroffen. Arne und Ulf würden zur Siedlung zurückkehren und herausfinden, was sie über Halfden und seine Verbündeten erfahren konnten, während Sven, Revna, Thyra, Toke und Leif bei Tagesanbruch zum Treffpunkt weiterziehen würden.

ENDE

REVNA: VERZAUBERT VON EINEM WAFFENBRUDER

HEISSER HISTORISCHER WIKINGERROMAN

PROLOG

Es ist nicht leicht, von der Frau gerettet zu werden, die du dein ganzes Leben lang geliebt hast. Besonders wenn du nur einmal in ihren Armen gelegen hast, als sie deinen wertlosen Hintern aus dem Wasser zog, und du dann nur aufgewacht bist, um ein weiteres Mal zu erfahren, was für ein Versager du gewesen bist. Als Wikinger hatte Toke sich nie Sorgen um seine Sterblichkeit gemacht. Er wusste, dass Walhalla auf ihn wartete. Er lebte für den Kampf, den Adrenalinstoß, und er fürchtete niemals die Klinge eines anderen. Toke hatte keine Angst vor dem Tod. Aber er fürchtete zu sterben, ohne die Dinge zwischen sich und Revna zu klären. Doch natürlich wäre das jetzt noch komplizierter, nachdem sie diejenige gewesen war, die ihn gerettet hatte.

Er respektierte sie als die Kriegerin, die sie war. Sie war genauso furchteinflößend und tödlich wie jeder Wikinger, an dessen Seite er gekämpft hatte. Aber am Ende des Tages war sie immer noch eine Frau. Er hasste sich selbst dafür, so zu denken, aber wie sollte er sich sonst fühlen? Er wusste, dass seine Kameraden ihn nicht in Ruhe lassen würden mit der Tatsache, dass sie seinen wertlosen Hintern gerettet hatte. Er konnte die Witze und bissigen Bemerkungen schon hören.

Der Gedanke hielt ihn die ganze Nacht wach. Während seine Freunde schliefen, wanderte er nach draußen, um frische Luft zu schnappen. Er trat in die lockere Erde und kämpfte mit seinem inneren Monolog. Wie könnte er ihr jemals seine Gefühle offenbaren? Sie würde ihm wahrscheinlich ins Gesicht lachen. Wie könnte sie ihn respektieren, nachdem sie diejenige war, die ihn gerettet hatte? Was denkt sie jetzt von ihm?

Je mehr er darüber nachdachte, desto mehr spürte er, wie die Angst in seiner Brust wuchs, wie eine Kraft, die seine Lungen zusammendrückte und ihm nicht erlaubte zu atmen. Er ließ ein leises Stöhnen hören, nicht zu laut, aus Angst, unerwünschte Aufmerksamkeit auf sich zu ziehen. Er lief hin und her und sah schließlich auf, nur um Sven zu entdecken, der ihn direkt anstarrte.

»Was machst du hier draußen?«, fragte Sven.

»Geht dich nichts an«, schnauzte Toke zurück und trat mit der Spitze seines Stiefels in die Erde. »Ich konnte nicht schlafen«, antwortete er etwas sanfter.

»Ich habe sehr gut geschlafen, aber diese verdammten Betten sind so klein, dass ich meine Beine strecken musste«, erwiderte Sven.

»Hab nicht gefragt«, antwortete Toke und hielt seinen Blick auf den Boden gerichtet.

»Stimmt was nicht? Du grübelst doch nicht immer noch darüber nach, dass Revna deinen Arsch gerettet hat, oder? Ich habe mich angeboten, aber sie bestand darauf, dass sie es sein müsste«, lächelte Sven und setzte sich auf die steinerne Stufe neben der Tür.

Toke sah auf, seine gequälten Augen trafen endlich auf Sven. Svens Gesicht verfinsterte sich, als er sah, wie beunruhigt sein Freund tatsächlich war.

»Was bedrückt dich?«, fragte er.

»Sie wird mich jetzt nie ansehen. Es war schon vorher schlimm, aber jetzt? Ich meine, sie ist eine starke, fähige Frau. Wer würde mit so einem Versager wie mir zusammen sein wollen?«, sagte Toke rau, drehte sich weg und wollte nicht, dass sein Freund den Schmerz in seinen Augen sah.

»Geht es hier wirklich um Revna? Toke, solange ich mich erinnern kann, warst *du* derjenige, der sie aufgezogen und gequält hat. Es ist, als würdest du dir extra Mühe geben, sie zu verärgern. Deshalb hat sie Probleme mit dir. Aus keinem anderen Grund. Wenn du vielleicht... ich weiß nicht... *netter* zu ihr wärst. Vielleicht würde sie dann in deine Richtung schauen«, bot Sven an.

Sven stand auf und ging zu seinem Freund, der ein raues Lachen von sich gab und den Worten seines Freundes keinen Glauben schenkte.

»Oder vielleicht geht es hier gar nicht um Revna. Sie sieht dich nicht als Versager; sie sieht dich als Dorn in ihrem Auge. Vielleicht hast du Probleme damit, dass sie dich gerettet hat, weil du dir Sorgen machst, was dein Vater denken wird...«, wagte Sven zu sagen.

Seine Worte wurden abrupt unterbrochen, als Toke sich umdrehte, sein schmerzverzerrtes Gesicht nun voller Wut.

»Mein Vater? Warum erwähnst du ihn?«, knurrte Toke.

»Leif wird den Vorfall wahrscheinlich dem König melden; es wird sich herumsprechen. Das ist alles, was ich meinte. Aber Bruder, es ist kein Geheimnis, wie du um die Anerkennung deines Vaters kämpfst...«

Toke schlug in Svens Richtung, aber Sven hatte katzenartige Reflexe und sprang rechtzeitig zurück, sodass der Schlag seinen Kiefer verfehlte.

»Vielleicht solltest du dich um deine eigenen Angelegenheiten kümmern!«, schnauzte Toke und stürmte in Richtung Wald davon.

»Wo gehst du hin?«, rief Sven ihm nach.

»Ich brauche frische Luft.«

Sven lachte herzlich: »Du bist bereits draußen.«

Toke drehte sich um und wedelte wild mit den Händen, zeigte auf die umliegenden Gebäude.

»Ich bin mitten in einer Stadt! Wie soll ich in so einem überfüllten Ort atmen können?«, schnauzte Toke.

Sein Argument war schwach. Er wollte einfach nur allein mit seinen Gedanken sein, und Svens Worte hatten ihm viel zum Nachdenken gegeben. Jetzt, dank ihm, machte er sich nicht nur Sorgen um Revna, sondern auch um seinen Vater. Ging es hier mehr um ihn als um sie? Er schlug im Vorbeigehen gegen einen Baum, Rinde fiel zu Boden und seine Knöchel färbten sich rot. Je mehr seine Gedanken rasten, desto mehr fühlte er, dass er nicht atmen konnte.

KAPITEL
EINS

Revna konnte den einzelnen Münze nicht aus dem Kopf bekommen. Es ergab keinen Sinn, dass dort nur eine Münze sein sollte. Was, wenn der Rest des Schatzes noch da wäre, sie ihn aber einfach übersehen hatten? Sie waren Wikinger. Sie hätten sich nicht von ein bisschen Wasser abschrecken lassen sollen. Die Tatsache, dass sie wegen der Flut aufgegeben hatten, nagte an ihr. Es ließ ihre Haut vor Frustration jucken. Wenn Toke nicht fast ertrunken wäre, hätte sie die anderen überzeugen können zu bleiben, das wusste sie. Sie wälzte sich hin und her, unfähig zu schlafen, während sie darüber grübelte. Schließlich gab sie es auf, einzuschlafen, und wartete, bis die anderen eingeschlummert waren.

Leise schlich sie die Treppe hinunter, ging an all den anderen schlafenden Gästen im Gasthaus vorbei und eilte zu den Scheunen. Sie musste sich beeilen; sie musste zurück sein, bevor die anderen aufwachten, sonst würden sie ihr vorwerfen, allein hinter der Belohnung her zu sein.

Als sie die Scheune betrat, streichelte sie die Schnauze ihres Pferdes, um es ruhig und still zu halten. Ihr Pferd war eine Schönheit, ein Geschenk der Jurgenson-Brüder für ihre Reise. Ein großes, mächtiges schwarzes Tier mit dickem weißem Fell, das die Hufe bedeckte, und einer üppigen, dichten weißen Mähne. Sie wünschte, sie könnte das Pferd mit zurück nach Dänemark nehmen, wenn ihre Mission beendet war.

Sie sattelte das Pferd und packte ihre Ausrüstung zusammen. Ein stabiles Seil, eine Laterne und etwas zu essen. Sie steckte ihr Schwert in die Scheide und ihre Klingen in ihre Stiefel. Eine ordentliche Suche ist notwendig, versuchte sie sich selbst davon zu überzeugen, dass sie das Richtige tat.

Die Gruppe hatte geplant, ihre Reise bei Tagesanbruch fortzusetzen. Der Kap wartete auf sie. Sie musste sich beeilen; diese Nacht war ihre einzige Chance, die Höhlen zu durchsuchen. Sie ließ ihre Fantasie schweifen, während sie ihre Sachen in die Satteltaschen packte. Wie würde es sein, den Schatz zu finden? Wie viel würde sie finden? Bevor der Jarl für seine Verbrechen gegen den König hingerichtet wurde, hatten sie von seiner Gewohnheit erfahren, vom Danegeld zu stehlen. Seine Männer wussten von seinem Treiben, aber keiner wusste genau, wie viel gestohlen und versteckt worden war. Sie wussten, es war genug, um möglicherweise eine Armee zu finanzieren. Würde sie eine Höhle finden, die so voll war, dass sie vor Gold überquoll? War die Münze das Einzige, was sie gestohlen hatte?

Sie stellte sich vor, wie sie auf eine Höhle von der Größe des gesamten Gasthauses stieß, gefüllt mit Truhen voller Gold und Juwelen. Sie stellte sich Kunst und Waffen vor. Alles, was der Jarl als wertvoll erachten würde. Gänsehaut überzog ihre Haut. Die Welt würde ihren Namen kennen nach solch einem Fund. Dann kam ihr ein weiterer Gedanke. Müsste sie die Belohnung teilen? Wenn sie alleine loszog und es unabhängig entdeckte, wäre die Belohnung doch ganz allein ihre, oder?

Die Welt würde ihr gehören, wenn die Belohnung nur an sie ginge. Sie könnte ihrer Familie etwas abgeben und dann ihr eigenes Boot bekommen und die Welt besegeln. Sie könnte eine eigene Gemeinschaft gründen, bestehend aus starken Frauen, mit denen sie auf Beutezug gehen könnte. Niemand würde sie aufhalten können. Ihr Herz begann zu rasen, und die Haare in ihrem Nacken stellten sich auf. Aufregung durchströmte sie. Sie fühlte sich allein bei dem

Gedanken wie berauscht. Es war berauschend, diese Vorstellung von Freiheit.

»Komm, Mädchen, lass uns gehen«, flüsterte sie ihrem Pferd zu.

Sie griff nach den Zügeln und machte sich bereit aufzusteigen, doch die Nacht hatte andere Pläne. Sie wurde an den Schultern gepackt und weggezogen. Sie wirbelte herum, kampfbereit, ihr Gesicht drohend wie ein Gewitter, als sie Toke gegenüberstand. Sein Gesicht war rot vor Wut, und seine Stirn so tief gefurcht, dass seine Augenbrauen fast seine Nase berührten und seine Stirn Falten schlug.

»Und wohin glaubst du, gehst du?«, fauchte er.

KAPITEL
ZWEI

Toke mag dumm wirken, aber er war kein Narr. Er wusste genau, warum Revna jetzt unterwegs war, und er wusste genau, was sie vorhatte. Er musste zugeben, er war beeindruckt von ihrer Planung und Durchführung, aber er ärgerte sich, dass er nicht selbst zuerst darauf gekommen war.

Den Schatz des Jarls zu finden würde sein Ansehen enorm steigern. Revna wäre dann gezwungen, ihn zu beachten. Aber, Revna beiseite, es würde seinen Vater – einen Berater des Königs – aufhorchen lassen. Toke hatte eine angespannte Beziehung zu seinem Vater. Egal was er tat, er war ein Versager in den Augen seines Vaters.

»Eine nutzlose, erbärmliche Entschuldigung für einen Wikinger«, waren einige der letzten Worte, die sein Vater zu ihm sagte, bevor er die Mission mit Lief und den anderen annahm. Er stellte sich den Gesichtsausdruck seines Vaters vor, wenn er hereinkäme, um seine Belohnung entgegenzunehmen, und von dem Ruhm erzählte, die Münzen des Königs zurückgebracht zu haben.

»Was machst du hier?« fauchte Revna und stieß seine Hände von sich weg.

»Vergiss mich. Gehst du allein nach dem Schatz? Warum? Um die Belohnung für dich allein zu beanspruchen?« flüsterte Toke wütend.

Keiner von beiden wollte erwischt werden.

»Entschuldige, brauche ich deine Erlaubnis, um meinen Job zu machen? Es macht keinen Unterschied, ob ich alleine gehe oder mit einer Gruppe. Wir brechen im Morgengrauen zur Landspitze auf. Ich führe fort, was wir begonnen haben, bevor ich deinen Hintern retten musste. Ich finde vielleicht nichts, aber ich muss es versuchen. Solange ich bis zum Morgen zurück bin, was spielt es für eine Rolle?« giftete sie zurück und stieß ihren Finger hart in seine Schulter, bevor sie sich wieder ihrem Pferd zuwandte.

Toke grinste sie spöttisch an. Es war ein schwaches Argument, bestenfalls wackelig. Er musste zugeben, dass sie Sinn machte, aber er würde ihr das niemals sagen.

»Du gehst nicht zu dieser Höhle, jedenfalls nicht ohne mich. Also komme ich mit«, sagte er und schob sich an ihr vorbei, um sein Pferd zu satteln.

»Von wegen! Ich bin kein Kind, das beaufsichtigt werden muss, und ich bin keine dieser zimperlichen Hofdamen, die ständig einen Mann an ihrer Seite brauchen. Ich könnte dich gefesselt hier zurücklassen bis zum Morgen, wenn ich wollte.« schnappte sie.

Toke war froh, dass er ihr den Rücken zukehrte. Obwohl er es nicht genoss, wenn eine Frau die Führung übernahm, ertappte er sich bei dem Gedanken, wie sie ihn fesselte und mit ihm machte, was sie wollte.

»Beruhige dich, Frau. Ich bezweifle deine Fähigkeiten nicht. Ich möchte dich auch nicht beschützen. Die Höhlen sind gefährlich, und Sven würde meinen Kopf auf einen Spieß stecken, wenn er herausfände, dass ich dich alleine gehen ließ, falls dir etwas zustoßen würde.« sagte Toke, stieg auf sein Pferd und beobachtete sie, wartend auf ihre Reaktion.

Sie stieß ein Stöhnen der Verärgerung aus, bevor sie widerwillig ihre Niederlage eingestand.

»Gut«, knurrte sie durch zusammengebissene Zähne.

Sie bestieg ihr Pferd und ritt in hohem Tempo los, sodass Toke aufholen musste.

KAPITEL
DREI

Revna kochte vor Wut, als sie aus der Stadt galoppierte und in den Wald ritt. Sie brauchte seine Hilfe weder noch wollte sie sie. Besonders nicht von einem dummen Wikinger, der nicht einmal aufpassen kann, wohin er geht. Ihr Standpunkt wurde bestätigt, als sie ihn aufschreien hörte, weil ein tief hängender Ast ihm ins Gesicht schlug, während er hinter ihr herraste. Wäre sie nicht so wütend auf ihn gewesen, hätte sie gelacht. Stattdessen verdrehte sie die Augen und trieb ihr Pferd zu einem schnelleren Tempo an, um den Abstand zwischen ihnen zu vergrößern.

Als die Höhlen am Fuße des Hügels in Sicht kamen, blitzte die Erinnerung an gestern in ihrem Kopf auf. Sie spürte erneut die Panik, die sie erfasst hatte, als ihr klar wurde, dass er nicht aus dem Loch hochkam – der Gedanke, dass er in dieser dunklen Grube ertrinken könnte, allein und verängstigt. Toke und Revna waren sich in den meisten Dingen nie einig. Er widersprach allem, was sie jemals sagte, und machte sie bei jeder Gelegenheit klein. Sie hielt ihn für einen unreifen, eingebildeten Esel. Aber einmal, vor langer Zeit, war da etwas gewesen. Selbst wenn sie den Mann nicht mochte, zu dem er geworden war, brannte ein tief in ihr verwurzelter Teil immer noch für ihn. Sie sehnte sich noch immer nach seiner Berührung und danach, ihn sie anlächeln zu sehen. Sie hasste diesen Teil von sich. Er war kitschig und erinnerte zu sehr an das Verhalten der englischen Hofdamen. Nicht an die Handlungen oder das Benehmen einer starken Schildmaid, die viele Siege in der Schlacht errungen hatte.

Sie stieg ab und band ihr Pferd an einen Baum, während sie in den Abgrund der Höhle starrte. Erneut überkam sie Panik. Sie hatte Glück gehabt, ihn beim letzten Mal zu retten. Was, wenn sie ihn nicht wieder beschützen könnte? Sie blickte zurück und sah, wie nah er daran war, sie einzuholen. Sie wollte nicht riskieren, ihn im Labyrinth der Höhlen zu verlieren. Mit dieser Schuld könnte sie nicht leben, wenn er es nicht lebend herausschaffen würde.

Sie erinnerte sich an den Vortag, nachdem sie ihn aus dem Wasserloch gezogen hatte. Sie erinnerte sich, wie sie in ihn hinein geatmet und auf seine Brust geschlagen hatte. Die Leere, als sie dachte, seine Augen hätten sich für immer geschlossen. Dieses Gefühl wollte sie nie wieder erleben.

Toke stieg ab und ließ sein Pferd bei ihrem, nahm große Schritte, um sich ihr am Höhleneingang anzuschließen. Er machte einen Schritt hinein, und sie streckte ihre Hand aus, legte sie auf seine Brust und erstarrte, als sie die Muskeln unter ihren Fingerspitzen spürte. Sie hoffte, dass ihr Gesicht nicht die Überraschung über das Feuer verriet, das durch ihre Adern lief.

»Vielleicht solltest du zurückgehen und die anderen wecken«, wagte sie zu sagen, unsicher, welches Argument sie vorbringen könnte, um ihn davon abzuhalten, sich ihr anzuschließen.

»Warum hast du das nicht gesagt, bevor wir losgefahren sind? Wir sind jetzt hier. Komm schon, lass uns das erledigen, damit wir zurück in die Wärme des Gasthofs können«, sagte er und versuchte, an ihr vorbeizudrücken, aber sie hielt ihren Griff und ihre Stellung.

»Ich werde das nur einmal sagen, und auch nur, weil sonst niemand da ist, der es hören könnte, also wird dir niemand glauben. Du hattest recht. Ich hätte nicht allein hierher kommen sollen. Geh zurück und hol die anderen; es gibt zu viele Höhlen, als dass wir zwei sie durchsuchen könnten.« Sie versuchte es erneut.

Toke trat einen Schritt zurück und betrachtete sie aufmerksam. Er verschränkte die Arme vor der Brust, und sein Gesicht spiegelte den

Ausdruck der Wut wider, den er ihr zuwarf, als er sie in der Scheune fand.

»Ich habe dich für besser gehalten, Revna«, tadelte er und schüttelte langsam missbilligend den Kopf.

»Entschuldige bitte?«

»Bist du so gierig, dass du Leben und Gliedmaßen allein in diesen Höhlen riskierst? Du würdest riskieren, in der Dunkelheit gefangen zu sein, in einer versunkenen Höhle zu ertrinken oder was auch immer für eine frische Hölle auf dich wartet. Nur um den Schatz allein zu finden? Du bist nicht besser als der Jarl«, knurrte er.

Toke hatte in der Vergangenheit schon einige schockierende und schreckliche Dinge zu ihr gesagt. Doch nichts hatte so tief geschnitten wie diese Aussage. Sie war verletzt. Tief. Sie spürte, wie der Zorn in ihr aufwallte wie ein Bär im Käfig.

»Du würdest genauso viel riskieren, wenn nicht sogar mehr, wenn es bedeuten würde, dass dein Vater dir einen zweiten Blick schenkt«, höhnte sie.

Kaum hatten die Worte ihre Lippen verlassen, tadelte sie die Stimme in ihrem Hinterkopf, dass sie zu weit gegangen war. Es war ein Tiefschlag, selbst für sie. Tokes Beziehung zu seinem Vater war allgemein bekannt, und für diejenigen, die ihm am nächsten standen, war es ein wunder Punkt. Sie bereute es sofort. Sie öffnete den Mund, um sich zu entschuldigen, aber bevor sie auch nur blinzeln konnte, riss Toke ihr die Laterne aus der Hand und stürmte in die Höhlen.

Sie sah zu, wie das Licht der Laterne aus ihrem Blickfeld verschwand, immer noch fassungslos über ihre kleinliche Dummheit. Sie musste sich entschuldigen. Differenzen hin oder her, Toke war nicht durch und durch schlecht. Und selbst wenn, er hatte das Gift, das sie mit einem Schnalzen ihrer Zunge auf ihn abgefeuert hatte, nicht verdient.

KAPITEL
VIER

Revna und Toke waren zusammen aufgewachsen. Und sie dachte an diese gemeinsame Zeit vor all den Jahren zurück, während sie ihm nacheilte. Die richtigen Worte für eine Entschuldigung zu finden, war nicht einfach, besonders wenn die Wunde tief saß. Revna erinnerte sich daran, wie sie auf dem Hof ihrer Familie stand und zusah, wie Toke alles tat, um seinen Vater stolz zu machen, aber nichts schien genug zu sein. Ihre benachbarten Ländereien boten Toke die Möglichkeit für seine ständigen Wanderungen, verzweifelt auf der Suche nach einem Weg, die Anerkennung seines Vaters zu gewinnen. Sie dachte zurück an die Zeit, als sie spielerisch mit ihren Schwertern kämpften und sich auf Schlachten vorbereiteten, von denen sie nicht einmal träumten. Sie dachte zurück an die Zeit, als sie sich selbst versprach, die größte Schwertmaid zu werden und Tokes Vater in seine Schranken zu weisen. Tokes Vater war ziemlich hart zu ihm gewesen; ihre angespannte Vergangenheit war im ganzen Königreich bekannt. Da sein Vater ein enger Berater des Königs war, ließ sich die Distanz und Missbilligung zwischen Vater und Sohn nur schwer verbergen.

Toke und Revna waren einst eng miteinander verbunden. Sie teilten früher Äpfel von der Ernte und Ausritte während der Wachdienste. Aber als sie heranwuchsen, zermürbten die Schläge und die boshafte Zunge seines Vaters Toke, und er begann, seinen Frust gegenüber seinem Vater an Revna auszulassen. Er entwickelte sich von einem Gefährten zu ihrem Peiniger, auch wenn sie sich wehren konnte. Und immer noch wünschte sie, sie hätte ihm irgendwie helfen können.

Bevor sie für diese Mission zusammengebracht wurden, hatten die beiden sich lange nicht gesehen. Sie fragte sich, ob sich seine Beziehung zu seinem Vater verschlechtert hatte, was sonst noch in seinem Leben passiert war. Die Schuldgefühle und die Abwesenheit nagten an ihr. *Nagte es auch an ihm?* Sie schüttelte den Gedanken ab. Er hatte es verdient, zurechtgewiesen zu werden, weil er ihr solche Dinge vorwarf, aber sie hätte es besser handhaben können. Sie erinnerte sich daran, wie seine Worte sie als Kind verletzt hatten, und sie wollte nicht, dass sich die Geschichte wiederholte.

Sie eilte ihm nach, allein ihrem Muskelgedächtnis folgend. Da Toke so weit voraus war und die einzige Laterne hatte, war es schwer, das schwache Licht zu erkennen. Sie rief mehrmals nach ihm, als sie ihn endlich einholte, aber er ignorierte sie. Obwohl ihr Temperament aufflammte, spürte Revna, wie ihr Herz schmerzte, als er sie abwies. Schließlich packte sie seine Schulter und versuchte, ihn zum Stehenbleiben zu bewegen.

»Toke, es tut mir leid, ich bin zu weit gegangen. Du hast einen wunden Punkt getroffen, und ich habe schlecht reagiert. Bitte, lass mich mich entschuldigen«, flehte sie.

Toke grunzte und zuckte mit der Schulter aus ihrem Griff, immer noch nicht gewillt, sie anzusehen. *Warum stört mich das so sehr?* Sie wollte nicht, dass sie sich deswegen zerstritten. Er war manchmal ein eingebildeter Arsch, aber er war immer noch ihr Freund. Einer ihrer ältesten Freunde.

»Toke, hör auf, so stur zu sein und sieh mich an. Ich sage dir, wie leid es mir tut. Ich habe es nicht so gemeint.« Sie bestand darauf, packte ihn fester und drehte ihn zu sich um.

Tokes Fuß rutschte auf dem moosbewachsenen Boden aus, und er stolperte auf sie zu. Es dauerte ein paar Schritte, um sein Gleichgewicht wiederzuerlangen, aber als er es geschafft hatte, weiteten sich seine Augen, als er merkte, wie nah sie sich waren.

Er lag in ihren Armen, ihre Nasen berührten sich fast. Sein Herz hämmerte in seiner Brust, als sich ihre Blicke trafen. Er bemerkte sanfte braune Sommersprossen, die er zuvor nicht gesehen hatte, als das Licht der Laterne in ihren Augen schimmerte. Ein Luftzug durchströmte die Höhle und brachte ihren Duft mit sich. Er füllte seine Nüstern. Sie war berauschend. Er bemerkte, wie sie nicht versuchte, ihn wegzustoßen. Sie mochte es, dass er so nah war. Ihre Brust hob sich, und er spürte, wie ihre Brüste bei jedem tiefen Atemzug, den sie nahm, über seine Brust strichen.

Keiner von ihnen wusste wie oder wer den ersten Schritt gemacht hatte, aber plötzlich verschmolzen ihre Lippen. Zunächst war es zärtlich und nervös, jeder versuchte herauszufinden, wie der andere fühlte. Dann verschlangen sich ihre Zungen in einem Tango unausgesprochener Worte und aufgestauter Gefühle. Schließlich küssten sie sich lang und heftig, keiner wollte, dass es endete.

Langsam lösten sie sich voneinander, starrten sich an und warteten darauf, wer die ersten Worte sprechen würde. Sie keuchten nach Luft, noch immer berauscht von ihrem Kuss. Dann standen sie erstaunt im Licht der Laterne und wunderten sich über eine solche Wendung der Ereignisse.

»Du hattest recht«, atmete Toke, seine Augen weiteten sich.

»Nein, hatte ich nicht, darum geht es doch...«, begann sie zu protestieren.

Toke klopfte ihr auf die Schulter, und sein Mundwinkel verzog sich zu einem Grinsen. Revna wusste nicht, was sie mehr schockierte, der Kuss oder sein Versuch zu lächeln. Lächeln war etwas, das Toke nie tat. Er war in seinen Interaktionen mit anderen stets ernst und geschäftsmäßig, selbst unter den engsten Freunden in der Gruppe.

»Nicht deswegen. Du warst ein Arsch. Da sind wir uns einig. Aber schau«, sagte er und zeigte auf den hohen Felsvorsprung knapp über ihrer Schulter.

Er ging an ihr vorbei, hob die Laterne, um besser sehen zu können; das Licht wurde von der einzelnen Goldmünze reflektiert.

»Wir waren tiefer in den Höhlen, als wir die erste fanden. Wie kommt die hierher?«, fragte Revna.

»Das spielt keine Rolle. Der Punkt ist, Revna: Du hattest recht, zurückzukommen.«, antwortete er.

KAPITEL
FÜNF

»Ich komme nicht ran. Du musst hochklettern und schauen, was da ist«, sagte Toke, als er die Laterne auf einen Felsen stellte. »Ich gebe dir Schwung«, sagte er, packte sie an der Taille und hob sie mühelos hoch.

Bei seiner Berührung und dem Kraftbeweis überzog eine Gänsehaut Revnas Haut. Ihr Kopf drehte sich noch immer von dem Kuss. *Was bedeutete er? Hat es ihm genauso gefallen wie ihr?* Sie konnte sich immer noch nicht erinnern, wer sich zuerst vorgebeugt hatte.

Sie streckte sich, griff nach dem Vorsprung und zog sich hoch. Sie drehte sich um, nahm die Laterne aus Tokes ausgestreckter Hand und beleuchtete den Bereich. Es gab eine kleine Öffnung, und wieder war nur eine Münze zu sehen. Sie legte sich auf den Bauch und schob sich weiter hinein, um besser sehen zu können, doch die Öffnung war eng, und sie konnte nicht viel weiter sehen und tastete blind im Dunkeln. Sie fühlte herum, aber ihre Hand stieß nur auf eine Wand.

»Was siehst du?«, fragte Toke.

»Nichts, nur die eine Münze. Es gibt ein paar Trümmer, aber sonst nichts«, antwortete sie.

Sie hätte herunterkommen können, aber sie dachte nicht klar. Ihre Gedanken kreisten nicht mehr um den Schatz des Jarls oder die Belohnung. Alles, woran sie denken konnte, war dieser Kuss. Der Kuss, den sie noch immer auf ihren Lippen spüren und auf ihrer Zunge schmecken konnte. Hatte sie die ganze Zeit Gefühle für Toke gehabt und sie einfach ignoriert? Schwärmte er für sie?

»Revna!«, rief Toke und holte sie in die Gegenwart zurück.

»Was? Sorry, ich kann dich nicht hören«, stotterte sie.

»Ich sagte, könnte jemand sie dort platziert haben, um uns von der Fährte abzubringen? Glaubst du, jemand anders weiß von unserem Auftrag?«, antwortete er. Der genervte Ton in seiner Stimme entging ihr nicht.

»Ich weiß nicht, aber hier ist eine Menge Schutt«, antwortete sie, während sie rückwärts kroch, um zurückzukommen.

»Das bedeutet gar nichts«, wehrte Toke ab.

Sie kroch rückwärts und ließ ihre Beine baumeln, bis ihre Füße auf einen Vorsprung trafen, sodass sie hinunterklettern konnte. Toke packte erneut ihre Taille und half ihr herunter. Ihre Haut erschauderte bei seiner Berührung. Als sie voreinander standen, war die Spannung greifbar. Das einzige Geräusch in den Höhlen war ihr langsames Atmen und das gelegentliche Tropfen von Wasser, das nach den Überschwemmungen noch übrig war.

»Revna... dieser Kuss...«, begann Toke sanft.

Revna geriet in Panik, wollte nicht darüber sprechen. Sie konnte nicht klar denken und wollte nichts sagen, was die Situation verkomplizieren könnte. Sie konnten reden, wenn sie Zeit zum Nachdenken gehabt hatte, aber nicht hier. Nicht in der dunklen Höhle.

»Wahrscheinlich hat eine Ratte sie dort hochgebracht. Vielleicht finden wir deshalb immer nur die eine Münze. Ratten machen sich vermutlich mit dem Schatz davon«, schlug sie hastig vor.

Sie trat sich innerlich; es war eine dumme Antwort, aber je mehr er sie berührte, desto mehr geriet ihr Verstand ins Trudeln. Sie konnte nicht klar denken und plapperte jede verrückte Idee heraus, die ihr in den Sinn kam. Sie wischte Schutt und Steinstaub von ihrer Kleidung und blickte schließlich auf, nur um Tokes unbeeindrucktes Gesicht zu sehen.

»Was?«, fragte sie.

»Ratten? Ist das das Beste, was dir einfällt?«

»Hast du eine bessere Erklärung?«, fragte sie.

»Reden wir wirklich nicht über das, was gerade passiert ist? Ich dachte, ihr Frauen redet gerne über solche Dinge«, sagte er und versuchte erfolglos, seine wachsende Belustigung zu verbergen.

Er wusste, dass er sie durcheinandergebracht hatte; sie war nicht sie selbst. Sie fühlte es auch und trieb ihre Argumentation voran.

»Tu mir den Gefallen. Schau nach Kot, wir können herausfinden, woher die Ratten kommen, und sie könnten uns zum Rest des Goldes führen«, sagte sie und versuchte, so selbstsicher wie möglich zu klingen.

Toke ließ sich nicht täuschen, gab aber nach. Er verdrehte die Augen und nahm ihr die Laterne ab, um den Boden nach allem zu durchsuchen, was Rattenkot ähnelte.

»Das ist dämlich. Erstens ist es hier stockdunkel. Wie soll ich etwas so Kleines wie Rattenkot sehen? Zweitens rennen Ratten nicht mit Gold davon«, argumentierte er frustriert und gab seine Suche schließlich auf.

»Bitte, wenn du einen besseren Plan hast, sag es mir«, meinte sie.

»Warum suchst du nicht auch? Warum muss ich derjenige sein, der nach Rattenscheiße sucht?«, stöhnte er.

Revna sagte einen Moment lang nichts, bis sie merkte, dass er tatsächlich auf eine Antwort wartete. »Du hast die Laterne.«

Toke verdrehte die Augen. Er wurde genervt. Sein Körper schmerzte vor angestauter Spannung, die durch ihren Kuss ausgelöst wurde. Er wollte darüber reden, damit er wusste, wie sie fühlte, und damit sie es wiederholen konnten.

»Ich dachte, du wärst klüger, Revna.«

»Was?«

»Du bist eine erwachsene Frau. Eine Wikingerfrau. Eine der besten Schildmaiden, die ich kenne. Doch wir küssen uns, und plötzlich benimmst du dich wie ein Kind. Bringst dumme Ideen vor und wackelige Argumente. Ich habe mehr von dir erwartet. Offenbar habe ich mich geirrt«, zuckte Toke mit den Schultern.

Er wusste, was er tat; er versuchte, sie wütend zu machen. Irgendeine Reaktion von ihr zu bekommen. Bei jedem Wikinger, sei es Mann oder Frau, ist das Ego der beste Angriffspunkt. Wie erwartet ging sie auf den Köder ein.

»Nenn mich noch einmal dumm. Ich fordere dich heraus!«, knurrte sie.

»Ich habe nie gesagt, dass du dumm bist. Ich sagte, deine Idee sei dumm. Das ist ein Unterschied. Weib!«

Das reichte aus. Der abwertende Ton und die Betonung hinter dem einfachen Wort – Weib. Sie war eine Frau und eine verdammt gute noch dazu. Aber wenn man den Fokus an die richtige Stelle setzt, kann man jedes Wort in einen Ausdruck der Feindseligkeit verwandeln. Revnas Blut kochte. Sie mochte es nicht, wie er versuchte, ihr die Macht zu nehmen; es fühlte sich erniedrigend an.

Ihr Arm holte aus und flog durch die Luft. Der Klang ihrer Hand, die gegen seine Wange klatschte, hallte durch die Höhle. Toke hatte nicht erwartet, dass sie so reagieren würde, und stand erstarrt an Ort und Stelle.

Mit dem letzten verhallenden Echo von Haut, die auf Haut trifft, gab Revna ihren Begierden nach und packte Tokes Kragen mit beiden Händen, riss ihn zu sich heran. Sie küsste ihn heftig, und zu ihrer Freude erwiderte er den Kuss mit gleicher Intensität. Seine Hände wühlten sich in ihr Haar, zogen an den Wurzeln und versuchten, sie näher zu ziehen. Ihre Zungen massierten sich wahnsinnig, genossen den Geschmack ihrer Begierde.

Toke schubste sie zurück, und sie knallte gegen die Höhlenwand. Der Hunger und die Lust in seinen Augen machten die Kraft zu einem Schmerz, den sie bereit war zu ertragen. Ihre Münder trafen sich erneut, während ihre Hände einander wild erkundeten. Jahre unterdrückter sexueller Spannung und Worte, die gesagt werden mussten. Alles, was sie zu laut auszusprechen fürchteten, lag in diesem Kuss.

KAPITEL
SECHS

Die Spannung stieg, intensiv und schnell. Ihr Atem wurde schwerer. Sie wussten beide, was kommen würde, und sie beide wollten es. Tokes Hand wanderte an Revnas Körper hoch und umfasste ihre Brüste. Er schwelgte in dem Gefühl, wie sie seine Hand ausfüllte.

Revna konnte spüren, wie ihre Brustwarzen bei seiner Berührung steif wurden. Sie sehnte sich danach, seine Hände auf ihrer nackten Haut zu fühlen. Sie griff nach seinem Hemd und riss es auf, schob es von seinen breiten, muskulösen Schultern und ließ ihre Hände über die Mauer aus Muskeln gleiten, die seine Brust war. Er sog scharf die Luft ein, als ihre Hände über seine Brust strichen, und verbarg, dass er vor Vorfreude unter ihrer Berührung zitterte.

Toke riss ihr Hemd auf und vergrub sein Gesicht in ihrem Nacken, knabberte und küsste ihr Schlüsselbein und bahnte sich seinen Weg zu ihrem Ohr. Seine Hand glitt in ihr Hemd und umfasste ihre Brust. Er nahm ihre pochende Brustwarze zwischen Finger und Daumen und begann damit zu spielen, während sie vor Lust stöhnte.

Sie trugen immer noch viel zu viele Kleidungsstücke. Sie musste ihn an sich spüren. Haut an Haut. Sie drängte ihn zurück und grinste über seinen kurzen Moment der Überraschung, bevor seine Augen funkelten und das wissende Glitzern in ihren Augen erwiderten. Sie riss sich schnell den Rest ihrer Kleidung vom Leib, und er beeilte sich, mit ihrer Geschwindigkeit mitzuhalten.

Toke verfluchte das schwache Licht der Laterne; er konnte nur die Umrisse ihrer großen, muskulösen und dennoch femininen Gestalt erkennen. Die Kurven ihrer Hüften, die Fülle ihrer Brüste. Er wünschte, er könnte sie ganz sehen. Aber vorerst war er zufrieden damit, seine Hände als Augen zu benutzen.

Sie betrachtete seinen gottgleichen Körper, die Art, wie das Licht das perfekte V betonte, das zu seinen Hüften hinabführte und auf die Hauptattraktion deutete. Wie es bei ihrem Anblick zuckte. Er war dicker, als sie sich vorgestellt hatte, und sie sehnte sich danach, zu spüren, wie er sie weitete. Sie trat vor und nahm ihn in die Hand, genoss das Stöhnen, das er bei ihrer Berührung ausstieß. Sie fuhr mit der Hand seine Länge entlang und kostete das Gefühl aus, ihn machtlos unter ihren Fingern zu haben.

Er packte ihre Arme und zog sie näher, nahm ihre Brüste in die Hand und führte ihre schmerzenden Brustwarzen in seinen Mund. Er knabberte an dem pochenden Fleisch und leckte sie mit seiner Zunge. Ihre Lustschreie durchbrachen die Stille. Er liebte es, sie stöhnen zu hören, und wollte, dass sie lauter schrie und seinen Namen rief, während sie sich um ihn zusammenzog. Je mehr er daran dachte, desto härter wurde er, desto mehr quälte ihn ihre Berührung auf die bestmögliche Weise.

Toke fuhr mit einer Hand ihren Körper hinunter und liebte, wie sie sich mit der Spur seiner Finger bewegte. Er schob seine Hand zwischen ihre Schenkel und rieb sich an ihr, während seine Lippen Küsse von ihrer Brust zu ihrem Hals säten. Er liebte, wie die Lust seiner Berührung ihre Schenkel hinunterlief. Er wollte, dass dieses Gefühl so lange wie möglich anhielt. Sein Ego wuchs, als er wusste, dass die Reaktion ihres Körpers seinetwegen war, weil er sie berührte. Sie war bereits feucht und wartete auf ihn. Sie brauchte ihn, wollte ihn.

Er neckte sie, während sie ihn neckte, strich mit seinen Fingern über sie und kreiste über die Knospe, die unter seiner Berührung schwoll. Sie spürte, wie ihre Beine zu zittern begannen und ihr Griff um ihn fester wurde. Toke spürte, wie er wuchs, als Revna ihn streichelte. Er kämpfte damit, seine Knie nicht einknicken zu lassen, als sie seine Spitze mit ihrem Daumen neckte.

»Revna... Ich...«, begann er, aber Revna unterbrach ihn mit einem leidenschaftlichen Kuss und ließ ihre Zunge in seinen Mund eindringen.

Toke schob einen Finger in sie hinein und genoss, wie ihre Süße über seine Hand lief und sie in seinen Mund stöhnte. Es war nicht genug; er musste sie auf sich spüren. Er musste sich in ihr fühlen. Sanft nahm er sie an den Hüften und führte sie rückwärts zu einem Felsen und drehte sie um. Er spreizte ihre Beine und streichelte die feste Rundung ihres Hinterns, gab ihr einen kleinen Klaps, der sie aufspringen und vor Lust aus Schmerz stöhnen ließ.

»Ich muss dich spüren, Toke...«, stöhnte sie, als er sich selbst in die Hand nahm.

Seine Gedanken rasten; er befürchtete, dass er nicht lange durchhalten würde, da sie ihn bereits in den Wahnsinn trieb. Nur ein paar Stöße in ihr, und er wusste, er würde sich ergießen. Er zielte auf ihren Eingang und machte sich bereit für die Glückseligkeit, als ihre Lustblase platzte.

Rufe aus einer Höhle durch die Gänge warnten sie, dass sie nicht allein waren. Wer war das? Sie erkannten die Stimmen nicht und konnten nicht deutlich genug hören, was gerufen wurde. Revna drehte sich um, Lust in ihren Augen und Schmerz in ihrem Gesicht. Sie war bereit für ihn gewesen, und ihre Zeit war abrupt beendet worden.

»Wir werden das später fortsetzen«, zwinkerte Toke, während sie sich beeilten, sich wieder anzuziehen.

Ihre Augen verließen einander nie, während sie sich wieder anzogen. Natürlich machte es in umgekehrter Reihenfolge viel mehr Spaß, aber jetzt kannten sie beide die Schönheit, die unter ihren Kleidern verborgen war; Bilder, die nicht so schnell aus ihren Köpfen verschwinden würden.

Toke presste seinen Kiefer zusammen und versuchte, seine Frustration zu verbergen, als sein harter Schwanz gegen den Stoff drückte. Revna zuckte zusammen, als die Wolle ihrer Tunika über ihre steifen, schmerzenden Brustwarzen kratzte.

Wenn sie nur ein wenig länger Zeit gehabt hätten. Wie herrlich es gewesen wäre.

KAPITEL
SIEBEN

»Es müssen die anderen sein. Sie haben bestimmt entdeckt, dass wir weg sind.« Revna geriet in Panik, während sie ihren Gürtel festschnallte.

Das Letzte, was sie wollte, war ihre Hilfe. Sie hatte Tokes Hilfe nur widerwillig angenommen und das auch nur, weil er darauf bestand, dass sie nicht allein gehen sollte. Doch als sie näher darüber nachdachte, wurde ihr schnell klar, dass sie viel mehr mit Toke gemeinsam hatte, als sie zunächst dachte. Er tat alles, um die Anerkennung seines Vaters zu gewinnen, und sie tat immer alles, um sich vor der Welt zu beweisen. Sie war eine Wikingerin, eine Schwertjungfrau und eine starke Kriegerin. Aber in den Augen der Welt war sie immer noch eine Frau. Und Frauen mussten sich immer mehr anstrengen, um sich zu beweisen.

Das Geld, die Belohnung, das Boot. All ihre Gründe, zur Höhle zurückzukommen, strömten wieder auf sie ein. Sie konzentrierte sich wieder auf ihre Mission. Gedankenverloren murmelte sie vor sich hin.

»Revna, wir sind ein Team. Wir haben alle dieselbe Mission, vom König gesandt. Wir müssen tun, was für die Gruppe richtig ist«, erinnerte Toke sie sanft. Sie hatte nicht erwartet, dass er ihr Gemurmel hören würde.

»Bist du gegen mich, Toke? Glaubst du immer noch, ich sei gierig und selbstsüchtig?«, fuhr sie ihn an, während sie ihren Stiefel festzog und ihre Klinge wieder hineinschob.

Toke seufzte und schüttelte den Kopf; er wurde des immer gleichen Streits müde. Er war sich sicher, dass er sie diesmal davon überzeugt hatte, dass er auf ihrer Seite stand.

»Natürlich nicht«, hauchte er und folgte ihr tiefer in die Höhlen.

Sie folgten dem Echo der Stimmen und durchsuchten Gang um Gang. Die Höhlen waren ein Labyrinth aus Windungen und Biegungen. Zum Glück erinnerten sie sich an ihren Weg vom Vortag, sonst hätten sie sich verirrt. Sie durchsuchten die Höhlen, die sie am Tag zuvor betreten hatten. Obwohl sie neue Höhlen fanden, entdeckten sie sonst nichts.

»Vielleicht war es falsch, nochmal zu suchen. Hier ist nichts«, sagte Reina frustriert.

»Wir haben noch eine Münze gefunden. Hier muss etwas sein, zweifle nicht an dir selbst. Dein Instinkt war richtig«, versuchte Toke sie zu beruhigen.

»Eine Münze. Sonst nichts...« Sie hielt inne, als sie eine Höhle betraten, die sie zuvor nicht gesehen hatten. Die Höhle war klein und eng und wäre leicht durch die herabgefallenen Felsen zu verbergen gewesen, die den Eingang versperrten.

Es gab Anzeichen dafür, dass jemand zuvor dort gewesen war. Mehrere verwesende Leichen, deren Geruch dick und erstickend war. Eine Handvoll Münzen, aber nichts weiter. Das Geld war hier gewesen. Jetzt waren sie sich sicher. Jemand hatte es weggeschafft, aber wer? Und wo war es jetzt?

Revna blieb wie erstarrt stehen. Die Leichen waren in einem schrecklichen Zustand. Einer fehlte ein Arm, der in der Nähe lag. Ein anderer mit einem verstümmelten Bein. Weiter hinten waren noch zwei mehr. Einer hatte eine Axt durch seinen Helm getrieben, und ein anderer lag zusammengesunken mit einem Speer in der Brust. Hier hatte ein hässlicher Kampf stattgefunden. Sie wurden zurückgelassen, um zu verbluten und langsam zu verhungern. Es war ein schrecklicher Tod, ein grausamer, leerer und ehrenloser Tod.

Toke schlich hinter sie und schlang seine Arme um sie, zog sie in seine Umarmung. Er konnte sehen, dass sie mit dem Anblick vor ihnen kämpfte.

»Was siehst du?«, fragte er, sein Atem kitzelte ihr Ohr.

»Ich...«

»Soll ich dir sagen, was ich sehe?«, fragte er und deutete auf die Szene. »Die Männer des Jarls. Sie hatten die Aufgabe, den Hort zu beschützen. Als niemand kam, um ihn zu beanspruchen, stritten sie über das Gold. Es endete übel mit dem Tod«, begann er. »Ist das eine ehrenvolle Art zu handeln? Ist das ein ehrenvoller Tod? Feiern diese Männer in Walhalla?«, fragte er und ließ sie ihre eigenen Schlüsse ziehen.

Toke wollte ihr seine Meinung nicht aufzwingen. Er mochte es, dass Revna ihren eigenen Kopf hatte. Sie seufzte an ihn gelehnt und versuchte, nicht an dem Geruch von verwesendem, faulendem Fleisch zu ersticken.

»Du hast recht. Wir müssen die anderen finden. Wir teilen ein Ziel für den König und Dänemark«, gab sie nach. »Ich höre die anderen kommen«, hauchte sie, traurig darüber, dass ihre Zeit allein wieder einmal unterbrochen wurde.

Sie drehte sich um, um ihm ins Gesicht zu sehen, und lächelte sanft. Sie sah eine neue, weichere Seite an Toke, aber er war immer noch der Mann, den sie zu bewundern gelernt hatte. Auch er sah sie in einem neuen Licht. Sie war stark, entschlossen und hatte einen wunderschönen Verstand.

Die Schritte wurden lauter, und Stiefel krachten gegen Stein und platschten durch flache Pfützen. Das Licht mehrerer Laternen tanzte am Eingang, als sie näher kamen. Es war Zeit für Revna, der Musik zu folgen. Sie musste sich selbst, ihrem Bruder und den anderen eingestehen, dass sie aus selbstsüchtigen Gründen hierher gekommen war. Sie hatte inzwischen ihre Meinung geändert und war wieder mit ihrem gemeinsamen Ziel vereint.

»Ich sollte mich besser entschuldigen«, sagte sie und trat um Toke herum.

Eine Gestalt drängte sich durch den Eingang, undeutlich in der

Dunkelheit des Ganges. Revna nahm aufgrund seiner Größe an, dass es Leif war. Sie öffnete den Mund, um ihren Fall zu verteidigen, aber sein Gesicht wurde deutlicher, als die Gestalt ihre Laterne hob. Es war nicht Leif. Es war jemand ganz anderes.

KAPITEL
ACHT

Acht Männer traten in die Höhlen ein. Briten? Hochländer? Kelten? Es war unklar. Eine Sache war jedoch deutlich: Die Wikinger waren nicht mehr die einzigen, die vom Schatz wussten. Diese Männer waren keine Wikinger. Sie trugen schlichte Jagdkleidung, und ihre Waffen sahen schwach aus. Revna fragte sich, ob einer von ihnen jemals ein Schwert in einer echten Schlacht geführt hatte.

»Wer seid ihr?«, fragte einer der Männer mit dröhnender Stimme, die von den Wänden widerhallte.

»Das könnte ich euch genauso gut fragen«, knurrte Toke und stellte sich neben Revna.

»Was macht ihr hier? Nennt euren Grund!«, fauchte Revna.

»Unser Geschäft geht nur uns etwas an.« Einer von ihnen antwortete.

Es war offensichtlich, dass sie nach demselben suchten. Revna bemerkte, wie ihre Blicke an ihr vorbei zu den wenigen Münzen wanderten, die auf dem Boden verstreut lagen.

»Sie wissen von unserer Suche. Sie haben unsere Gesichter gesehen.« »Wir können sie nicht gehen lassen«, stritten die Männer untereinander.

Toke stupste Revna mit dem Ellbogen an und senkte seinen Blick zu der Axt an ihrer Hüfte. Sie nickte zustimmend. Sie würden sich den Weg freikämpfen müssen. Toke legte seine Hand auf den Griff der Messer an seinem Gürtel; er wünschte, er hätte sein Schwert mitgebracht. Er stellte die Laterne auf einen hohen Vorsprung, damit das Licht den Raum etwas mehr erhellte, und sondierte seine Umgebung. Vertiefungen im Boden, gezackte Felsen, Kanten und Pfützen. Er bemerkte die mit rutschigem Moos bedeckten Bodenteile. Alles Fallen und Hindernisse, die er zu seinem Vorteil nutzen wollte.

»Tötet sie«, sagte einer aus der Gruppe. Aber Revna und Toke sprangen in Aktion, bevor einer von ihnen reagieren konnte.

Revna zog ihre Axt von der Hüfte und ein Messer aus ihrem Stiefel. In einer fließenden Bewegung schleuderte sie die Klinge durch die Luft und bohrte sie in den Hals eines Mannes. Mit weit aufgerissenen Augen griff er nach dem Messer, gurgelte, während er an seinem eigenen Blut erstickte, das Leben entglitt seinen Fingern. Sie riss den Speer aus dem verwesenden Leichnam und schleuderte ihn mit einer weiteren schnellen Drehung. Er traf den größeren Mann ins Bein und warf ihn zu Boden. Seine Schreie klangen im engen Raum noch schriller. Toke schnappte sich das Schwert an der Hüfte des Mannes und schwang es, trennte seinen Kopf von den Schultern.

Der Rest der Gruppe bewegte sich schnell, um Toke und Revna einzukreisen. Sie standen Rücken an Rücken und kämpften. Die Männer waren geschickter, als Revna zuerst angenommen hatte; sie hatte sie unterschätzt und schrie auf, als eine Klinge ihren Arm aufschlitzte. Toke drehte sich um; als er ihren Schrei hörte, schob er sie beiseite und durchbohrte den Mann. Revna griff nach dem Messer und rammte es dem, der sich ihr von links näherte, unter das Kinn.

Vier erledigt, vier übrig, dachte Toke.

Die letzten vier kämpften härter. Sie wichen Angriffen aus und schwangen ihre Waffen in einem Hagel von bösartigen, schnellen Bewegungen. Revna hatte inzwischen zwei ihrer Klingen verloren, da sie in den blutenden Körpern ihrer Feinde steckten. Der Rest ihrer Waffen war im Gasthaus geblieben. Sie war auf einen Kampf wie diesen nicht vorbereitet gewesen, nur bewaffnet mit einer kleinen Axt.

Mehrere der Laternen der Männer waren im Kampf zerschmettert worden. Das einzige Licht kam von der einen Laterne, die Toke hoch aufgestellt hatte. Der Lichtmangel machte den Kampf gegen den Feind noch komplizierter. Ein paar Mal hatte Revna Toke fast mit den Angreifern verwechselt. Der Boden war uneben und rutschig, was es schwierig machte, sich zu bewegen, ohne zu stolpern.

Tokes Rücken schmerzte. Revnas Schulter war wund. Sie hatten so hart gekämpft, und Revna war überzeugt, dass der Morgen nahte. Aber es gab keine Möglichkeit zu erkennen, wie viel Zeit so tief in der Höhle vergangen war.

Toke hatte einen Schnitt am Oberschenkel und zwei an der Schulter. Revnas Arm blutete immer noch, und sie trug nun eine neue Narbe auf ihrer Wange. Weitere Schritte hallten vom Eingang der Passage wider. Die Gruppe war größer als zunächst angenommen. Mindestens fünf weitere Männer kamen herein. Toke und Revna waren sich aufgrund des mangelnden Lichts nicht sicher, wie viele es waren. Die Lage sah düster aus. Zahlenmäßig unterlegen und schlechter bewaffnet.

»Toke«, flüsterte Revna und streckte die Hand aus, um seine zu berühren.

Toke ergriff sie und hielt sie fest. Ihre Blicke trafen sich, als sie sich stumm verabschiedeten. Wenn dies das Ende sein sollte, würden sie kämpfend untergehen. Sie würden ehrenhaft sterben. Auf die Wikingerart. Revna spürte, wie ihre Augen von Tränen brannten, die sie nicht vergießen wollte. Sie waren in dieser Nacht so weit gekommen. Hoffnung war aufgekeimt, nur um erstickt zu werden, ohne wirkliche Antworten zu erhalten. Es gab so viel, was sie sagen wollte, doch stattdessen versuchte sie, sich die Linien seines Gesichts einzuprägen, das Funkeln in seinen Augen und das sanfte Lächeln, das er nur ihr schenkte.

Wir werden in Walhalla zusammen sein, dachte sie.

»Nimm so viele mit wie möglich. Lass sie bereuen, sich mit einem Wikinger angelegt zu haben«, sagte Toke, und Revna nickte zustimmend, als sie sich wieder in den Kampf stürzten.

Ein Mann fiel, dann ein weiterer. Plötzlich hörte Toke es; er blickte zurück und sah, dass Revna es auch gehört hatte. Rauschendes Wasser. Regnete es? Würden die Höhlen überflutet werden? Mit einem Schwung des gestohlenen Schwertes schnitt Toke dem Mann, mit dem er kämpfte, den Bauch auf, bevor er zurücklief, Revna packte und sie fest an sich zog.

»Vertraust du mir?«, rief er.

»Ja«, antwortete sie.

Toke schleuderte die Laterne mit einem Schwung seines Schwertes quer durch den Raum. Ihr Licht erlosch, als sie im Gesicht des Mannes zerschellte, der auf sie zurannte. Der Raum war völlig schwarz. Eine Dunkelheit, wie Revna sie noch nie gesehen hatte. Es war beunruhigend, erschreckend, dass da nichts als Leere war. Ein Schauer lief ihr über den Rücken; *unter diesen Bedingungen starben die Männer des Jarls, und wofür?*, dachte sie.

KAPITEL
NEUN

»Meine Augen!« schrie die Stimme von Tokes letztem Opfer. Seine qualvollen Schreie folgten ihnen, während Toke Revna blind durch die Gänge führte.

Er hatte den Windungen und Wendungen der Höhle viel mehr Aufmerksamkeit geschenkt als am Tag zuvor. Mit ausgestreckter Hand tastete er sich blind vorwärts. Er duckte sich unter den niedrigeren Durchgängen und wies Revna an, sich an seinem Gürtel festzuhalten, wenn sie durch engere Spalten kriechen mussten.

»Dieser nächste Gang fällt nach unten ab, sei vorsichtig beim Abstieg auf der anderen Seite«, sagte Toke.

Als er abstieg, bemerkte er, dass Revna sich nicht mehr an ihm festhielt. Sein Herz schlug so heftig, dass er es in seinen Ohren pochen hörte. Er tastete umher, konnte sie aber nicht finden. In seinem Kopf blitzte ein Gedanke auf: War das das gleiche Gefühl, das sie gehabt hatte, als er ihr nicht aus dem Wasser gefolgt war? Ängstlich kroch er zurück in den Spalt, konnte sie aber nicht berühren.

»Revna!«, rief er panisch.

»Ich bin hier, ich habe nur meinen Halt verloren. Ich kann dich nicht sehen«, kam ihre Stimme.

Er drehte sich um und prallte gegen sie; die beiden teilten ein kurzes Kichern, bevor Toke wieder ihre Hand ergriff und durch die Gänge eilte. Er bog ab, wenn nötig, und erreichte schnell den Weg vom Vortag. Das Wasser war diesmal nicht so tief, viel leichter zu durchqueren. Aber wenn das Wasser weiter fließen würde, wäre es bald genauso tödlich wie damals, als er fast ertrunken wäre.

Toke erstarrte, als er sich daran erinnerte, wie er unter dem eiskalten Wasser gefangen war und niemanden mehr fand, als er die Hand ausstreckte. Das Nächste, woran er sich erinnerte, war, wie Revna auf seine Brust schlug.

»Ich bin direkt hinter dir«, versicherte sie ihm.

Die wütenden Rufe und Stöhnen wurden lauter. Schmerzensschreie, als die Verfolger stolperten und blind gegen Wände prallten. Sie kannten die Höhlen vielleicht nicht so gut wie Toke und Revna, aber es würde nicht lange dauern, bis sie sie finden würden. Toke sagte nichts und machte keine Anstalten, sich zu bewegen. Revna zog das Seil von ihrem Gürtel, band es schnell um sich selbst und dann um Toke. Revna befürchtete, dass sie der Gruppe kein zweites Mal entkommen würden, wenn er noch länger wartete.

»Wir gehen gemeinsam hinein. Wir kommen gemeinsam heraus«, sagte sie mit einem Nicken, ließ sich vorsichtig ins Wasser gleiten und wartete darauf, dass Toke ihr folgte.

Gemeinsam schwammen sie, führten einander, ruhten sich aus, versichert, dass sie nicht allein waren. Schließlich kletterten sie auf der anderen Seite heraus. Revna band sie schnell voneinander los. Der Höhleneingang war endlich in Sicht. Die Morgendämmerung schien hindurch und wies ihnen den Weg nach draußen.

Sie rannten zum Eingang und sahen Leif, Sven, Ulf und Arne auf sie zukommen. Obwohl die Sonne schien, regnete es noch immer. Wenn es weiter so ginge, würden die Höhlen überflutet werden. Mehrere Pferde grasten in der Nähe, und Toke und Revna kamen zur gleichen Schlussfolgerung.

»Da sind noch mehr von ihnen in den Höhlen«, sagte Toke.

»Mindestens zwanzig, nach diesen Spuren zu urteilen«, keuchte Revna und zeigte auf die vielen Fußabdrücke im Schlamm.

»Wir müssen die Höhle verschließen«, rief Toke und schleppte Felsbrocken und Steine vor den Höhleneingang. Der Boden war vom

Regen über Nacht noch weich und jetzt noch weicher. Ohne zu zögern gehorchten Leif und die Gruppe und begannen, den Zugang zu blockieren. Revna konnte immer noch Schreie aus dem Inneren der Höhle hören.

Sie bewegen sich nicht schnell genug, dachte Revna.

Sie blickte zu den Bäumen über der Höhlenmündung hinauf. Dann kam ihr eine Idee – ein Erdrutsch.

»Toke...«, rief sie.

Sie rannte den Hügel hinauf und Toke folgte ihr schnell.

»Wir müssen einen Erdrutsch auslösen. Dann die Höhle richtig versiegeln«, drängte sie.

»Alle aus dem Weg!«, rief Toke.

Gemeinsam lösten Toke und Revna einen Felsbrocken und bohrten in die weiche Erde, taten alles, um den Boden unter ihnen zum Einsturz zu bringen. Der Rand der Klippe bröckelte, und Toke packte Revna, um zu verhindern, dass sie über den Rand gezogen wurde. Sie rannten den Hügel hinunter und gesellten sich zu den anderen, als sie beobachteten, wie der heftige Regen mehr von der Klippe über dem Rand zum Einsturz brachte. Sie verschlossen die Höhle und sperrten alle für immer darin ein.

»So. Was zur Hölle war das alles?«, schnaufte Sven nach Luft und suchte im Gesicht seiner Schwester und seines Freundes nach Antworten.

KAPITEL
ZEHN

»Wir sind nicht die Einzigen, die nach dem Hort des Jarls suchen«, warnte Toke.

»Was meinst du damit?«, fragte Lief.

Toke und Revna erzählten der Gruppe von ihren Angreifern und wie diese zu wissen schienen, wo das Gold einst aufbewahrt wurde. Sie erklärten, dass sie nicht erkennen konnten, wer ihre Angreifer waren, ob Briten, Kelten oder jemand anderes.

»Ist der Schatz verloren?«, fragte Arne.

»Ich glaube, er war einmal hier, ist es aber nicht mehr. Also sollten wir weiter zum Point«, antwortete Revna.

»Ihr hättet sie kommen lassen sollen. Lasst sie ihr Ende durch die Hand der Wikinger finden«, stöhnte Ulf.

»Das Beste war, sie in der Höhle einzuschließen. Wir sind vielleicht vorerst entkommen, aber wenn wir nicht wissen, wer sie sind, wissen wir auch nicht, wie viele es sind. Was, wenn sie eine Armee hätten, die nur darauf wartet, mit dem Gold zurückzukehren? Stell dir vor, sie würden demjenigen, für den sie arbeiten, erzählen, dass auch die Wikinger das gestohlene Danegeld suchen«, sagte Toke.

»Toke und Revna haben Recht. Ihr habt das Richtige getan, die Höhle zu versiegeln. Sie sind unsere Feinde, nicht unsere Ebenbürtigen«, begann Leif. »Aber ich muss fragen, was habt ihr zwei überhaupt dort unten gemacht? Warum mitten in der Nacht verschwinden? Gibt es etwas, worüber ich informiert werden sollte?«

Toke warf einen Blick auf Revna und wartete darauf, dass sie das Wort ergriff. Sie trat vor, den Kopf gesenkt, und holte tief Luft, bevor sie ihren Blick auf den Rest der Gruppe richtete.

»Ich konnte nicht schlafen, weil ich über diese eine Münze nachgedacht habe. Ich hatte das Gefühl, den Schatz allein aufspüren zu können. Es war dumm, egoistisch und gierig von mir. Meine Absichten mögen aus Selbstzufriedenheit entstanden sein, aber ich versichere euch, meine Loyalität gilt der Gruppe, dieser Mission«, sagte Revna und senkte erneut den Kopf.

Sie hatte halb erwartet, dass Lief ihr eine Standpauke halten oder eine andere Form der Bestrafung für den Verrat an ihrem Befehlshaber verhängen würde. Doch bevor Lief sprechen konnte, stellte sich Toke an ihre Seite. Er stand stolz und stark und kam, zum völligen Erstaunen der Gruppe, zu Revnas Verteidigung.

»Auch ich muss Verantwortung übernehmen. Ich sah Revna weggehen, und anstatt sie aufzuhalten, bestand ich darauf, dass sie nicht allein gehen sollte. Im Nachhinein mag es nicht der beste Weg gewesen sein, aber ich bin froh, dass ich mit ihr gegangen bin. Das Ergebnis mag nicht das sein, was wir suchen, aber wir haben zumindest eine Sackgasse ausgeschlossen und mehr über unsere Feinde erfahren.«

Leif hob eine Augenbraue, während die anderen mit offenem Mund dastanden, schockiert von der plötzlichen Wendung der Ereignisse. Toke und Revna waren nicht länger an der Gurgel des anderen. Sven insbesondere hätte nie gedacht, dass er diesen Tag erleben würde.

»Es scheint unwahrscheinlich, dass mehrere Gruppen nach dem Hort suchen, oder? Sicherlich war der Jarl nicht dumm genug, so vielen davon zu erzählen«, meinte Sven.

»Was, wenn es die Armee ist, von der du sprichst«, sagte Ulf zu Lief.

»Wer könnte es sonst sein?«, fragte Arne.

»Die Briten? Das würde Sinn ergeben, wenn man bedenkt, wie er sich vorher mit ihnen verbündet hat. Die Kelten? Unwahrscheinlich, wir haben sowieso ein wackliges Verhältnis zu ihnen. Hochländer? Oder jemand ganz anderes?«, überlegte Sven.

Die Gruppe verstummte. Alle fühlten sich unwohl. Sie wussten, dass sie an diesen Küsten neuen Feinden gegenüberstehen würden, aber die eigentliche Frage war, wer der Feind war? Könnten die Jurgenson-Brüder involviert sein? Ein Feind, der sich als Freund tarnt? Niemand wollte an die Möglichkeiten denken. Alle wollten den Schatz finden und nach Hause zurückkehren, zurück nach Dänemark.

»Wir müssen uns beeilen. So schnell wie möglich zum Point gelangen und das Danegeld finden, bevor es jemand anderes tut«, sagte Leif und nickte seinen Befehlen zu.

Alle grunzten ihre Zustimmung, bevor sie ihre Pferde bestiegen.

Revna und Toke teilten verstohlene Blicke, eingedenk der stets wachsamen Augen von Sven und den anderen. So vieles blieb in der Höhle unausgesprochen und unvollendet. Adrenalin und Lust lagen noch schwer auf ihren Zungen, wurden durch den Rausch des Kampfes noch süßer gemacht.

»Sven, wird Thyra uns immer noch zum Point führen?«, fragte Toke.

»Das wird sie«, nickte Sven.

»Dann sollten wir Vorräte sammeln. Uns vollständig auf die Reise und alle Überraschungen, die sie bringen mag, vorbereiten«, sagte Revna.

»Einverstanden. Kommt jetzt, wir haben viel vorzubereiten«, erklärte Lief und trieb sein Pferd an.

Die anderen folgten schnell, aber als Revna ihr Pferd zum Galoppieren bringen wollte, streckte Toke seine Hand aus und hielt sie auf.

»Lass uns später zu ihnen aufschließen. Sie brauchen unsere Hilfe beim Sammeln der Vorräte nicht. Was sagen die Frauen? Zu viele Köche?«, zwinkerte Toke und ein leichtes Grinsen umspielte seine Lippen.

Wenn Revna es nicht besser wüsste, würde sie schwören, dass er versuchte zu lächeln, aber sie bezweifelte es. Er war ein Mann, der selten lächelte. Ein Teil von ihr wollte ihn lächeln sehen. Seine Augen vor Glück strahlen sehen. Der Gedanke machte ihr sowohl Angst als auch wärmte er ihr Herz.

»Es regnet«, antwortete Revna.

»Und?«, zuckte Toke mit den Schultern. »Hat die mächtige Krieger-königin Revna Angst vor ein bisschen Regen? Du bist schließlich eine Wikingerfrau.«

Revna erkannte, worauf er anspielte, aber sie wollte es von ihm hören. Die Worte über seine Lippen gleiten hören. Sie sah zu, wie er abstieg und ein paar Schritte machte, um vor ihr zu stehen.

»Was hast du im Sinn?«, schnurrte sie, als er sie von ihrem Pferd pflückte und sanft mit den Füßen vor sich abstellte.

»Ich will beenden, was wir in dieser Höhle begonnen haben«, knurrte er in ihr Ohr.

Sein Atem an ihrem Nacken und die Erinnerungen an seine Berüh-rung jagten ihr einen Schauer über den Rücken. So köstlich wie Honig und so heiß wie Feuer. Sie schloss die Augen und ließ seine Hände an ihrem Körper entlanggleiten, während seine Lippen Küsse auf ihren Nacken legten.

»Und was genau war das?«, fragte sie.

»Komm schon, Revna, keine falsche Bescheidenheit«, neckte er.

»Sag es mir, Toke. Sag mir, was du mit mir in dieser Höhle tun wolltest«, atmete sie.

Toke trat zurück und sah sie an; er war froh, dass sie willig war, hatte aber nie gedacht, dass ihre Begierden so stark wie seine waren. Ihre Augen waren vor Lust verschleiert, und sie presste ihre Unter-lippe zwischen ihre Zähne.

»Ich wollte... ich wollte...«, Toke fand, dass ihm die Worte fehlten. Er wusste, was er wollte, aber Revna hatte ihn sprachlos gemacht.

»Okay, dann lass mich dir sagen, was ich wollte...«, begann sie und zog dabei langsam ihre Kleidung aus.

Toke war noch nie so froh gewesen, das Tageslicht zu sehen. Er konnte sie ganz sehen, nicht mehr in der Dunkelheit der Höhle verbor-gen. Ihre großen Brüste, mehr als eine Handvoll, saßen stolz und hoch an ihrer Brust. Er konnte es kaum erwarten, die Muskeln ihrer Beine um seine Taille geschlungen zu haben, die Winkel ihrer Hüften und die Kurven ihres Hinterns. Sie war großartig. Ihre Brustwarzen standen im Schauer des Regens aufrecht; Toke würde nie vergessen, wie sie stöhnte, als er mit ihnen spielte.

»Ich wollte dich in meinen Händen wachsen spüren... Ich wollte dich schmecken und dich meinen Namen schreien hören...«, flüsterte sie, während sie langsam seine Kleidung von seinem Körper schälte. »Ich wollte fühlen, wie du mich dehnst. Ich wollte, dass du mich fickst, als wäre es deine letzte Nacht, bevor du zu deinen Vorfahren nach Walhalla gehst. Ich wollte, dass die Götter dich meinen Namen rufen hören, während du dich in mir verlierst.«

Toke war so von ihren Worten fasziniert gewesen. So verloren in dem Bild, das sie malte, dass er nicht bemerkt hatte, dass er jetzt mit nacktem Oberkörper und seinen Hosen um die Knöchel dastand. Er stieß ein tiefes Stöhnen aus seiner Kehle aus, als Revna seinen pochenden Schwanz in ihre Hand nahm.

»Revna. Ich wusste nie, dass du... dass...«, stammelte er.

»Was? Dass ich Sex genauso genieße wie ihr Männer?«, schnurrte sie in sein Ohr. »Also, sag mir, Toke, was willst du?«, schnurrte sie und strich schneller über seine ganze Länge.

Er konnte fühlen, wie er härter wurde, seine Lust unter ihrer Berührung wuchs. Aber Toke war nie gut mit Worten gewesen. Er packte sie an den Schultern und drehte sie herum, drückte ihren Rücken hart gegen einen dicken Baum.

»Ich bin kein Poet. Ich war nie gut mit Worten. Also lasse ich meine Taten für mich sprechen«, knurrte er, bevor er seine Lippen auf ihre krachen ließ.

Revna kratzte über seinen Rücken, als er seine Finger in ihrem Haar vergrub. Sie schlang ein nacktes Bein um seine Hüfte, glitt an seinem dicken Schenkel auf und ab und verteilte ihre Säfte auf ihm, während er mit ihren Brustwarzen spielte. Sie konnten nicht genug voneinander bekommen. Hände wanderten fühlend, erkundeten jeden Zentimeter des anderen und setzten die Nerven in Brand und ließen die Muskeln schreien, nach Erlösung verlangend.

Toke sank auf die Knie und hob Revnas Bein an, legte ihren Fuß auf seine Schulter. Er führte seine Zunge in quälend langsamen Bewegungen an ihrem inneren Oberschenkel entlang, bis Revna sein Haar packte und ihm zu verstehen gab, dass sie ihn wollte. Toke verstand den Hinweis und schob langsam seine langen, dicken Finger in ihre Nässe und genoss, wie ihre Finger heftiger an seinem Haar zogen. Er fand einen Rhythmus, und als ihre Stöhner zunahmen, schob er einen zweiten und dritten Finger hinein. Er konnte spüren, wie ihre Beine gegen ihn zitterten; zu sehen, wie sie bei seiner Berührung schwach wurde, gefiel ihm. Er konnte ihre Erregung riechen und fragte sich, ob sie so süß schmeckte, wie sie roch.

»Toke...«, keuchte sie, ihre freie Hand massierte ihre Brust, während Toke mit seiner Zunge über ihre schmerzende Knospe leckte und seine Finger ihre Mission fortsetzten.

»Toke...«, stöhnte Revna und griff nach oben, um sich an einem Ast festzuhalten.

Toke liebte den Klang seines Namens auf ihrer Zunge in den Schreien der Ekstase, aber er wollte, dass sie lauter schrie. Dass sie ihre Erlösung um ihn herum spürte.

»Ich bin kurz davor... Ich bin... oh, Toke«, keuchte sie, bevor Toke die empfindliche Knospe zwischen seine Zähne saugte und sie endgültig über die Kante schickte.

Revna griff mit einer Hand nach unten und hielt Tokes Gesicht fest zwischen ihren Schenkeln, während sie den Höhepunkt ihres Orgasmus ausritt, ihre Schreie der Ekstase füllten den Raum um sie herum, als sie seinen Namen schrie. Er ließ ihr Bein auf den Boden fallen, damit sie sich stabilisieren konnte. Dann stand er vor ihr und bewunderte ihr Gesicht nach dem Höhepunkt, als sie langsam zurück auf die Erde kam.

Als sie schließlich ihre Augen öffnete, konnte sie die Reste ihrer Lust auf seinen Lippen sehen. Sie legte ihre Hand um seinen Nacken und zog ihn zu sich, saugte an seiner Unterlippe und leckte die Reste von sich selbst ab.

Toke war überrascht, wie erregt er von ihrer Dreistigkeit war, er würde sie um nichts in der Welt ändern wollen. Sie ließ ihre Lippen an seinem Hals, Schlüsselbein und Brust wandern, bevor sie seine Brustwarzen auf die gleiche Weise neckte, wie er es bei ihr getan hatte. Er versuchte, seine Lustgeräusche zu verbergen, behielt sie hinten in seiner Kehle, aber sie hörte sie. Und sie lebte dafür. Ihr Kuss wanderte weiter an seinem Oberkörper hinunter, bis sie auf den Knien war.

Tokes Schwanz war lang und dick in ihrer Hand; sie strich über die Hälfte seiner Länge, während sie ihn in ihrem Mund ruhen ließ und ihre Zunge um ihn rollte. Langsam erhöhte sie das Tempo und verlangsamte gleichmäßig; sie nahm ihn tiefer und tiefer, bis er den Rachen ihrer Kehle spüren konnte. Schließlich glitt ihre Hand darunter, um ihn zu umfassen, was seine Augen bei der Flut von Empfindungen rollen ließ.

»Revna... Odins Bart... oh Revna«, stöhnte er.

Sie konnte die süße Salzigkeit schmecken, als seine Lust wuchs; sie wusste, dass er kurz davor sein musste. Sie erhöhte ihre Geschwindigkeit, strich mit ihrer Hand, Mund und Zunge in einer wunderbaren Darbietung von Lust und urtümlicher, animalischer Begierde.

»Revna!«, schrie er auf. Seine Lust explodierte in ihrem Mund.

Seine Hüften zuckten, und er hatte Mühe, stehen zu bleiben, als seine Knie zitterten, während sein Höhepunkt durch ihn riss und ihn Sterne sehen ließ.

»Beeindruckend; jeder andere Mann wäre jetzt schlaff«, schnurrte Revnas Stimme an seinem Ohr, während ihre Augen zurückwanderten, um den schönen Muskel zu bewundern.

Toke öffnete seine Augen, als sie ihre Lippen leckte; sie verlangte nach mehr. Er auch.

»Ich habe Jahre darauf gewartet, dir zu sagen, was ich fühle, noch länger, um dich zu fühlen. Ich bin noch lange nicht fertig mit dir«, knurrte er.

Er wickelte seine Arme um ihre Taille, hob sie hoch und drückte sie zurück gegen den Baum. Revna legte ihre Arme um seinen Nacken und ihre Hüften um seine Taille. Toke war sich seiner Größe bewusst und wollte ihr nicht wehtun. Langsam schob er sich in sie hinein, ihre Lustgeräusche ließen ihn noch härter werden.

»Ganz, Toke. Ich will dich ganz spüren«, keuchte sie.

Toke gehorchte; langsam ließ er sich ganz in sie gleiten und wäre fast wieder fertig geworden, als er spürte, wie sie sich um ihn zusammenzog.

»Verdammt, Revna...«, stöhnte er gegen ihren Hals, als sie bei seinen gleichmäßigen Stößen zu zittern begann, er ließ es so lange wie möglich dauern.

Revna schwelgte in seinem Gefühl. Er füllte jeden Zentimeter von ihr aus, als wäre er für sie und nur für sie gemacht. Nichts, was sie je gespürt hatte, kam Toke in ihr gleich.

»Fick mich, Toke... hart«, schnurrte sie und knabberte an seinem Ohr.

Das musste er sich nicht zweimal sagen lassen. Er zog sich zurück, sodass nur noch die Spitze seines Schwanzes in ihr blieb, bevor er seine ganze Länge wieder hineinrammte. Er genoss ihre Rufe des Ja und Schreie der Lust. Er wiederholte die Bewegung mehrmals, bevor er sein Tempo beschleunigte, ihre festen Brüste hüpften vor seinem Gesicht, und der süße Klang ihrer aufeinanderprallenden Körper hallte den Hügel hinauf.

»Toke... Ich bin... Oh, bei den Göttern...«, schrie sie, als sie wieder um ihn herum zerbrach. Es fühlte sich beim zweiten Mal noch besser an, weil er spüren konnte, wie sie ihn näher zog und alles von ihm nahm. Er konnte ihren Höhepunkt spüren, und es brachte seinen eigenen hervor. Dann ergoss er sich mit einem Schrei ihres Namens und drei weiteren scharfen, schnellen Stößen. Keuchend nach Luft, als er langsam in die Realität zurückkam.

EPILOG

Toke und Revna badeten schnell im Bach auf ihrem Weg zurück in die Stadt. Sie trafen die anderen vor dem Gasthaus, gepackt und bereit für den nächsten Teil ihrer Expedition.

Thyra führte sie durch den Wald und zurück auf den Pfad, der nordöstlich zum Point führte. Die Gruppe tat so, als würden sie die Veränderung zwischen Revna und Toke nicht bemerken. Allerdings war es für alle offensichtlich, dass sie ihre Differenzen beigelegt und endlich zugegeben hatten, dass sie Gefühle füreinander hegten.

Revna und Toke ritten Seite an Seite und murmelten wie Kinder miteinander. Gelegentlich streckte er die Hand aus und streichelte ihr Gesicht. Und als Antwort streckte sie die Hand aus und streichelte den Muskel zwischen seinen Beinen, kichernd, wenn er errötete und sein Pferd ein wenig weiter wegzog, besorgt, dass Sven und die anderen ihre wandernden Hände sehen könnten.

»Also, wer glauben wir, ist unser neuer Feind? Trugen sie irgendwelche identifizierenden Siegel?«, fragte Thyra, als sie bemerkte, dass Sven immer wieder in Revnas und Tokes Richtung blickte.

»Keine. Bevor sie angriffen, hätte man sie leicht mit Jägern oder vielleicht Bauern verwechseln können«, antwortete Revna.

»Nur dass sie dafür viel zu geschickt waren«, sagte Toke.

»Lord Beacham hat einmal mit dem Jarl zusammengearbeitet. Sie haben ein örtliches Dorf versammelt und es als kleine Armee benutzt«, informierte Thyra sie. »Glaubt ihr, die Briten sind wieder zu ihren alten Tricks zurückgekehrt?«

»Das würde Sinn ergeben. Der Jarl hat jemandem Nachricht über seinen Schatz hinterlassen. Aber natürlich werden sie erwartet haben, bezahlt zu werden. Es kostet viele Münzen, neue Soldaten zu bewaffnen und auszubilden. Also sind die Briten eine echte Möglichkeit«, sagte Lief rau, sein Gesicht streng und in Gedanken versunken.

»Will jemand dem König den Krieg erklären? Dänemark?«, fragte Ulf.

Niemand antwortete, da keiner seine Zweifel oder Bedenken aussprechen wollte, damit die Götter sie nicht hören.

»Was, wenn jemand davon erfahren und es einfach genommen hat? Diebstahl ist doch unter den ärmeren Schichten verbreitet, oder?«, wagte Arne zu sagen.

Es war eine viel einfachere Antwort, aber sie konnten die Möglichkeit eines Krieges nicht ausschließen, selbst wenn sie es wollten.

»Es gibt viele Fragen und viele Antworten. Lasst uns zu Odin beten, dass der nächste Teil unserer Reise uns die Antworten gibt, die wir suchen«, sagte Lief nachdenklich.

ENDE

COLINE - VON EINEM WIKINGER VEREHRT

HEISSER HISTORISCHER WIKINGERROMAN

PROLOG

Als Leif und seine Mannschaft sich bereit machten, das Gasthaus zu verlassen, um zum Point zu reisen, schlich sich ein Gedanke in Liefs Kopf ein. Ein Gedanke, den er nicht abschütteln konnte. Da er bemerkte, wie Toke und Revna beschäftigt waren, ebenso wie Sven und ihre Führerin Thyra, nutzte Lief die Gelegenheit, Arne und Ulf beiseite zu ziehen. Er wollte nicht, dass seine Worte an Thyras Ohren drangen, wissend, dass ihre Loyalität den Jürgensen-Brüdern und der Siedlung galt.

»Bist du sicher, dass ihr den Weg zurück zur schottischen Siedlung ohne Thyras Hilfe finden könnt?«, fragte er.

»Komm schon, Lief, sieh an, mit wem du sprichst. Wir lassen uns nicht so von Frauen ablenken wie unsere Brüder hier. Natürlich können wir die Siedlung finden«, scherzte Ulf.

Lief blickte Ulf mit ernstem Gesichtsausdruck an. Es war keine Zeit für Leichtigkeit oder Spaß. Sie hatten eine Mission zu erfüllen. Und jetzt, wo sich ein neuer Feind gezeigt hatte, war Zeit kostbar.

»Was bedrückt dich?«, fragte Arne.

»Der Angriff in den Höhlen kreist in meinem Kopf. Wir sind nicht mehr die Einzigen, die nach dem Schatz des Jarls suchen. Unsere

Mission darf keine weiteren Verzögerungen erleben, und wir können es uns nicht leisten, dass andere von unseren Plänen Wind bekommen«, begann Lief mit gedämpfter Stimme und ließ seinen Blick durch das Gasthaus schweifen, auf der Suche nach lauschenden Ohren und beobachtenden Augen.

»Wir müssen herausfinden, zu wem unser neuer Feind gehört, ob Engländer oder Hochländer. Sobald wir unseren Feind kennen, werden wir wissen, wie wir ihn besiegen können. Ich frage mich, ob jemand in der Siedlung Gruppen bewaffneter Männer bemerkt hat. Sören ist streng mit seinen Kundschaftern; wenn es jemand weiß, dann er«, erklärte Lief.

»Sollen wir Sören vor der Möglichkeit eines Krieges warnen?«, erkundigte sich Arne.

Lief blieb still und zögerte. Er dachte über Arnes Frage nach. Die Siedlung war noch immer eine dänische Siedlung, ob an englischen Ufern oder nicht. Aber Lief vertraute nicht leicht, und er wusste nicht, wem er in diesen fremden Ländern vertrauen konnte. Es war ihm zu Ohren gekommen, dass die Brüder, denen die Leitung der Siedlung anvertraut worden war, einheimische Frauen geheiratet hatten. Lag ihre Loyalität nun beim Feind oder waren ihre Herzen noch immer Dänemark treu?

»Nein. Bis wir unsere Angreifer enttarnen, ist jeder, der nicht zu unserer Gruppe gehört, ein Feind. Seien es Engländer, Hochländer oder Dänen«, erklärte Lief.

»Schuldig bis zum Beweis der Unschuld. Das gefällt mir«, grinste Ulf.

»Haltet eure Ohren und Augen offen. Findet so viel wie möglich über die Bewohner dieser Länder und über unsere dänischen Vettern heraus. Egal wie klein das Detail ist, alles könnte der Schlüssel sein, um Dänemark und den König zu schützen«, wies Lief an, während er sein Pferd bestieg.

»Was wirst du den anderen über unsere Abreise sagen?«, fragte Arne.

»Überlasst die anderen mir. Geht jetzt. Dient mir gut und dient eurem König noch besser«, nickte Lief.

»Kommandant«, sagten Ulf und Arne wie aus einem Mund, bestiegen ihre Pferde und verließen die Gruppe, um zur schottischen Siedlung zurückzukehren.

KAPITEL
EINS

Coline versuchte nur, den Kopf unten zu halten und ihre Aufgaben zu erledigen. Ihre ältere Schwester Sima und deren Ehemann waren zur Burg Beecham aufgebrochen, um den Wiederaufbau nach dem Brand zu beaufsichtigen. Coline, ihre Mutter und ihre Brüder waren zurückgeblieben. Ihr Schwager hatte angeordnet, dass sie in ihrer Abwesenheit gut behandelt werden sollten. Hochländer unter Wikingern. Sie befanden sich nicht im Krieg, aber friedlich fühlte es sich auch nicht immer an. Coline war Schikanen und Spott ausgesetzt gewesen, seit Abjörn und Sima nicht mehr da waren, um sie zu beschützen. Sie war es gewohnt, von den Damen des königlichen Hofes verurteilt zu werden, weil sie die zweite Tochter war – die *Ersatztochter* –, wie sie sie nannten, und nicht die Erbin. Aber sie hatte noch nie ein Leben wie dieses erlebt. Mit Namensrufen und missbilligenden Blicken konnte sie umgehen. Sie war schlagfertig, und Sima hatte ihr beigebracht, wie man mit den Hofdamen umgeht. Aber niemand hatte sie auf Wikinger-Schikanen vorbereitet.

Coline hatte sich über das böse Verhalten ihres Vaters nie etwas vorgemacht. Sima als die Älteste hatte schon immer eine besondere Bindung zu ihm gehabt. Und da Lord Beecham sich immer Söhne gewünscht hatte, wurde Coline beiseitegeschoben, als ihre jüngeren

Brüder kamen. Die Ersatztochter. Bei den Wikingern machte es keinen Unterschied, als Nachkomme von Lord Beecham wurde sie trotzdem nicht gemocht. Sie konnte es ihnen nicht verübeln, aber sie hatte aufgegeben, für sich und ihre Familie zu kämpfen. Jetzt wollte sie ein einfaches Leben, ein leichtes Leben.

Ihre heutige Aufgabe bestand darin, Wasser zu holen, damit ihre Mutter das Abendessen kochen konnte. Sie war schon oft durch die Siedlung gelaufen und hatte einen Weg zum Brunnen gefunden, der ihr erlaubte, unbemerkt zu bleiben. Coline dachte, dass sie es geschafft hatte, bis sie sich zurück zur Hütte schlich, die ihr und ihrer Familie zugewiesen worden war.

Mit gesenktem Kopf und zu Boden gerichteten Augen blieb sie stehen, als eine Gruppe Mädchen sie umzingelte. Mehrere von ihnen, kaum in ihren Teenagerjahren, alle ein gutes paar Jahre jünger als Coline. Dennoch waren sie Wikinger, und Coline wollte keinen Ärger. Da keine von ihnen sich bewegte, machte Coline einen nervösen Schritt nach vorne, um zu sehen, ob sie sie durchlassen würden. Zunächst gaben sie Coline Raum zum Atmen. Doch dann begannen sie, bei jedem Schritt abwechselnd gegen sie zu stoßen. Sie verschüttete dadurch ihr Wasser, und die Mädchen lachten über ihre Not.

»Ich will keinen Ärger, lasst mich bitte einfach durch«, bat sie, ihre Stimme kaum ein Flüstern. Sie hatte zu viel Angst, um sie ihre Stimme hören zu lassen.

Ihre Bitte bewirkte nur, dass die Mädchen noch mehr lachten und etwas härter schubsten, bis jeder Tropfen ihres Wassers verschüttet war. Aber das reichte nicht. Das größte der Mädchen gab Coline einen harten Stoß, durch den sie in den Schmutz stürzte und ihr Kleid beschmutzte. Die Freundinnen des Mädchens brachen in Gelächter aus, als sie alle wegliefen.

Coline war längst über den Punkt des Weinens hinaus. Ihre Schultern trugen eine schwere Last für eine Frau, die kaum ins Erwachsenenalter eingetreten war. Sie wollte dieses Leben nicht; sie wollte nach Hause gehen. Sie griff nach ihrem Eimer, aber zu ihrer Überraschung war sie nicht die Einzige. Als sie aufblickte, sah sie einen großen, muskulösen Wikinger, wie sie noch keinen gesehen hatte. Während die meisten lange, dicke Bärte trugen, hatte dieser Mann eine glatte, freie

Kieferpartie. Sein Haar war dunkel und dicht, ordentlich zu einem Knoten auf seinem Kopf gebunden. Smaragdgrüne Augen blickten auf sie herab, während er ihren Eimer nahm und ihr seine Hand anbot.

»Geht es dir gut?«, fragte er, seine Stimme tief, aber sanft und weich.

Coline hielt ihre Augen gesenkt und nickte kaum merklich. Sie befürchtete, wenn sie über ihre Peiniger sprach und diese in Schwierigkeiten gerieten, würden sie es beim nächsten Mal noch schlimmer mit ihr treiben.

»Dumme Kinder müssen Respekt lernen. Wir sind Wikinger; wir stehen über solch kindischen Akten der Unfreundlichkeit«, bot er an. Seine Wut über ihre Situation überraschte Coline ebenso wie seine Eleganz mit Worten.

Wer war dieser Mann? Hatte ihr Schwager ihn geschickt, um sich in seiner Abwesenheit um sie zu kümmern? Wenn nicht, was würde mit ihr passieren, wenn sie nicht mehr unter dem Schutz ihres Schwagers stand? Angst kribbelte auf ihrer Haut und ließ ihren Hals trocken werden.

»Darf ich meinen Eimer zurückhaben?«, fragte sie, während sie den Blick auf die Schmutzpartikel gerichtet hielt, die sie von ihrem Kleid abstrich.

»Erlaube mir, dir zu helfen, ihn zu füllen und zu deiner Unterkunft zurückzutragen.«

»Warum würdest du das tun?«, fragte sie mit deutlicher Panik in der Stimme.

In ihrem Kopf überschlugen sich die Möglichkeiten, was dieser gutaussehende Fremde mit ihr vorhaben könnte. Keine davon war angenehm. Beabsichtigte er, ihr zu schaden? Sie zu vergewaltigen? Sich für die Taten ihres Vaters zu rächen? Inzwischen völlig verängstigt durch ihre Gedanken, blickte sie zu ihm auf, ihre Augen trafen auf seine. Sie gab ihm keine Chance zu antworten, bevor sie zu fliehen versuchte.

Coline kam nicht weit, bevor der seltsame Wikinger sie mit zwei schnellen Schritten seiner baumstammdicken Beine einholte. Er schlang seine Arme um sie und zog sie zu sich zurück. Mit ihrem Rücken an seiner Brust und seinen muskulösen Bizeps um ihre Schultern gewickelt, erkannte Coline, dass ihr gefiel, wie sie sich in seiner Umarmung fühlte. Zum ersten Mal, seit sie in der Siedlung angekommen war, fühlte sich Coline einigermaßen sicher. Es war ein beunruhigendes Gefühl, mit dem sie nicht umzugehen wusste.

»Du brauchst keine Angst vor mir zu haben. Mein Name ist Arne; ich habe nichts Böses im Sinn. Lass mich dir helfen«, seine Worte streiften ihr Ohr und ließen die Haut um ihren Nacken auf eine Weise kribbeln, wie sie es noch nie zuvor gespürt hatte. Die Härchen in ihrem Nacken stellten sich auf, und ihr Körper reagierte wie von selbst, entspannte sich in ihn zurück.

Coline verstand nicht, warum sie sich so fühlte oder wie ihr Körper von selbst reagieren konnte. Sie hatte Angst, sowohl vor dem Unbekannten dieses Mannes als auch vor den seltsamen Gefühlen, die ihr Blut berauschten. Sie hatte das Gefühl, sie könnte weinen. Nahe den Tränen, mit zitternden Händen und rasendem Herzen reagierte sie auf die einzige Weise, die sie kannte. Ein Trick, den sie von ihrer älteren Schwester gelernt hatte.

»Lass mich in Ruhe!«, schrie sie, als sie die Ferse ihres Stiefels so hart wie möglich auf Arnes Zehen donnerte.

Die Wucht ließ seinen Griff lockern und seine starke Haltung wanken. Er schrie nicht auf, wie sie es erwartet hatte, aber da sein Griff nicht mehr so fest war, duckte sie sich aus seiner Umarmung und rannte. Sie rannte mit allem, was sie hatte, hielt ihre Röcke fast bis zu den Knien hoch und schaute nicht ein einziges Mal zurück.

KAPITEL
ZWEI

»Ha! Ha! Ha!« brüllte Ulf und lachte so heftig, dass er sich die Seite hielt, während ihm eine verirrte Träne aus dem Auge lief. »Warte, bis die anderen davon hören, der große Arne, von einem Mädchen besiegt, das kaum dem Kindesalter entwachsen ist. Ich frage mich, ob sie jemals die Wärme eines Mannes gespürt hat, und trotzdem hat sie dich bezwungen, mit nichts weiter als einem Tritt auf deinen Fuß.«

Arne stand mit über der Brust verschränkten Armen da, die Stirn tief gefurcht, und wartete, bis sein engster Freund aufhörte zu lachen. Arne verstand nicht, was daran so lustig war. Sie hatte ihn nicht besiegt. Er hatte sie doch gehen lassen, oder?

»Du großer Tölpel, diese Geschichte wird noch jahrelang besungen werden. Der große Arne ließ eine Frau fliehen...«, begann Ulf zu singen.

Ulf hatte nicht die beste Singstimme, aber das war nicht der Grund, warum Arne ihn unterbrach. Arne war von seinen Worten verwirrt.

»Kannst du erklären, warum *ich* der Tölpel bin, Bruder?«, fragte Arne und versuchte, den Ärger aus seiner Stimme herauszuhalten.

»Hast du nicht ihre flammendroten Haare gesehen? Sie ist eine Hochländerin, höchstwahrscheinlich eine Sklavin. Warum sonst würden die Kinder sie verspotten?«

Arne hatte ihre Haare nicht bemerkt. Alles, was er bemerkt hatte, war die Traurigkeit in ihren Augen. Diese wunderschönen grünen Augen, die seinen fast glichen. Er hatte ihre Haare nicht beachtet, aber er hatte die Schüchternheit ihrer Bewegungen gesehen und die Angst gespürt, die von ihr ausging – er konnte sie praktisch riechen. Da wurde ihm etwas klar.

Ulf hörte auf zu lachen, als auch er Arnes Gedanken teilte. Die Freunde starrten einander an und begriffen, was Ulf gerade gesagt hatte. Wie hatten sie nicht früher daran gedacht? Sie hatten bereits mit Sören und seinem Bruder gesprochen, ohne Erfolg. Die Brüder teilten Ulf und Arne mit, dass sie nichts von Plünderern oder Banditen in der Gegend wüssten. Das Gebiet sei ruhig und friedlich. Nichts Unge- wöhnliches oder Verdächtiges sei bemerkt worden. Und doch wandelte eine Hochländerin unter ihnen. Sie könnte eine Sklavin oder die Geliebte eines Dänen sein, und wenn jemand von den Gerüchten über die Siedlung wüsste, dann sie. Sie hatte offensichtlich Angst. Aber wenn man sie auf die richtige Weise fragte, könnte sie bereitwillig preisgeben, was sie wusste. Ihr Wissen könnte von unschätzbarem Wert sein. Feinde der Wikinger, Plünderer und Banditen. Die Möglich- keiten waren endlos.

∞ — ∞

Ulf hielt eine große, kräftige Frau an, die einen Korb vom Markt zurücktrug. Sie schien nicht erfreut zu sein, bei ihrem Botengang aufgehalten zu werden, und Ulf bemerkte die beeindruckende Klinge, die an ihrer Hüfte hing.

»Entschuldigen Sie, das rothaarige Mädchen?«, fragte Ulf und zeigte in die Richtung, in die Coline gelaufen war, »sie ist eine... Hoch- länderin, ja? Wem gehört sie?«

»Wem sie gehört?«, hustete die Frau, »Niemandem gehört sie.«

Arne und Ulf tauschten einen weiteren Blick. Die Frau missbilligte die Hochländerin offensichtlich mehr als die Kinder, die sie verspottet hatten.

»Sie war eine Gefangene, ebenso wie der Rest ihrer Familie. Sie wurden freigelassen«, fuhr sie fort.

»Freigelassen? Warum?«, fragte Arne.

»Ha! Das ist die Frage. Ich hörte, es wurde bestimmt, dass die Familie verschont wurde, da der Vater die Verbrechen begangen hatte, nicht die Frau und die Kinder. Lächerlich, wenn Sie mich fragen. Ihre Schwester hat ihre Loyalität bewiesen. Aber wer sagt, dass die anderen ihre Gesinnung teilen?«, fauchte die Frau. Keine Liebe war zwischen ihr und den Beechams verloren.

»Ihre Schwester? Wer ist das Mädchen?«, fragte Arne.

Die Frau sah verwirrt zurück. Wie konnten sie das nicht wissen? Bevor sie ihre Frage beantwortete, musterte sie Arne und Ulf von Kopf bis Fuß.

»Sie ist Lord Beechams Tochter, Schwester von Sima, die die Frau von Abjörn ist. Sicherlich wissen Sie, wer *er* ist.« Sie grunzte, bevor sie sich umdrehte und ihren Weg fortsetzte.

Die Frau von Abjörn? Sie ist die Schwägerin des ältesten Jürgensen. Deshalb zuckte sie bei seinem Anblick nicht zusammen. Der Gedanke traf ihn wie ein Schlag. Arne wandte sich zu Ulf und bemerkte, dass er dem Gespräch nicht zugehört hatte.

»Weißt du, Arne, die Hochländerin hat anfänglich nicht gerade protestiert, als du sie gehalten hast. Wenn ich es nicht besser wüsste, würde ich sagen, ihr hat das Gefühl deiner Umarmung gefallen«, meinte Ulf.

Arne dachte daran zurück, wie sie sich in seinen Armen angefühlt hatte, und erkannte, dass sein Bruder die Wahrheit sprach. Er erinnerte sich, wie sie sich in ihn entspannt hatte, wie sich ihr Hals leicht geneigt hatte, als er ihr seinen Namen nannte.

»Wenn sie eine freie Frau ist, dann kann sie verführt werden. Eine Frau erzählt ihrem Liebhaber Dinge, die sie sonst niemandem sagen würde. Wenn sie um ihr Leben und das ihrer Familie fürchtet, würde sie einem Liebhaber wahrscheinlich alles erzählen, um zu helfen. Sie würde von Komplotten wissen, vom Klatsch aus der Siedlung und von Informationen am Hof des englischen Königs. Sie ist Beechams Tochter. Ihr Wissen ist es, was wir brauchen, um unsere Mission zu erfüllen.« Ulf sprach immer aufgeregter mit jedem Wort und war offensichtlich stolz auf seine eigene Schlussfolgerung.

»Was willst du damit sagen?«, fragte Arne und hob eine Augenbraue angesichts des verdächtig glücklichen Blicks, den Ulf ihm zuwarf.

»Sie hat vielleicht noch nie die Wärme eines Mannes gespürt; sie hat Angst. Lass sie sich sicher fühlen. Verführe sie und besorge dann die Informationen, die wir brauchen«, antwortete Ulf.

Arne konnte nicht leugnen, dass es ein guter Plan war. Ein narrensicherer Plan, bei dem vielleicht nur ein Feind verletzt werden würde. Aber Arne war bisher nur mit wenigen Frauen zusammen gewesen. Er besaß nicht den Charme und das Charisma seiner Freunde. Und er war sich nicht sicher, ob es ihm gefiel, derjenige zu sein, der jemanden so Jungen und Unschuldigen täuschen sollte.

»Ich verstehe nichts von Verführung«, gab er zu.

Ulf grinste, seine Augen glühten vor Schelmerei und Unheil, »Ich werde es dir beibringen.«

KAPITEL
DREI

Coline saß auf dem Boden neben dem großen schwarzen Eisentopf und bereitete das Abendessen zu. Wieder einmal hatte ihre Mutter eine Ausrede, um nicht kochen zu müssen. Der heutige Grund waren Kopfschmerzen.

»Es ist nicht die Aufgabe der Gemahlin des Herrn zu kochen. Dafür sind die Dienstboten da«, hatte sie sich beschwert.

»Wir sind nicht mehr in Beecham Castle, Mutter. Wir haben keine Dienstboten mehr. Wie sollen wir essen, wenn wir nicht selbst kochen?«

»Ich habe Kopfschmerzen von all diesen kleinlichen Streitereien. Ich muss mich hinlegen.«

Mit den Augen rollend nahm Coline das Gemüse und begann, es zu schälen. Sie wusste, wie man Essen zubereitete und kochte. Während ihr Vater Sima mit an den Hof genommen hatte, um sie auf den Tag vorzubereiten, an dem sie die neue Herrin des Schlosses werden würde, und ihre Mutter sich um ihre jüngeren Brüder kümmerte, hatte Coline Zeit mit den Bediensteten verbracht. Sie waren liebenswerte Menschen, und Coline hasste es, wie ihre Mutter sie behandelte. Sie erinnerte sich, wie sie viele Tage in der Küche verbracht hatte, das Abendessen vorbereitete und zusah, wie sie kochten. Es war ein Geheimnis, auf das sie stolz war. Anders als ihre Mutter konnte Coline für sich selbst und ihre Familie sorgen.

Während sie Kartoffeln und Karotten schälte, ließ Coline ihre Gedanken wandern. Sie lächelte in sich hinein und erinnerte sich, wie freundlich die Köchin zu ihr gewesen war und wie sie mit ihr über ihre Mutter gelacht und gescherzt hatte. Sie dachte daran, wie die Frau ihr Dinge beigebracht hatte, die ihre Mutter ihr nie beibringen würde. Ihre Erinnerungen wurden durch ein Klopfen an der Tür unterbrochen.

»Herein«, rief Coline und nahm an, dass es einer ihrer Brüder war, entweder Sören oder Dittmer, die Einzigen, die sie besuchten.

»Gut, ich bin nicht zu spät und immer noch nützlich«, sagte eine tiefe, samtige Stimme, die Colines Haut mit Gänsehaut überzog.

Dieselbe Stimme, die sie an ihrem Ohr gespürt hatte. Die Stimme, auf die ihr Körper reagierte, obwohl ihr Verstand dagegen war. Sie drehte sich um und sah den Wikinger ... Arne, wenn sie sich richtig erinnerte, der gerade in ihrer Türöffnung stand. In einer Hand hielt er einen Eimer voll Wasser und in der anderen einen kleinen, selbst gepflückten Blumenstrauß, an dessen Stielen noch ein paar verirrte Wurzeln hingen.

»Was ... wie ...«, stotterte Coline.

Wie hatte er sie gefunden? Was machte er hier? Sie fühlte sich nicht so verängstigt wie bei ihrer ersten Begegnung. Sie mochte zwar jung sein und nicht die Stärkste, aber sie hielt ein Messer in der Hand und hatte eine Möglichkeit, sich zu schützen.

»Ich fand es schrecklich, dass du umsonst zum Brunnen gegangen bist. Ich hatte dir vorher meine Hilfe angeboten, aber da du so schnell weggelaufen bist, hast du deinen Eimer zurückgelassen. Ich dachte, du könntest ihn brauchen.« Er trat näher zu ihr und stellte den Eimer neben den Topf.

»Und die Blumen?«, fragte Coline und erschrak über sich selbst.

Warum hatte sie gefragt? Woher kam dieses Selbstvertrauen? Und warum flatterte ihr Herz, als er sie ihr überreichte?

»Eine Entschuldigung ... dafür, dass ich dich vorhin erschreckt habe. Das war nicht meine Absicht. Ich vergesse manchmal, dass ich sanft sein muss«, grinste Arne.

Coline nahm nervös die Blumen aus seiner Hand, ohne ihren misstrauischen Blick von seinem Gesicht abzuwenden. Sie wollte nach Anzeichen von bösen Absichten suchen. Unbehaglich unter ihrem strengen, wachsamen Blick ließ Arne seinen Blick durch die Hütte schweifen, die sie ihr Zuhause nannte. Während er wegschaute, führte Coline die Blumen an ihre Nase und lächelte über den Duft. Ihr Lächeln verschwand, als sie bemerkte, dass er sie beobachtete und zurücklächelte.

»Das ist eine schöne Hütte, die ihr hier habt. Lebst du allein?«, wagte Arne zu fragen.

»Ich lebe mit meinen Brüdern, an denen du draußen beim Spielen vorbeigekommen sein musst. Und meine Mutter liegt eindeutig auf der Liege in der Ecke«, antwortete Coline und wandte sich wieder dem Schneiden ihres Gemüses zu.

»Oh ja, jetzt sehe ich es«, antwortete Arne, um Worte verlegen.

»Du bist nicht sehr gut im Small Talk, oder? Warum bist du hier?«, fragte sie und ignorierte das Zittern ihrer Hände, während sie versuchte, das Messer ruhig zu halten.

Arne öffnete den Mund, um zu antworten, bekam aber keine Gelegenheit dazu. Ein Schrei von draußen ließ ihn aufschrecken; bevor er reagieren konnte, war Coline auf den Beinen und drängte sich an ihm vorbei. Arne folgte ihr nach draußen und stellte fest, dass der Schrei von einem ihrer jüngeren Brüder kam. Ein Junge, nicht älter als fünf Jahre. Er war beim Spielen gestürzt, und sein Knie hatte einen kleinen Schnitt, verkrustet mit Schmutz und Steinen. Tränen liefen über sein Gesicht, während er sein Knie umklammerte.

Arne entspannte sich, als er sah, dass keine Gefahr drohte und niemand ernsthaft verletzt war. Er beobachtete, wie Coline den Jungen in ihre Arme nahm und ihn wiegte, um sein Weinen zu beruhigen. Arne ging zu ihnen hinüber, kniete sich vor sie und hob mit seinem Daumen das Kinn des Jungen an, sodass der Junge ihm in die Augen sah.

»Wikinger weinen nicht, wenn wir fallen. Wir stehen wieder auf und kämpfen«, sagte Arne.

Colines Stirn runzelte sich, ihr misstrauischer Blick starrte zurück, während sich ihr Griff um ihren Bruder verstärkte.

»Ich bin kein Wikinger«, piepste der Junge.

»Lebst du nicht in einer Wikingerhütte? In einer Wikingersiedlung? Ist deine ältere Schwester nicht mit einem mächtigen Wikinger verheiratet?«

Die Tränen des Jungen wurden leiser, und er nickte ihm sanft zu.

»Dann, mein Junge, bist du ein Wikinger. Bist du stark? Bist du mutig? Kannst du mit einem Schwert kämpfen und auf einem Pferd reiten?«

»Ja, ich bin stark. Ja, ich bin mutig. Ich kämpfe mit Stöcken und reite mein Pony«, antwortete der Junge und wischte seine Tränen am Ärmel ab.

»Dann, mein Junge, bist du ein Wikinger.« Arne lächelte ihn an.

»Lass mich dir ein Geheimnis verraten. Aber du musst versprechen, es niemandem zu erzählen. Nur Wikinger wissen das«, flüsterte Arne und winkte den Jungen näher heran, während er sich umschaute, als ob er nach Spionen Ausschau hielte.

»Ich will es auch wissen«, zwitscherte sein Bruder.

»Dann komm«, sagte Arne.

Die beiden Jungen rannten zu Arne und kuschelten sich eng aneinander, um sein großes Geheimnis zu hören.

»Wir Wikinger weinen. Wir haben keine Angst zu weinen. Aber wir tun es, wenn wir allein sind, verborgen vor der Welt.«

»Warum?«, fragte der Ältere der Jungen.

»Weil die Welt so unsere Angst, unsere Liebe nicht sieht. Wenn wir verletzt sind, stehen wir auf und zeigen der Welt, dass wir die wildesten, stärksten Krieger sind. Wir greifen die Welt an und lassen sie wissen, dass sie uns nicht verletzen kann. Sie kann uns nur verletzen, wenn wir es zulassen.« Arne hielt inne und ließ seinen Blick zu Coline fallen, die ihn aufmerksam beobachtete.

»Kann ich euch mit dem Geheimnis vertrauen, Jungs?«

Beide Jungen standen fest und nickten energisch mit dem Kopf.

»Gut, jetzt kommt. Holt eure Kampfstöcke und lasst mich euch zeigen, wie Wikinger kämpfen.«

Die Jungen jubelten und tanzten im Hof herum, jeder stach mit Stöcken auf Arne ein, der Verletzungen und Tod vortäuschte, während die Jungen auf ihn losstürzten und zustachen. Coline konnte nicht anders, als zu lächeln; es war ein Anblick für müde Augen, dass ein furchterregender Krieger, ein Mann, gebaut wie ein Bär, sanft und freundlich und ausgezeichnet mit Kindern umgehen konnte. Es war eine seltsame Mischung, und Coline wusste nicht, was sie von ihm halten sollte. War er aufrichtig? War alles nur ein Schauspiel? Sie wusste nicht mehr, wem sie vertrauen konnte, und je mehr sie Arne beim Spielen mit ihren Brüdern beobachtete, desto mehr wurde ihr klar, dass sie auch sich selbst nicht mehr vertrauen konnte.

Ihr Herz flatterte bei seinen angespannten Muskeln; ihr Magen schlug Purzelbäume, jedes Mal wenn sich ihre Blicke trafen. Ihr Verstand sagte ihr, vorsichtig zu sein; ihr Herz sagte ihr, sich fernzuhalten. Aber ihr Körper schrie nach ihm.

»Coline, schau! Wir haben einen Wikinger bezwungen. Einen mächtigen Wikinger«, jubelte ihr jüngerer Bruder und riss sie aus ihren düsteren Gedanken.

»Ja, George, das habt ihr«, lächelte sie.

»Coline! Wie schön, endlich deinen Namen zu kennen.« Arne grinste, als er aufstand.

Er trat näher zu ihr, ragte über sie hinaus und zwang sie, ihren Kopf nach hinten zu neigen, um zu ihm aufzuschauen. Er stand so nah und doch nicht nah genug, um sie zu berühren. Sie wollte die Hand ausstrecken und ihn berühren, aber sie wusste nicht, warum. Sie fühlte sich zu ihm hingezogen; es war merkwürdig.

»Ich muss mit dem Kochen des Abendessens fortfahren, wenn du mich entschuldigst«, sagte Coline, machte einen tiefen Knicks und eilte nach drinnen.

Sie war froh, wegzukommen, schöpfte Wasserschalen aus dem Eimer, um das Gemüse zu bedecken. Sie konnte Arne immer noch draußen mit den Jungen spielen hören, aber sie brauchte Raum zum Nachdenken und hatte Aufgaben, um ihre Hände und ihren Geist beschäftigt zu halten.

KAPITEL
VIER

Coline erwachte am nächsten Morgen vom Geräusch einer Axt, die auf Holz traf. Verwirrt zog sie sich schnell an und sah nach ihrer Mutter und ihren Brüdern. Keiner von ihnen schien von dem Lärm erschreckt zu sein, da sie alle tief und fest schlafend unter einer großen Decke zusammengekuschelt lagen.

Coline ging nach draußen und stellte fest, dass die Kuh bereits gemolken worden war. Ein voller Eimer stand auf der Türschwelle und wartete auf sie. Sie wagte sich weiter in den Hof hinein und folgte dem Geräusch. Da sah sie ihn. Arne. Oberkörperfrei stehend, Schweiß tropfte an seiner stahlharten Brust herunter, während er Feuerholz hackte. Coline beobachtete, wie er die Axt hoch über seinen Kopf hob und ein Stück Holz, so lang und dick wie ein kleiner Baum, mit einem harten Schwung in zwei Hälften spaltete. Ihr Puls raste, und sie schnappte nach Luft, als sie zusah, wie er die beiden Hälften nahm und sie erneut spaltete. Und noch einmal.

Glücklicherweise hatte er nicht bemerkt, dass sie ihn beobachtete. Er hielt inne und wischte sich den Schweiß von der Stirn mit seinem Handrücken, während er sich umdrehte, um einen Schluck Wasser aus dem Eimer hinter ihm zu trinken. Coline wurde plötzlich von einer Woge aus Wut und Frustration erfüllt und fühlte sich selbstbewusster als je zuvor, seit sie in die Siedlung gebracht worden war. Sie stürmte von ihrem Versteck quer über den Hof, um Antworten zu verlangen.

»Was um alles in der Welt denken Sie, was Sie da tun?«, forderte sie.

»Guten Morgen, meine Dame«, Arne zwinkerte und nahm einen weiteren Schluck Wasser aus der kleinen Holzschale.

»Nennen Sie mich nicht so. Sie können nicht einfach Dinge für mich tun. Was werden die Leute denken? Sie bekommen den falschen Eindruck. Sie müssen gehen und, im Namen des Himmels, ziehen Sie sich etwas an.« Coline protestierte und drehte sich weg, damit er nicht sehen konnte, wie ihre Wangen rot wurden, als er seine Brustmuskeln anspannte und seine Brustmuskulatur vor ihren Augen tanzen ließ.

»Und was genau ist der falsche Eindruck?«

»Nun... Sie werden denken, dass Sie sich für mich interessieren, zum Beispiel«, antwortete Coline und hielt ihm weiterhin den Rücken zu.

Sie hörte seine Schritte, als er näher kam. Sie hielt ihre Haltung, während er sich um sie herum bewegte, um vor ihr zu stehen, und sie zwang erneut, zu ihm aufzuschauen. Dieses Mal jedoch fiel es ihr schwerer, ihre Augen nicht wandern zu lassen, während sich seine Brust vor ihr hob und senkte.

»Das wäre schlecht, weil?«, wagte Arne zu fragen.

»Ich bin Lord Beechams Tochter. Am englischen Hof ist es falsch, wenn ein Mann dabei gesehen wird, wie er versucht, einer Frau den Hof zu machen, die ihm nicht versprochen wurde. Außerdem wird meine Familie hier gehasst. Wenn die Leute es sehen, werden sie denken, ich versuche, Sie zu verführen, um Gefallen zu erlangen, um... um...« Sie wurde immer frustrierter mit all den Gründen, die ihr einfielen, aber je mehr seine Augen in ihre brannten, desto mehr merkte sie, dass ihr die Worte fehlten.

Sie versuchte erneut zu sprechen, aber ihre Worte blieben ihr im Hals stecken, als Arne seine Hand um ihren Nacken und eine um ihre Taille legte und sie an sich zog, bevor er einen Kuss auf ihre Lippen drückte. Er küsste sie hart und schnell, überrascht, als er spürte, dass sie nicht versuchte, ihn aufzuhalten. Aber sie versuchte auch nicht, ihn zurückzuküssen. Behutsam ließ er sie los und beobachtete, wie sie verwirrt dastand, die Augen noch sanft geschlossen, wo er sie zurück-gelassen hatte. Er wartete, bis sie sich wieder gefasst hatte und ihre Augen aufflatterten.

»Vielleicht... meine Dame... sind Sie es, die den falschen Eindruck hat«, flüsterte Arne in ihr Ohr und ließ seine Finger sanft über ihren Nacken streichen, während er einige Strähnen ihres feuerroten Haars aus dem Weg strich.

Er trat zurück und grinste. Er war zufrieden, als er sie in ihrem aufgewühlten Zustand der Verblüffung betrachtete. Mit einem weiteren Zwinkern und einem Grinsen begann er, eine Melodie zu pfeifen, die Coline nicht kannte, während er sich von ihr abwandte und begann, das frisch gehackte Holz zu stapeln.

Coline war völlig verwirrt. *Was ist gerade passiert?* fragte sie sich, während sie erneut wie erstarrt dastand und Arne und seinen tanzenden Muskeln zusah, während er das Brennholz bearbeitete.

KAPITEL
FÜNF

Später am selben Tag beschloss Coline, dass sie etwas Zeit weg von der Siedlung brauchte. Sie entschied sich, den Hügel hinaufzugehen, wo sie einen guten Busch kannte, an dem Beeren wuchsen. Als sie mit ihrem Korb in der Hand durch die Siedlung ging, konnte sie nicht anders, als zu bemerken, wie jeder ihr erneut aus dem Weg ging. Selbst die Mädchen, die sie einst verspottet hatten, ließen sie jetzt in Ruhe. Es erinnerte sie daran, wie die Leute sie mieden, als ihr Schwager noch in der Siedlung wohnte. Sie ließen sie in Ruhe und hänselten oder verspotteten sie nicht, obwohl sie immer noch nicht freundlich zu ihr waren. Sie lächelte Vorbeigehende an, die sie ansahen, scheinbar beleidigt von ihrer Höflichkeit. Seufzend und mit hängenden Schultern senkte sie ihren Blick wieder zu Boden und verließ die Siedlung.

Warum muss mein Leben nur so kompliziert sein?

Während sie den Hügel hinaufging, dachte sie über die Ereignisse des Tages nach und wie sich die Dinge in dem Moment zu ändern schienen, als Arne auftauchte und die Mädchen unterbrach, die sie schikanierten. *Das ist alles sein Werk; ich habe ihn gewarnt, was andere denken würden,* haderte Coline mit sich selbst. *Warum kann er mich nicht einfach in Ruhe lassen?*

Sie passierte einen Abschnitt mit Bäumen und ging um die Beerenbüsche herum, außer Sichtweite der Siedlung. Verträumt erwartete sie halb, auf ihn zu stoßen. Und Arne enttäuschte nicht.

»Na, wen haben wir denn da«, neckte Arne, pflückte eine Beere vom Busch und steckte sie sich in den Mund.

»Du musst mich in Ruhe lassen. Bitte, geh einfach.« Coline flehte ihn an.

»Warum? Warum muss ich gehen? Es ist doch klar, dass wir uns mögen, oder?«, fragte Arne und trat einen Schritt näher zu ihr.

»Ich habe kein Interesse an dir, und ich habe dir nichts zu bieten.«

»Oh, das bezweifle ich, meine Lady«, flüsterte Arne, während er sanft mit seinem Daumen über ihre Wange strich. »Ich erinnere mich, wie du dich beim ersten Mal in mich gelehnt hast.«

»Ich weiß nicht, was du meinst«, hauchte Coline.

Arne schlich um sie herum und legte seine Arme um ihre Schultern, wie er es getan hatte, als sie zu fliehen versuchte. Erneut lehnte sich Coline in seine Umarmung. Etwas an ihm rief nach ihr; war es sein Duft? Sein Charme? Oder diese mystischen smaragdgrünen Augen?

»Sag mir, dass du es nicht magst, wenn ich dich so berühre«, begann Arne, während er Küsse ihren Hals hinunter verteilte.

Coline versuchte mit aller Kraft, nicht zu reagieren, während ihr Körper nach seiner Berührung schrie. Sie wollte ihren Hals mehr neigen, um ihm besseren Zugang zu verschaffen, aber sie befahl sich, stillzuhalten.

»Sag mir, dass du es nicht magst, wenn ich das tue«, fuhr Arne fort, während er den Stoff von ihrer Schulter gleiten ließ, seine Küsse von ihrem Ohr über ihren Hals, Schlüsselbein und die Schulter wanderten. Coline konnte nicht anders. Sie erschauerte unter seiner Berührung und ein leises Stöhnen des Vergnügens entwich ihren Lippen.

»Wenn du mir sagst, dass du es nicht magst, werde ich aufhören...« Er knabberte an ihrem Hals, während seine andere Hand in ihr Mieder glitt, und seine Finger die zarte Haut um ihre Brustwarzen nachzeichneten. »Sag mir, dass ich aufhören soll«, flüsterte er in ihr Ohr.

Coline war mit dem Glauben aufgewachsen, dass Lügen falsch sei. Eine Sünde. Also konnte sie Arne nicht sagen, dass sie seine Berührungen nicht mochte, denn das wäre eine Lüge gewesen. Sie konnte ihm nicht sagen, dass sie wollte, dass er aufhörte, weil sie es nicht wollte. Sie wollte mehr. Ihr Atem beschleunigte sich, als Arnes Hand tiefer in ihr Mieder glitt; sie kämpfte gegen das Stöhnen der Lust an, als er in das schmerzende Fleisch ihrer Brüste zwickte. Sie spürte, wie ihre Hände sich wie von selbst bewegten, über seine Oberschenkel strichen, während sie sich gegen ihn lehnte. Sie griff nach hinten und konnte fühlen, wie erregt auch er von ihr war. Bei ihrer Berührung stöhnte Arne in ihr Ohr.

Arne ließ seine andere Hand hinabgleiten und raffte ihren Rock, zog ihn hoch genug, um die Muskeln darunter fühlen zu können. Seine Hand streichelte über ihr Fleisch, wanderte an ihrem Oberschenkel hinauf, bis sie das Zentrum ihres Seins erreichte. Seine Finger spreizten sie auseinander und rieben die pochende Knospe zwischen ihren Beinen, was Colines Knie zittern ließ.

»Nein!«, rief Coline, schob seine Hände von sich und sprang aus seiner Umarmung.

Sie zupfte an ihrer Kleidung, richtete sich auf und schlang ihre Arme abwehrend um sich selbst.

»Hab ich dir wehgetan?«, geriet Arne in Panik.

»Nein, nein, überhaupt nicht. Es ist nur, dass wir nichts übereinander wissen. Wir können das nicht tun, ohne einander zu kennen. Es ist falsch.« Coline protestierte.

Arne grinste sie an und trat näher. Coline machte mit jedem Schritt nach vorne einen Schritt zurück, bis sie zwischen Arne und einem Baum eingeklemmt war. Erneut begann er, Küsse auf ihren Hals zu hauchen, ließ seine Hände sie necken und auf und ab über ihren Körper wandern.

»Also erzähl mir. Erzähl mir alles über dich, Coline. Ich möchte es wissen«, hauchte Arne.

»Was willst du...Was...«, keuchte Coline, als seine Hände die Süße zwischen ihren Beinen fanden.

»Erzähl mir von deiner Familie. Erzähl mir von deinen Freunden. Ich weiß, dass du eine Highlanderin bist; gibt es mehr von euch, oder bist du allein?«, fragte Arne, während seine Küsse tiefer wanderten, als er eine Brust aus ihrer Kleidung befreite, sie in seinen Mund nahm und Coline zum Stöhnen brachte.

»Warte. Was hast du gesagt?«, fragte Coline, ihr Verstand schrillte Alarmglocken.

Etwas stimmte nicht mit seiner Fragestellung; es war seltsam und nicht das, was man erwarten würde, wenn man jemanden kennenlernen möchte, den man zu umwerben beabsichtigt.

»Ich habe gefragt, ob du hier in der Siedlung allein bist oder ob es mehr Highlander bei dir gibt«, antwortete Arne, verloren in seiner Aufgabe, alle Stellen an Coline kennenzulernen, die sie schwach machten.

»Lass mich los!«, schrie Coline und stieß Arne so hart sie konnte von sich.

Es war nicht sehr kraftvoll, und Arne war ein starker Mann. Aber ihre Worte hatten mehr Gewicht für ihn als ihre Fäuste. Er tat, wie ihm geheißen, und trat zurück, gab ihr Raum, wollte sie nicht erschrecken oder verletzen.

»Von all den Fragen, die du mir hättest stellen können, warum diese? Was verbirgst du?«, forderte sie.

»Ich verberge nichts«, antwortete Arne.

»Lügner! Ich verlange zu wissen, was du hier tust, mit mir!«, schrie Coline, ihre Wut deutlich in ihrem Gesicht und ihrer Stimme zu erkennen.

»Ich entschuldige mich, meine Lady...«

»Nenn mich nicht so.«

»Es tut mir leid, Coline.« Da er nicht bei einer Lüge ertappt werden wollte, fuhr er fort: »Ich habe vielleicht versucht, dich zu verführen, um herauszufinden, was du über Highlander und andere englische Pläne weißt«, antwortete Arne und senkte den Kopf.

Schuldgefühle plagten ihn. Dies mochte als eine Erkundungsmission begonnen haben, und seine Absichten mögen einst unrein gewesen sein. Aber er hatte nie die Absicht gehabt, dem Mädchen zu schaden. Er war ein besserer Mann als das; wie hatte er sich zu einem so giftigen Menschen entwickeln können? Und jetzt wollte er nichts mehr, als sie nah bei sich zu halten.

»Also war das alles eine Lüge?«, schnappte Coline, ihre Stimme brach in ihrem Hals.

»Es mag am Anfang so gewesen sein, aber ich sehe dich. Ich

möchte mehr wissen. Und nicht nur über diese fremden Länder. Lass mich dich kennenlernen«, flehte Arne und streckte seine Hände aus.

Verletzt, verraten, wütend und dennoch ziemlich erregt, wurde Coline plötzlich bewusst, wie ihre Kleidung noch immer an ihr herunterhing, wie ihre Brüste noch immer ihm ausgesetzt waren. Sie raffte sich zusammen, ignorierte das Kribbeln in ihrem Bauch, das Pochen zwischen ihren Beinen und den Schmerz in ihrem Herzen. Wut übernahm. Je länger sie sein Gesicht betrachtete, desto dunkler wuchs der Hass in ihr. Ohne nachzudenken griff Coline nach ihrem Eimer mit Beeren und warf ihn mit aller Kraft auf Arnes Kopf.

Sie wartete nicht ab, um zu sehen, ob er sein beabsichtigtes Ziel traf, aber sie wusste, dass er getroffen hatte, an dem Schrei, den sie hörte, als sie wütend den Hügel hinunter in Richtung der Siedlung stürmte.

KAPITEL
SECHS

Während er sich die neue Beule am Kopf rieb und Colines Korb trug, ging Arne zurück zur Siedlung. Er machte sich selbst Vorwürfe. *Na, das habe ich ja gründlich vermasselt, oder?* Frustriert und vor sich hin murmelnd machte er sich auf den Weg, um Ulf zu finden; vielleicht könnte sein Freund ihm einen Rat geben.

Ulf war den ganzen Tag mit Sören und seinen Kundschaftern unterwegs gewesen und kehrte gerade zurück, als Arne die Siedlung betrat.

»Was in Odins Bart ist mit dir passiert?«, fragte Ulf, während er abstieg und dem Kundschafter erlaubte, das Pferd zurück in die Ställe zu bringen.

»Ich habe es vermasselt.«

»Wie?«

Arne seufzte und warf den Korb zur Seite, sodass er neben dem Tor der Siedlung liegen blieb. Immer noch seinen Kopf reibend, erzählte er Ulf alles, was zwischen ihm und Coline passiert war. Es dauerte nicht lange, bis Ulf wieder in dröhnendes Gelächter ausbrach.

»Du bist ein Idiot. Wie schwer kann es sein, eine Frau ins Bett zu kriegen? Du hast doch schon mal eine Frau im Bett gehabt, oder?«, brüllte Ulf.

»Natürlich habe ich das. Es geht nicht einfach darum, eine Frau ins Bett zu kriegen. Ich mag sie; sie ist süß und nicht wie irgendjemand, den ich vorher getroffen habe. Ich möchte die Chance haben, sie kennenzulernen, nicht sie nur ins Bett kriegen und dann abhauen.«

»Oh, bei Thor, werd mir bloß nicht auch noch weich. Es ist schlimm genug mit Toke und Sven«, stöhnte Ulf.

»Verspotte mich nicht, Ulf. Außerdem glaube ich nicht, dass sie irgendetwas mit irgendwelchen Komplotten zu tun hat oder überhaupt von etwas Wertvollem weiß. Sie fürchtet sich vor ihrem eigenen Schatten; sie würde nicht riskieren, in so eine Sache hineingezogen zu werden. Außerdem scheint ihre Familie der Mittelpunkt ihrer Welt zu sein; sie würde nicht riskieren, sie in Gefahr zu bringen«, argumentierte Arne.

»Du warst den ganzen Tag mit den Kundschaftern unterwegs. Was habt ihr gefunden?«, fragte Arne und versuchte, den Fokus auf etwas anderes als sich selbst und die Gefühle zu lenken, die er laut ausgesprochen hatte, bevor er sie selbst analysieren konnte.

Ulf schüttelte den Kopf und trat gegen einen losen Stein. »Nichts. Sören hatte Recht; nichts ist verdächtig. Vielleicht machen wir uns umsonst Sorgen. Der Angriff in der Höhle könnte ein Zufall gewesen sein. Vielleicht Männer aus dem Gasthaus, die ihr Glück versuchen wollten.«

»Vielleicht hast du Recht. Wir brechen morgen früh auf. Zurückgehen und versuchen, die anderen einzuholen. Dieses traurige Durcheinander hier hinter uns lassen«, sagte Arne und klopfte seinem Freund auf den Rücken.

»Ich denke, du hast Recht. Heute Abend feiern wir, ruhen uns aus, und dann reiten wir morgen los«, jubelte Ulf.

Das Geräusch von galoppierenden Hufen ließ die Freunde sich zu den Toren umdrehen. Ein Botenjunge zu Pferd, sein Gesicht von Panik gezeichnet und Schweiß von ihm tropfend, rang nach Atem, als sein Pferd zum Stehen kam.

»Was ist los, Junge?«, fragte einer von Sörens Kundschaftern, der hinter Ulf und Arne aufgetaucht war, ohne dass sie es bemerkt hatten.

»Es sind Sima und Abjörn. Beecham Castle wird angegriffen«, keuchte der junge Junge.

Arne bemerkte das Aufblitzen von etwas, jemanden, der sich in der Nähe einer der Hütten am Tor bewegte. Als er aus dem Augenwinkel hinschaute, sah er Coline. Sie hatte alles gehört. Ihr Gesicht war gerötet, ihre Augen vor Entsetzen weit aufgerissen und ihr Mund stand offen. Arne erwartete, dass sie wegrennen würde, und das tat sie auch, nur nicht dorthin, wo er es erwartet hatte.

Arne dachte, sie würde vielleicht nach Hause laufen, weg von ihm und seinem Verrat. Stattdessen rannte sie aus der Siedlung und durch die Bäume in die gleiche Richtung, aus der der Botenjunge gekommen war. Sie rannte zu ihrer Familie. Sie rannte in Richtung Beecham Castle.

KAPITEL
SIEBEN

Arne schnappte sich die Zügel eines Pferdes, das einer der Kundschafter in seine Richtung führte. Er stieg auf und jagte Coline nach, wobei er die Rufe des Kundschafters und Ulfs ignorierte. Da sie zu Fuß und er zu Pferd war, dauerte es nicht lange, bis er sie eingeholt hatte. Er sprang vom Pferd, rannte zu ihr und packte sie, wollte ihren panischen Verstand beruhigen und sie in Sicherheit bringen. Das Schlachtfeld war kein Ort für eine Hofdame. Für eine ausgebildete Schwert- oder Schildmaid ja, aber nicht für eine Hofdame, besonders nicht für eine so junge wie Coline.

Coline wehrte sich heftig gegen Arnes Umarmung und weinte hysterisch. Ihr Kampfgeist beeindruckte Arne. Sie war wilder, als er erwartet hatte, wenn man bedachte, wie verängstigt sie durch die Welt um sie herum zu sein schien.

»Lass mich los! Ich muss zu Sima. Sima braucht mich«, schrie sie.

»Beruhige dich, Coline; ein Schlachtfeld ist kein Ort für jemanden, der so jung ist wie du. Ihr Ehemann wird nicht zulassen, dass ihr etwas passiert. Ich habe von seinen Heldentaten gehört. Er ist eine Kraft, mit der man rechnen muss. Deine Schwester wird in Sicherheit sein«, versuchte Arne sie zu beruhigen, aber Coline kämpfte nur gegen ihn an und versuchte, sich zu befreien.

»Sie sollte gar nicht dort sein«, weinte Coline.

Ihre Aussage löste etwas in Arne aus. Er begann nachzudenken. Vielleicht hatte er sich in ihr geirrt, vielleicht hatte sie es geschafft, ihn zu täuschen, und sie wusste doch mehr, als sie zugab. Wut und Verlegenheit sammelten sich in seinem Blut. Er hatte zugelassen, dass sie ihn einmal besiegt hatte. Sein Stolz würde es kein zweites Mal zulassen.

Er packte Coline an der Schulter und drückte sie gegen einen Baum. Als er sie festhielt, weiteten sich ihre Augen vor Angst angesichts der Wut in seinen Augen.

»Du stehst mit unseren Feinden im Bunde? Spionierst du für sie aus der Siedlung heraus? Sag mir, was du weißt! Lüg mich nicht an!«, brüllte Arne.

Coline erstarrte, geschockt von Arnes Ausbruch. »Ich weiß nicht, wovon du redest«, protestierte sie.

»Wer greift die Burg an?«, verlangte Arne zu wissen.

»Ich weiß es nicht!«, schrie Coline zurück, Tränen füllten ihre Augen.

»Du hast gesagt, sie sollte nicht dort sein. Du weißt etwas, also sag es mir!«, brüllte Arne.

In Coline wuchs eine Wut heran, eine Wut, von der sie nicht wusste, dass sie dazu fähig war. Sie behauptete sich und stieß zurück. Arne bewegte sich nicht. Aber jetzt wusste er, dass sie keine Angst mehr vor ihm oder irgendetwas anderem hatte.

»Es geht um Sima! Meine Schwester, du großer, sabbernder Dummkopf. Sie sollte nicht mit Abjörn gehen, um beim Wiederaufbau der Burg zu helfen. Sie ist in letzter Minute abgereist, weil sie zu Hals über Kopf in ihn verliebt ist, um von seiner Seite zu weichen. Darum war ich so aufgebracht! *Ich könnte meine Schwester verlieren!* Den einzigen Menschen, der sich je wirklich um mich gekümmert hat in dieser Welt!«, schrie Coline.

»Stellt dich meine Antwort zufrieden? Oh, mächtiger Wikinger?«, schrie sie ihm ins Gesicht.

Arne bewegte sich nicht. Er stand da und starrte, versuchte Coline einzuschätzen, um zu sehen, ob sie die Wahrheit sagte.

»Hier ist etwas, das meine Schwester mir beigebracht hat«, knurrte

Coline. Sie richtete ihre ganze Wut auf Arne und rammte ihr Knie mit all ihrer Wut und Kraft in seinen Schritt.

Arne sackte zu Boden und griff nach seinem Schritt. Zu seiner Überraschung hatte sie einen gemeinen Schlag drauf für so ein kleines Ding. Sie stieß Arne beiseite, rannte an ihm vorbei und sprang auf sein Pferd, ließ ihn im Staub zurück, während sie davongaloppierte, um ihrer Schwester zu helfen.

KAPITEL
ACHT

Ulf holte auf und wurde Zeuge der gesamten Begegnung. Arne funkelte Ulf an, während dieser unkontrolliert lachte. Arne begann es langsam leid zu werden, dass sein Freund auf seine Kosten lachte.

»Hör endlich auf zu lachen«, stöhnte Arne, der sich mühsam aufzurichten versuchte, während sein Schritt schmerzte.

»Ich kann nicht anders, Bruder. Schau dir an, in welche Schwierigkeiten dich diese Frau gebracht hat«, kicherte Ulf. »Du konntest sie beim ersten Mal nicht festhalten, es ist dir nicht gelungen, sie zu vögeln, und jetzt schlägt sie dich zu Boden und klaut dein Pferd. Bist du sicher, dass du ein Wikinger bist?«, neckte Ulf.

»Du bist ein Idiot«, fauchte Arne.

»Es ist doch nur Spaß, Bruder. Nimm's nicht so schwer«, gab Ulf zurück.

»Es ist immer nur Spaß, wenn es auf meine Kosten geht. Habe ich über dich gelacht, als...«

Ulf unterbrach; er wusste, worauf Arne hinauswollte, und sie hatten vereinbart, nie wieder darüber zu sprechen. »Hey, das ist nicht fair; wir hatten eine Abmachung, nie wieder über diese Schlacht zu sprechen. Außerdem war mein Fehler ganz allein meiner. Ich habe mein Urteilsvermögen nie von einem Rock trüben lassen, besonders nicht von einem Hochland-Rock.«, beschwerte sich Ulf.

Arne verlor die Beherrschung. Er packte Ulf und zog ihn von seinem Pferd. Die beiden Freunde standen sich Nase an Nase gegenüber, ihre Temperamente kaum im Zaum gehalten.

»Arne, was ist in dich gefahren?«, schnauzte Ulf, während er Arne wegstieß, aber Arne lockerte seinen Griff nicht und hielt Ulf fest.

»Sie ist mehr als nur ein Rock, und ich werde nicht zulassen, dass du so über sie sprichst. Hast du mich verstanden?«

»Im Namen Thors und ganz Asgards, nicht du auch noch.« Ulf spottete. »Was ist es mit diesen Ufern? Alle Männer scheinen sofort verhext zu sein.«

»Genug, Bruder, bevor du zu weit gehst«, warnte Arne und stieß Ulf weg, wobei er endlich den Kragen seines Freundes losließ.

»Zu weit? Sie ist ein Mittel zum Zweck; sie ist eine Hochländerin und eine Informationsquelle. Nichts weiter. Denk klar, du großer Tölpel«, schnappte Ulf.

»Sie ist mehr als das. Sie ist wie keine Frau, die ich je getroffen habe. Sie ist...« Arne hielt inne, als er bemerkte, wie sich Ulfs Gesicht verzog. Ulf kämpfte darum, sein Lachen wieder zu unterdrücken.

»Ein Mann mit einem steinernen Herzen wie du wird das nie verstehen. Ich nehme dein Pferd.«

»Wohin willst du gehen?«, fragte Ulf.

»Um die Frau zu retten, die ich liebe, bevor sie sich umbringt.«

»Liebe? Arne, sei vernünftig. Du kennst das Mädchen nicht. Sie ist kaum erwachsen und...«

»Was du zu sagen hast, interessiert mich nicht. Es gibt kein anderes Wort, um zu beschreiben, was ich für sie empfinde. Du musst es nicht verstehen; du musst es nur akzeptieren. Du bist mein engster und ältester Freund, Ulf. Denk vernünftig, wann habe ich jemals solche Gefühle gezeigt?«, erklärte Arne, während er Ulfs Pferd bestieg.

Ulf stand da und beobachtete. Sein Gesicht war zum ersten Mal, seit sie zur Siedlung zurückgekehrt waren, ernst. Er nickte seinem Freund zu und gab damit ihre Auseinandersetzung auf, bereit, seinen Freund zu unterstützen.

»Reite ihr nach; ich kehre zur Siedlung zurück und sammle mehr Kräfte. Wir sehen uns auf dem Schlachtfeld, mein Freund.«

Arne nickte zurück, trat dem Pferd in die Flanken und trieb es an. Arne ritt planlos in den Wald hinein und folgte der Richtung, in die er Coline zuletzt auf seinem Pferd hatte reiten sehen. Er kannte den Standort von Beecham Castle nicht, aber als er tiefer in den Wald vordrang, dienten ihm die Geräusche der Schlacht als Kompass.

Eine kleine Armee kämpfte, um die Burg einzunehmen. Bogenschützen hoch auf dem Hügel schossen brennende Pfeile ab, um die Wikingertruppen aufzuhalten und zu teilen. Trotz des Regens der letzten Tage war das Land um die Burg seltsam trocken; die Flammen entzündeten die Mauern, die die Burg umgaben, mit Leichtigkeit.

Männer zu Fuß und zu Pferd stürmten auf Arne zu. Er zog sein Schwert und durchschnitt sie mit Leichtigkeit, sein Verstand konzentrierte sich auf eines und nur eines: Coline zu finden. Das Schmerzensschreien eines Pferdes erregte seine Aufmerksamkeit; es war ein Wiehern, das er gut kannte. Sein Kopf schnappte nach rechts, um Coline zu sehen, die darum kämpfte, sein Pferd zu kontrollieren, während es sie abwarf und versuchte, vor den Flammen zu fliehen. Als Arne in ihre Richtung lenkte und bereit war zu reiten, scheuchte eine Wand aus Pfeilen das Pferd, auf dem er saß, auf, und er sprang ab, als es floh. Ihre Bogenschützen waren gegen ein sich bewegendes Ziel nicht so geschickt.

Nun war er wieder mit seinem eigenen Pferd vereint. Obwohl er genug Zeit hatte, das Tier zu beruhigen, konnte er Coline nicht mehr sehen. Panik setzte ein, sie könnte in Gefahr sein, und er war in der Unterzahl. Arne erkannte bald, dass die Bogenschützen nicht darauf abzielten, ihn zu treffen; sie sollten nur ablenken. Und schon befand er sich auf dem Höhepunkt der Schlacht, umgeben von Reitern, die Schwerter, Schilde und Äxte schwangen.

KAPITEL
NEUN

Arne befand sich nicht in der besten Position für einen Kampf. Die Umgebung war dicht mit Bäumen bewachsen und das Gelände uneben. Da er in der Unterzahl war, brauchte er einen besseren Ausgangspunkt zum Kämpfen. Er hob sein Schwert, holte aus und schnitt dem nächstgelegenen Pferd in die Schulter. Er hasste es, Tieren wehzutun, aber wenn das Pferd nicht laufen konnte, konnte es auch sein Reiter nicht. Das Pferd bäumte sich vor Schmerz auf und warf seinen Reiter ab. Der Mann fiel mit einem Krach zu Boden, und Arne trieb sein Pferd den Hügel hinunter, ritt am gefallenen Reiter vorbei zu einem stabileren Untergrund.

Während er zu einer sicheren Lichtung für den Kampf ritt, lehnte sich Arne über die Seite seines Pferdes, schwang sein breites Schwert, schnitt Gliedmaßen ab und zertrümmerte Schädel. Glücklicherweise schienen seine Angreifer nicht so geschickt zu sein wie er; sie hatten Mühe, ihm den Hügel hinunter zu folgen, ihre Pferde widersetzten sich den Befehlen und waren zu verängstigt, um sich den Flammen zu nähern. Arnes Pferd hatte auch Angst vor dem Feuer, aber das mächtige Tier wusste, dass es bei Arne sicher war. Er hatte eine besondere Verbindung zu Pferden.

»Ich werde nicht zulassen, dass die Flammen dich berühren, mein

Freund. Bleib nah, beschütze mich, und ich werde dich beschützen«, sagte er und streichelte den Hals des Pferdes, als er abstieg.

Das Tier schien seine Worte zu verstehen, bäumte sich auf und trat nach herannahenden Soldaten aus. Ob aus Angst vor den Flammen oder zur Selbstverteidigung, Arne wollte glauben, dass die Götter ihn und sein Ross beschützten, während sie wie eine Einheit kämpften.

Arne hob ein zweites Schwert von einem gefallenen Soldaten auf. Es war nicht so gut gefertigt wie seines, auch nicht so schwer, aber es würde seinen Zweck erfüllen. Arne kämpfte um sein Leben. Er war kein Unbekannter im Kampf und hatte viele Siege auf dem Schlachtfeld errungen. Aber noch nie zuvor hatte Arne das Gefühl gehabt, allein auf dem Schlachtfeld zu stehen. Stark in Unterzahl musste er schnell denken. Er drehte und wendete sich, änderte ständig seine Position, um unberechenbar zu bleiben. Arne schwang seine Schwerter und köpfte seine Gegner. Mit einem Ausfall durchbohrte er Männer, schnitt Bäuche auf und vergoss Eingeweide. Je härter er kämpfte, desto mehr schmerzten seine Schultern. Wo waren die anderen?

Mit dem Rücken zu ihnen hörte er einen Mann mit einem Kriegsschrei näherkommen. Arne wusste, dass seine Zeit gekommen war. Er würde vor Sonnenuntergang mit seinen Vorfahren in Walhalla speisen. Arne machte seinen Frieden mit seinem Schicksal; er zog sein Schwert frei und drehte sich um, um einen Soldaten zu sehen, der fast so kräftig war wie er selbst. Mit hocherhobener Axt; eine mächtige Klinge zum Töten. Eine Klinge, die fast so beeindruckend war wie jede Wikingerwaffe. Arne bereitete sich auf den Kampf vor, als der Mann stolperte. Ein Zeichen der Götter. Odin ist noch nicht bereit für mich, dachte er. Arne drehte sein Schwert und stieß es nach unten, wobei er den Mann zwischen den Schulterblättern aufspießte.

»Coline!?«, atmete Arne aus, als er sah, worüber der Mann gestolpert war.

Sie lag zu seinen Füßen mit einem Breitschwert, das viel zu groß für sie war, um es zu handhaben. Es dauerte nicht lange, bis Arne die Szene zusammensetzen konnte. Coline hatte die Klinge gestohlen. Sie war zu schwer gewesen, und sie war gefallen, aber nicht, bevor sie dem Soldaten zuerst die Beine unter dem Leib weggerissen hatte.

»Ich konnte dich nicht im Stich lassen. Du brauchtest Hilfe«, keuchte sie, als Arne sie auf die Füße zog.

»Dieses Schwert ist viel zu groß für dich«, lächelte Arne, erleichtert, sie in seinen Armen zu haben.

»Es war alles, was ich greifen konnte; ich musste etwas tun.«

»Wir werden das später besprechen. Nimm das; es ist leichter. Damit kommst du vielleicht besser zurecht«, sagte Arne, reichte ihr das kleinere Schwert und hob sie hoch, setzte sie fest auf den Rücken seines Pferdes.

Coline kämpfte so gut sie konnte von oben herab, beobachtete Arnes Bewegungen und ahmte sie nach, wenn Männer anstürmten. Arne konnte nicht anders, als von ihrer schnellen Auffassungsgabe und ihrem Mut beeindruckt zu sein. Sie hatte sich so weit entwickelt von dem verängstigten Mädchen, das er erst vor Tagen vor Tyrannen gerettet hatte. *Hat sie irgendwo kämpfen gelernt?* So wenig wusste er über ihre Vergangenheit. So viel zu teilen, wenn das alles vorbei war.

Schließlich jagte ein Gebrüll von den Hügeln den Männern, die die Burg Beecham angriffen, Angst ein. Die anderen Wikinger aus der Siedlung waren eingetroffen. Die Schlacht war gewonnen, bevor sie überhaupt begann. Arne nutzte den Moment der Ablenkung und die Angst in ihren Augen und verstärkte seine Angriffe. Ulf kam angerannt, gesellte sich zu seinem Freund, und sie kämpften Seite an Seite, bis ein Horn den Rückzug signalisierte und der Rest der Truppen abzog. Ein Jubelschrei über den Wikingersieg hallte durch die Bäume.

»Du hast gut gekämpft«, sagte Ulf widerwillig und nickte Coline zu.

»Danke«, antwortete sie und richtete ihre Aufmerksamkeit eher auf Arne als auf Ulf. »Ich muss meine Schwester finden.«

»Sie wird höchstwahrscheinlich drinnen sein; komm, ich bringe dich hin«, lächelte Arne.

Die Wikinger hatten die Burg gut verteidigt. Kein Mann hatte es durch die Vordertore geschafft. Männer rannten mit Eimern voller Wasser, löschten die Flammen und retteten, was sie bezüglich der Restaurierung konnten.

Beim Betreten der Burg Beecham wurde Arne von zwei Wikingern aufgehalten, die zum Schutz der Tür abgestellt waren.

»Nennt Euer Anliegen«, sagte einer.

»Das ist...«, begann Arne, wurde aber von einem überraschten Schrei unterbrochen.

»Coline? Lasst sie durch; das ist meine Schwester«, rief Sima, rannte den Flur hinunter, umarmte ihre Schwester und hielt sie fest.

»Was um alles in der Welt machst du hier? Bist du verletzt?«, fragte Sima, überprüfte ihre Schwester und war alarmiert über den Schmutz und das Blut, das ihr Kleid befleckte.

»Mir geht es gut, Schwester. Ich habe von dem Angriff gehört und wusste, dass ich kommen und dir helfen musste. Ich weiß nicht, was ich in dieser Welt ohne dich tun würde«, sagte Coline, Tränen sickerten aus ihren Augen.

»Du bist in die Schlacht geritten?«, fragte Sima überrascht.

»Sie ist nicht nur in die Schlacht geritten. Sie hat mein Leben gerettet«, verbeugte Arne seinen Kopf. »Sie hat gut gekämpft, meine Dame.«

Sima schaute völlig überrascht von Arne zu Coline. Ihre Augen wurden weicher, und ein Lächeln breitete sich auf ihren Lippen aus. Coline und Sima waren sich ähnlicher, als sie zunächst gedacht hatte.

»Ich bin so stolz auf dich«, sagte Sima, hakte ihren Arm in den ihrer Schwester ein und führte sie durch die Hallen.

KAPITEL
ZEHN

Nachdem die Burg nun gesichert war, bewerteten die Wikinger den Schaden und sicherten die Burg, bevor sie sich für das abendliche Festmahl niederließen. In der Speisehalle jubelten, tranken und aßen alle, bis ihre Bäuche voll waren. Sima und Abjörn saßen am Kopf der Haupttafel mit Coline und Arne an ihrer Seite. Sima warf Coline gelegentlich wissende Blicke zu. Nach der Schlacht waren Arne und Coline unzertrennlich gewesen; Sima scherzte mit ihrer Schwester, dass Arne ihr wie ein verlorener Welpe folgte.

Arne wollte Colines Seite nicht verlassen. Obwohl er keinen Zweifel daran hatte, dass sie intelligent und tapfer war, war sie immer noch so zierlich, und er hatte Angst, dass sie getötet werden könnte. Er zögerte nicht, sich in die Hitze der Schlacht zu stürzen, um sie zu beschützen, und er wusste, dass er es jederzeit wieder tun würde.

Da Sima mit ihrem Ehemann und der Aufmerksamkeit seiner Brüder, die aus der Siedlung gekommen waren, beschäftigt war, nutzte Arne einen Moment, um mit Coline zu sprechen.

»Du beeindruckst mich, meine Dame.«

»Warum bestehst du darauf, mich so zu nennen?«

»Weil du eine Dame bist und... meine Dame«, Arne zwinkerte. »Du hast so tapfer gekämpft. Wenn ich es nicht mit eigenen Augen gesehen hätte, würde ich dich nicht für dasselbe schüchterne Ding halten, das an jenem Tag seinen Wassereimer verschüttet hat«, bewunderte Arne.

Coline sagte nichts; seine Worte hatten sie sprachlos gemacht.

»Als ich dich zum ersten Mal sah, hattest du Angst vor deinem eigenen Schatten. Als dieser Bote ins Lager ritt und ich dich an den Toren sah, erwartete ich halb, dass du vor Angst davonlaufen würdest, aber das tatest du nicht; du liefst der Gefahr entgegen. Dein einziger Gedanke war es, deine Schwester zu beschützen. Ich habe dich in die Enge getrieben, dich beschuldigt, eine Verräterin zu sein, und dein Verstand war immer noch bei deiner Familie. Ohne Rücksicht auf deine eigene Sicherheit hast du mich auf den Hintern gesetzt.«

»Willst du damit irgendwo hinaus?«, grinste Coline.

»Ich bin stolz auf dich, meine Dame. Ich hatte die Ehre, mit vielen Kriegern zu kämpfen, aber keiner hat mich je so überrascht wie du.«

»Danke, deine Worte bedeuten mir viel«, Coline errötete.

»Ich bin immer noch sauer auf dich.«

»Wofür?«, fragte Coline überrascht.

»Du bist unbewaffnet in die Schlacht gestürzt. Du hättest getötet werden können, oder schlimmer, diese Männer hätten dich mitnehmen und Unsägliches tun können«, antwortete Arne, seine echte Sorge um sie war in seiner Stimme zu hören und funkelte aus seinen Augen.

»Falls du dich erinnerst, Arne, brauchte ich keine Waffe im Kampf«, Coline nippte an ihrem Getränk und genoss Arnes verwirrten Blick. »Ich habe einen Mann, fast so groß wie du, nur mit meinem Körper zu Fall gebracht. Ich habe auch dich ohne Waffe niedergestreckt, zweimal wohlgemerkt. Ich bin ziemlich geschickt darin, meinen Körper als eigene Waffe einzusetzen. Eine Fähigkeit, die ich von Sima gelernt habe.«

Arne setzte sich bei ihren Worten aufrechter hin. Sein Körper erwachte, als seine Gedanken sich verdunkelten, und seine Augen spiegelten die Lust wider, die in seiner Leistengegend aufkam. Dann, nachdem er sich umgeschaut hatte, um sicherzustellen, dass niemand sonst zuhörte, lehnte er sich nah an sie heran, um ihrem Blick zu begegnen, und ließ einen Finger an ihrem Oberschenkel auf und ab gleiten.

»Ich frage mich, welche anderen Fähigkeiten dein Körper hat, um einen Mann niederzustrecken«, knurrte Arne verführerisch in ihr Ohr.

Coline atmete tief ein und schloss die Augen. Er konnte spüren, wie ihr Körper auf seine Berührung und auf seinen Atem an ihrem Nacken reagierte. Coline schaute sich um, alle waren in Gespräche vertieft, und der Raum hatte sich zu leeren begonnen, da andere sich aufmachten, um für die Nacht zu schlafen.

»Ich kann es dir zeigen... bring mich in dein Zimmer«, flüsterte sie, nahm seine Hand und erhob sich vom Tisch.

Arne und Coline eilten durch die Gänge, die Wirkung des Mets traf sie, sobald sie auf die Füße kamen. Wie Kinder lachend gingen sie an anderen Wikingern vorbei, die ihren Abend genossen. Als sie die Tür zu dem Raum hoch oben in der Burg öffneten, der Ulf und Arne für den Abend zugewiesen worden war, verstummten die beiden, als sie Ulf auf der Pritsche in der fernen Ecke liegen sahen.

»Guten Abend, Bruder«, lächelte Arne, zog Coline näher an sich heran und vergrub sein Gesicht in ihrem Haar, was sie zum Kichern brachte. »Ein schöner Abend für einen Spaziergang, findest du nicht?«

»Sei still, Arne. Ich kann einen Wink verstehen. Ich werde meinen Kopf heute Abend woanders niederlegen«, stöhnte Ulf, verdrehte die Augen, aber zwinkerte Arne zu, als er das Paar ihrer Privatsphäre überließ.

»Nun, wo waren wir?«, grinste Arne und zog Coline an sich.

»Ich glaube, ich war dabei, dir die anderen Fähigkeiten meines Körpers zu zeigen«, neckte Coline und schob sich aus seiner Umarmung.

Coline nahm Arne und führte ihn durch den Raum, drückte ihn sanft, damit er sich auf die Pritsche setzte. Mit seinen Augen auf ihr, trat sie zurück und begann langsam, die Schnüre ihres Mieders zu lösen. Mit ihren Augen fest auf seine gerichtet, neckte sie ihn, während sie sich entkleidete. Jede Bewegung machte sie so langsam wie möglich. Sie unterdrückte ein zufriedenes Grinsen, als sie beobachtete, wie sich seine Brust hob und senkte, da sein Atem schwerer wurde. Schließlich stand sie vor ihm, das Kerzenlicht betonte ihre langen Beine, die Kurven ihrer Hüften und ihre zarten Brüste. Sie drehte sich langsam, gab Arne einen Blick auf ihren hohen, festen Hintern, ihre

Hände wanderten sanft über ihre Brüste und hinunter zu dem kleinen Fleck roter Haare zwischen ihren Beinen.

Arne saß mit offenem Mund da, fasziniert nicht nur von der Schönheit, die vor ihm stand, sondern von dem Selbstbewusstsein, das wie Hitze von ihr ausstrahlte. Die Lust in ihren Augen und wie sie subtil auf ihre Unterlippe biss. Er konnte es kaum erwarten, diese Lippe zwischen seine Zähne zu nehmen. Aber sie hatte genau das getan, was sie gesagt hatte. Sie hatte ihn wehrlos gemacht. Er wollte aufspringen und sie verschlingen, aber er konnte nicht. Seine wachsende Lust spannte schmerzhaft unter den Einschränkungen seiner Kleidung, was ihn dazu brachte, sich zu bewegen, um den Schmerz zu lindern.

»Hier, lass mich dir helfen«, atmete Coline, als sie vortrat und sein Hemd von seinen Schultern zog.

Sie stieß einen kleinen Seufzer aus, als sie die Muskeln seiner Schultern sah, die sich wölbten, und die Mauer aus Muskeln, die seine Brust war. In ihrem Kopf blitzte der Morgen auf, an dem sie ihn beim Holzhacken beobachtet hatte, und sie spürte, wie sie feucht wurde. Zwischen seinen Beinen kniend, zog sie an seinem Hosenbund. Arne neigte seine Hüften, damit sie ihn befreien konnte. Ihre Augen fielen auf den Muskel, der vor Erwartung zuckte, die Dicke und wie er sich krümmte.

»Coline, darf ich dich etwas fragen?«

»Darfst du.«

»Hast du schon mal mit einem Mann geschlafen?«

»Ja, aber nicht mit einem so... stattlichen wie dir«, antwortete Coline und sah ihn durch ihre Wimpern an.

Arne spürte, wie sein Mund bei der Art, wie sie ihn ansah, trocken wurde. Er zog sie von ihren Knien hoch, und sie setzte sich rittlings auf ihn; er packte ihre Pobacken, spreizte sie weiter, als sie sich auf ihn niederließ. Arne keuchte, als er die Herrlichkeit, die Coline war, spürte, während er sie ausfüllte. Sich langsam an seine Größe anpassend, bewegte Coline ihre Hüften, drängte sich, hob sich, streichelte seine Länge.

Arne hielt ihre Kehrseite fest im Griff und half ihr, den langsamen Rhythmus und das Tempo beizubehalten, das sie eingeschlagen hatte. Coline schlang ihre Arme um seinen Nacken und zog ihn an sich, brachte ihre Lippen auf seine, öffnete ihren Mund und schmeckte die Überreste des Mets auf seiner Zunge.

Arne stöhnte an ihren Lippen, genoss, wie sie sich um ihn zusammenzog, als sie begann, ihr Tempo zu erhöhen. Dann nahm Arne ihre Brüste in die Hand, gerade eine Handvoll, knabberte an ihrem Fleisch, rollte seine Zunge über ihre aufgerichteten Brustwarzen und brachte sie dazu, über ihm zu erschauern und zu zucken.

Colines sanfte Stöhner wuchsen zu beschleunigtem Keuchen an, das mit Arnes übereinstimmte, als ihre Lust sich aufbaute. Die Knospe zwischen Colines Beinen schmerzte, und Wellen der Lust rollten durch sie. Coline bog ihren Rücken durch und behielt ihr Tempo bei, stützte ihre Hände auf die Knie ihres Liebhabers. Arne legte einen Arm um ihre Taille, um sie zu stützen, während er seine Hand zwischen ihre Beine gleiten ließ und sie mit seinem Daumen umkreiste.

»Ich will spüren, wie du um mich herum zerfällst«, atmete Arne, sein Daumen passte sich Colines Tempo an.

Arne hielt seine Augen auf sie gerichtet, als ihr Kiefer herabfiel. Keuchend bei seiner Berührung, wurden ihre Stöhner lauter und sie kniff die Augen zu. Ihre Hüften bockten wild, und ihre Beine klemmten sich fest um Arnes Taille, als ihre Schreie der Ekstase den Raum erfüllten.

Coline fiel gegen seine Brust und rang nach Luft. Arne schlang seine Arme um sie und ließ sie zu Atem kommen, während ihre Höhle pulsierte und sich zusammenzog und Wellen der Lust durch ihn sandte. Coline küsste seine Schulter, und ihre Hände wanderten über seine Brust.

Während er tief in ihr vergraben blieb, drehte Arne sanft ihre Position und legte Coline unter sich auf das Bett.

»Du bist eine sehr talentierte Frau«, atmete Arne und legte Küsse auf ihre Brüste. »Jetzt ist es an mir, dich schwach zu machen.«

Arne legte seinen Körper auf Coline, verschränkte seine Finger in ihrem langen roten Haar, seine Zunge massierte ihre. Coline hakte ihre Beine um seine Taille und fuhr mit den Fingern durch sein Haar. Arne neckte sie so, wie sie ihn geneckt hatte, hielt sein Tempo langsam, zog sich fast ganz heraus, bevor er sich tief hineinstieß. Je mehr Coline vor

Lust schrie, desto langsamer wurde er, bis er spürte, wie seine eigene Lust tief in ihm überquoll.

Arne zog sich zurück und nahm Coline in seine Arme, drehte sie auf den Bauch. Sie legte ihren Kopf auf ihre Arme, während er ihren Rücken wölbte und ihren Hintern hochzog. Er drang in sie ein und erhöhte sein Tempo, nahm ihre Pobacken in seine Hände und knetete sie. Er wollte sie ein letztes Mal schreien hören, bevor er seine Erlösung spürte. Während er sich nach vorne lehnte und tiefer und härter stieß, nahm er eine Brust in eine Hand und griff unter sie, um sie zwischen ihren Beinen zu streicheln. Coline ächzte und schrie seinen Namen, ihre Stimme hallte an den Wänden wider, als sie gemeinsam zerfielen.

Es war nicht genug, als sie sich weiter umeinander schlangen und jeden Teil des anderen genossen, bis die Sonne aufzugehen begann.

»Meine Dame«, flüsterte Arne und küsste sie sanft auf die Stirn, während sie friedlich in seinen Armen schlief.

EPILOG

Arne verbarg ein Gähnen hinter seiner Hand; Ulf kicherte, denn er wusste, warum sein Freund so müde war, kurz nach Tagesanbruch. Gemeinsam in der Beratungskammer des Lords versammelten sich Abjörn, Sören, Ryker, Ulf und Arne, um den Angriff zu besprechen. Ein neuer Feind hatte sich gezeigt. Einer, mit dem sie nicht gerechnet hatten. Sie hatten so lange versucht herauszufinden, wer ihr Feind war. Wenig hatten sie damit gerechnet, dass sich zwei ihrer Feinde zusammenschließen würden. Die Armee, die Beecham Castle angegriffen hatte, bestand sowohl aus Briten als auch aus Hochländern.

Es ergab keinen Sinn, da es keine Liebe zwischen Briten und Hochländern gab, warum hatten sie sich also jetzt zusammengetan? Und was wollten sie von den Wikingern?

»Der Feind meines Feindes ist mein Freund«, sagte Ryker.

»Sie können nicht lange zusammenarbeiten; sie werden sich gegenseitig zerfleischen, bevor sie uns besiegen«, sagte Sören.

»Sei nicht töricht, Bruder. Dieser Angriff war nur eine kleine Machtdemonstration; wir haben keine Ahnung von ihrer Größe oder Stärke. Damit sich Feinde zusammenschließen, müssen sie eine Gemeinsamkeit haben.« Abjörn stöhnte und fuhr mit den Fingern durch seinen Bart.

»Ja, uns«, spottete Ulf.

»Warum zusammenschließen? Warum uns angreifen?«, fragte Sören.

Ulf und Arne tauschten einen Blick aus und schienen die Gedanken des anderen zu lesen. Dann, mit einem Nicken, trat Ulf vor.

»Es ist nicht das erste Mal, dass sie sich zusammengeschlossen haben. Es ergibt für uns jetzt Sinn. Revna und Toke wurden in einer Höhle auf dem Weg zum Point angegriffen. Sie wären fast getötet worden. Sie konnten ihre Angreifer nicht identifizieren. Jetzt wissen wir, dass es Teil derselben Armee ist, die letzte Nacht angegriffen hat«, Ulf musterte die Brüder und maß ihre Reaktionen ab.

Abjörn lehnte sich in seinem Stuhl zurück, seine Stirn legte sich in tiefe Falten. Er war nicht nur daran interessiert, die Siedlung zu schützen, Beecham Castle war jetzt sein Zuhause, und seine Frau legte hier ihren Kopf nieder.

»Was ist euer Grund, hier zu sein? Was will eure Gruppe wirklich?«, fragte Abjörn.

Arne und Ulf tauschten einen weiteren Blick aus, bevor sie ihre Augen zu Boden richteten.

»Welche Befehle hat der König gegeben?«, stöhnte Sören.

»Antwortet uns!«, dröhnte Rykers Stimme.

»Wir können es nicht sagen. Es ist nicht unsere Aufgabe. Wenn die Befehle des Königs besprochen werden sollen, müsst ihr mit unserem Kommandanten Lief sprechen«, antwortete Ulf.

Sören, Abjörn und Ryker tauschten einen verwirrten Blick aus. Was ging in ihrer Heimat vor, das nun die Küsten betraf, die sie Heimat nannten?

»Dann werden wir bei seiner Rückkehr mit Lief sprechen«, schloss Abjörn.

Der Raum verstummte; jeder sah sich nach einem anderen Zeichen um als dem, was auf ihren Gesichtern stand. Frustration.

ENDE

BODIL: GESCHWOREN ZU BESCHÜTZEN

HEISSER HISTORISCHER WIKINGERROMAN

PROLOG

Ulf und Arne waren sehr daran interessiert, das Thema zu wechseln. Sie wussten, dass die Brüder nicht glücklich darüber waren, im Dunkeln über die Befehle des Königs gelassen zu werden, aber weder Ulf noch Arne konnten etwas dazu sagen. Es war nicht ihre Aufgabe. Wenn sie die Befehle des Königs ohne Lief besprechen würden, hätten sie mit Sicherheit Ärger mit ihrem Kommandanten. Da sie nun wussten, dass die Schotten und die Engländer gemeinsam gegen die Wikinger vorgingen, hatten sie ein neues Problem, über das sie sich Sorgen machen mussten. Der Rest der Gruppe war zum Point gereist und ahnungslos.

»Wir müssen Lief und die anderen warnen. Sie haben keine Ahnung, welchen Kräften sie gegenüberstehen, und sie sind in der Unterzahl«, erklärte Ulf. »Wie können wir sie warnen? Gibt es einen schnelleren Weg zum Point von hier aus?« Er betrachtete die Umgebung, das felsige Gelände jenseits des Waldes und der Wiesen, wo Beecham Castle lag. Der Ozean war in der Nähe.

»Von dort aus brauchst du einen verdammt guten Seemann und ein starkes Schiff. Es ist eine felsige Küste, aber die Reise ist mit der richtigen Mannschaft machbar. Wenn du über Land reist, wirst du sie nicht rechtzeitig erreichen«, antwortete Sören; Ryker und Abjörn nickten zustimmend.

»Je früher wir aufbrechen, desto besser. Ulf und ich werden sofort los. Sören, können wir mit deiner Unterstützung, deinem besten Schiff und deiner Mannschaft rechnen?«, fragte Arne.

»Das könnt ihr«, stimmte Sören zu.

»Dann ist es beschlossen. Ulf und Arne werden zurück zur Siedlung reisen, um das Schiff zu holen und mit der Flut aufzubrechen. Wenn die See euch wohlgesonnen ist, solltet ihr rechtzeitig am Point ankommen, um eure Kameraden zu treffen.« Abjörn verkündete.

Alle bereiteten sich auf die Abreise vor, als Coline nach vorne trat. Sie war nicht glücklich mit dem Plan. Arne hatte einen positiven Einfluss auf sie. Sima bemerkte eine Veränderung an ihrer Schwester, vom welken Mauerblümchen zur starken, dornigen Rose, einer Frau, die ihren Verstand kannte und nicht länger Angst hatte, ihn zu äußern.

»Ich werde Arne nicht verlassen. Stattdessen werde ich mit euch reisen«, erklärte sie.

»Auf keinen Fall«, donnerte Arne.

»Ich kann helfen«, protestierte Coline.

Ulf sah sich im Raum um, amüsiert darüber, wie alle den Streit des Paares genossen. Allerdings musste er zugeben, dass er bewunderte, wie Coline standhaft blieb.

»Wie genau?«, warf Sima ein. Es war ein kluger Schachzug; sie wollte, dass Arne dachte, sie sei auf seiner Seite, aber tatsächlich gab sie ihrer Schwester eine Chance, ihren Fall zu verteidigen.

»MacTavish, der schottische Laird, der nicht weit vom Point entfernt lebt. Er war ein Verbündeter unseres Vaters. Ich kann vorgeben, auf der Flucht vor den Wikingern zu sein und Informationen sammeln.« Coline erklärte.

Im Raum wurde es still, während alle über ihren Plan nachdachten. Es wäre hilfreich, jemanden hinter den feindlichen Linien zu haben.

»Auf keinen Fall!«, schrie Sima, sehr zur Erleichterung von Arne. »Coline, obwohl ich dieses neu gefundene Selbstvertrauen an dir bewundere, ist das absolut ausgeschlossen. Es ist viel zu gefährlich. Wenn MacTavish entdeckt, dass du unter falschen Vorwänden dort bist, wirst du seine Gefangene sein. Wer weiß, was er dir antun wird.«

Coline sah zu Arne, der mit verschränkten Armen triumphierend nickte. Wenn Coline nicht auf ihn hören würde, würde sie sicherlich auf Sima hören.

Die Brüder und ihre Bräute standen alle zusammen und nahmen an der Besprechung teil. Die Brüder schätzten die Meinungen ihrer Frauen genauso wie die ihrer Soldaten. Astrid stand Schulter an Schulter mit Ryker; sie hatte sich im Kampf bewährt und war geschickt in Strategie.

Astrid trat vor und bot ihre Lösung an, bevor der Streit weiterging und das Schiff die Flut verpasste.

»Ich habe vielleicht eine Lösung, die beiden Parteien gefallen wird.« Astrid wartete, bis alle aufhörten und zuhörten, bevor sie mit ihrem Plan fortfuhr. »Bodil ist eine der besten Kriegerinnen, an deren Seite ich jemals die Ehre hatte zu kämpfen. Wenn sie auf die richtige Weise gekleidet ist, könnte sie leicht die Rolle einer Zofe spielen. Sie würde als Colines Leibwächterin fungieren.«

Ryker klopfte Astrid anerkennend auf die Schulter, bevor er sie wieder zu sich zog und sein Gesicht in ihrem Nacken vergrub. Sehr zu ihrem Protest gegen diese Zuneigungsbekundung in Gesellschaft seiner Brüder. Aber an ihrem Lächeln war deutlich zu erkennen, dass sie immer noch sehr verliebt war.

»Es ist ein guter Plan. Meine Sorge ist jedoch folgende: Bodil ist erst seit kurzem verwitwet; sie trauert noch. Wird ihr Kopf bei der Sache sein? Und wird sie zustimmen, während sie noch in Trauer ist?«, brachte Sören vor.

»Wenn ihre Gedanken nicht bei der Sache sind, stehe ich hinter Sima. Es ist zu gefährlich für Coline«, blieb Arne standhaft.

»Es stehen viele Leben auf dem Spiel, Arne. Es geht nicht nur um Coline. Unsere Waffenbrüder sind in Gefahr auf ihrer Reise. Die Siedlung könnte angegriffen werden, und was ist mit dem König? Was ist mit Dänemark? Diese Bodil ist eine Wikingerin. Ob in Trauer oder nicht, sie ist eine Kriegerin. Sie hat eine Pflicht zu erfüllen«, donnerte Ulf und brachte den Raum zum Schweigen.

Sein Ausbruch mag hart gewesen sein, aber er nahm seine Mission mit äußerster Ernsthaftigkeit. Er sorgte sich zutiefst um seine Kameraden und Mitwikinger. Der Krieg stand vor der Tür, und sie mussten sich vorbereiten.

KAPITEL
EINS

Bodil brauchte nicht viel Überredung, um Coline, Arne und Ulf auf der Expedition zum Point zu begleiten. Sie war mehr als froh über den Tapetenwechsel und die Möglichkeit, der Siedlung für eine Weile zu entkommen. Sie hatte ein Geheimnis, eine Täuschung, die sie viel zu lange verborgen hatte. Eine Chance, mit anderen zusammen zu sein, die sie nicht gut kannten, war eine willkommene Abwechslung.

Als sie auf dem Deck des Schiffes stand, spürte sie das Schwanken der Wellen unter ihren Füßen. Mit der Meeresbrise im Gesicht und dem wunderschönen Blick auf die Hügel dachte sie über ihre gegenwärtige Situation nach.

Sie war eine frische Witwe. Eine Frau in Trauer, oder so mochte es von außen erscheinen. In Wirklichkeit hatte sie ihren verstorbenen Mann Gorm verachtet. Er hatte sie mit Lügen, süßen Worten und Versprechungen einer glorreichen Zukunft für sich gewonnen. Aber nach der Hochzeit kam seine wahre Natur aus der Dunkelheit seines Herzens hervorgekrochen. Er war ein grausamer Mann gewesen, nicht nur mit seinen Fäusten, sondern auch mit seinen Worten. Bodil war eine Kriegerin, aber unter Gorms Schatten zerbrach sie. Sie verbarg ihre Scham hinter der Fassade der trauernden Witwe, aber in Wahrheit war sie froh, dass er tot war. Sie war frei.

Sie hielt die Wahrheit über ihre Beziehung hinter verschlossenen Türen verborgen, mit falschen Lächeln und gesenktem Kopf. Doch seit Gorms Tod hatten alle sie so freundlich und behutsam behandelt. Sie hasste es, diejenigen anzulügen, die sie Freunde nannte, und schlimmer noch, ihre Familie. Aber auf See war sie nicht nur frei von Gorms Andenken, sie war frei von den Lügen und konnte endlich wieder durchatmen und sie selbst sein.

Das Schiff segelte die Küste entlang und ließ die Siedlung hinter sich. Außerhalb der Sichtweite derer, vor denen sie sich versteckte, schloss sie die Augen und lächelte, als die salzige Gischt des Meeres ihre Haut kitzelte. Das Meer war Freiheit; es war Veränderung. Bodil erlaubte sich einen Moment zu lachen, wie sich ihr Leben in so kurzer Zeit verändert hatte. Arne und Coline waren unter Deck geschlüpft, während der Rest der Besatzung damit beschäftigt war, das Schiff durch die felsigen Gewässer zu navigieren. Bodil hatte gedacht, sie wäre allein, aber das Knarren des Holzes unter den Füßen warnte sie, dass dem nicht so war.

Sie richtete sich auf und blickte über ihre Schulter, um einen der Neuankömmlinge zu sehen, der auf den Namen Ulf hörte. Er war kleiner als seine Kameraden, hatte aber immer noch eine beachtliche Größe. Er hatte einen stämmigen Körperbau mit breiten Schultern und dicken Oberschenkeln wie Baumstämme. Eine kleine Narbe verlief über seine linke Wange, versteckt von dem dichten schwarzen Bart, der lang bis zu seiner Brust wuchs. Wenn er sie nicht mit einem solchen Blick der Missbilligung angestarrt hätte, hätte sie ihn attraktiv gefunden. Aber die Härte seines Blickes verärgerte sie.

»Gibt es ein Problem?«, fragte Bodil defensiv.

Ulfs Gesicht wurde weicher, und er schüttelte leicht den Kopf: »Ich muss mich irren; mir wurde mitgeteilt, dass du kürzlich verwitwet wurdest.«

»Und?«

»Du scheinst nicht in Trauer zu sein. Lachen und Lächeln sind normalerweise nicht die Eigenschaften einer Witwe«, erwiderte Ulf.

»Ob ich lache, lächle, weine oder Löcher ins Schiff schlage, geht dich nichts an, wie ich trauere«, schnappte Bodil zurück. Sie wollte gehen, aber Ulf war noch nicht fertig.

Er packte ihren Arm, hielt sie auf und zog sie näher zu sich, damit sie seine Worte deutlich hören konnte.

»Wenn es deine Aufgabe ist, die Frau meines liebsten Freundes zu beschützen, *geht* es mich sehr wohl etwas an. Du scheinst die Aufgabe nicht ernst zu nehmen.«

»Du stellst in Frage, wie ich trauere, und jetzt stellst du auch meine Moral in Frage? Ich versichere dir, ich nehme meine Mission sehr ernst«, zischte Bodil und riss ihren Arm los.

»Ich gebe zu, dass ich nie wirklich verliebt war. Ich habe nie geheiratet und nie den Stich eines verlorenen Geliebten gespürt. Aber so bald nach so etwas zu lachen? Ich habe den Fall der tapfersten Männer gesehen. Und ehrlich gesagt, muss es dich zu einem Leichtsinn oder einer sehr kaltherzigen Frau machen, in dieser Zeit so fröhlich zu sein«, sprach Ulf.

Für einen Moment stand Bodil fassungslos da. Sie hatte nicht erwartet, dass ein Fremder sie so hart beurteilen würde. Er kannte ihre Geschichte nicht, aber seine Worte brachten eine Erinnerung hervor, der sie zu entkommen versuchte. Ulf musterte sie von oben bis unten, sein Blick verweilte auf ihrem Gesicht.

»Du scheinst eine warmherzige Frau zu sein. Es liegt eine Sanftheit in deinen Augen, die von jemandem spricht, der tief empfindet. Ich habe diesen Blick schon einmal gesehen. Ich bezweifle, dass du so kaltherzig bist, also musst du ein Narr sein.«

Bodil spürte, wie ihr Blut kochte. Sie hatte genug von Männern, die glaubten, sie könnten sie beurteilen, erniedrigen und verspotten. Sie war frei von Grom und würde keine harten Worte mehr von irgendjemandem akzeptieren. Sie kümmerte sich weder um böse gemeinte noch scherzhafte Neckereien. Und sie mochte es ganz besonders nicht, wenn man mit ihr spielte. Nachahmend seiner Handlung musterte sie ihn von Kopf bis Fuß und starrte intensiv in seine dunkelblauen Augen.

»Wenn du willst, kann ich dich gerne mit dem Ende meines Schwertes bekannt machen, und du kannst sehen, wie kaltherzig ich sein kann. Ich bin kein Narr, sicher nicht genug, um meine Zeit mit idiotischen Wikingern wie dir zu verschwenden, die nichts Besseres zu tun haben, als zu hinterfragen, warum eine Frau lacht.« Sie knurrte durch zusammengebissene Zähne, bevor sie ihn allein an Deck zurückließ.

Wütend auf den Fremden namens Ulf beschloss Bodil, die Gesellschaft von Coline zu suchen. Sie war sich sicher, dass Arne nichts dagegen haben würde, wenn sie unterbrach, da sie für die anstehende Mission so viel wie möglich über Coline lernen musste. Außerdem hatte sie festgestellt, dass sie das Mädchen, das zu Arne gehörte, recht gern mochte. Sie lernte viel von Coline. Und nach ihrer Begegnung mit Ulf dachte Bodil, dass es schön wäre, einen Verbündeten auf der Reise zu haben.

KAPITEL ZWEI

„Entschuldigen Sie die Störung. Ich wollte nach Coline sehen", sagte Bodil, während sie an die Tür der Kabine klopfte, in der Arne und Coline untergebracht waren.

„Ihr Timing könnte nicht besser sein", lächelte Arne.

Bodil bemerkte, dass Coline auf der Pritsche lag, mit einem feuchten Tuch auf der Stirn und einem Arm über den Augen. Ein Eimer stand neben ihr auf dem Boden. Coline sah regelrecht grün im Gesicht aus. Sie hatte ihre Seebeine nicht bekommen; das Meer behandelte sie nicht gut.

„Ich fürchte, ich komme nicht gut zurecht", krächzte Coline und beugte sich nach vorne, um ihren Magen in den Eimer zu entleeren. „Ich hatte bisher nicht das Vergnügen, auf einem solchen Schiff unterwegs zu sein. Es könnte eine Weile dauern, bis ich mich daran gewöhne", versuchte sie zu lächeln, als Arne ihr einen weiteren Becher Wasser aus dem Fass in der Ecke reichte.

„Ich werde mich um sie kümmern", sagte Bodil und kniete sich neben ihr Bett.

Arne küsste Coline sanft und ließ den Frauen etwas Zeit allein. Der Geruch von Erbrochenem lag dick in der Luft; er half Colines derzeitigem Zustand nicht gerade.

„Vielleicht wird etwas frische Luft Ihren Magen beruhigen. Der Geruch hier drinnen ist ziemlich intensiv." Bodil verzog das Gesicht, rümpfte die Nase und stellte den Eimer weiter weg.

„Wenn Sie meinen, dass es helfen könnte", stimmte Coline zu.

„Das Laufen auf dem Schiff zu lernen und mit der Bewegung des Meeres zu arbeiten, sollte ebenfalls helfen. Kommen Sie, ich helfe Ihnen", Bodil nahm Colines Arm und half ihr auf die Füße.

Als jemand, der am Hof aufgewachsen war mit den Füßen fest auf dem Land, war Coline auf See elend. Bodil erinnerte sich an ihr erstes Mal auf einem Schiff, das erste Mal, als sie in gefährliche Gewässer gesegelt war. Wie das Schaukeln und Schwanken des offenen Ozeans ihren Magen zum Drehen und ihren Kopf zum Schwirren gebracht hatte. Zum Glück war sie seitdem viel gesegelt und wusste, wie man mit dem Meer umgeht.

Als sie an Deck gingen, hielt Bodil Coline fest und erklärte ihr, wie sie das Schwanken des Schiffes spüren und einen Anstieg der Wellen vorhersehen konnte. Nach ein paar weiteren Schritten schien Coline Fortschritte zu machen, das heißt, bis Bodil das verräterische Aufblitzen in ihren Augen sah. Sie führte Coline zur Seite des Schiffes, wo diese sich nach vorne beugte und den Rest ihres Frühstücks in die Wasser unter ihnen entleerte.

„Wie peinlich. Ich bin mit einem mächtigen Wikinger zusammen, aber ich kann meine Haltung auf See nicht bewahren", stöhnte Coline.

„Machen Sie sich keine Sorgen, Coline. Selbst wir Wikinger müssen irgendwann unsere Seebeine bekommen", lächelte Bodil beruhigend.

Die Nacht näherte sich über dem Horizont, da die Stunde spät war. Bodil willigte ein, Coline noch etwas frische Luft schnappen zu lassen, bevor sie sich für die Nacht hinlegte. Die Luft war warm, ein bisschen zu warm für Bodils Geschmack, während das Meer zu kalt war. Das war nie eine gute Kombination, wenn man an felsigen Küsten segelte. Ein Nebel begann sich zu bilden; Bodil wusste, dass dies eine ohnehin riskante Reise noch schwieriger machen würde.

Coline beobachtete Bodil genau; es war offensichtlich, dass sie besorgt war.

„Sie wirken beunruhigt. Wovor haben Sie Angst?"

Bodil atmete tief ein und versuchte herauszufinden, wie sie antworten sollte. Sie wollte das arme Mädchen nicht erschrecken, das den Ruf hatte, leicht zu erschrecken, besonders wenn sie bereits mit der Reise zu kämpfen hatte. Als sie den Mund öffnete, um zu antworten, verstummten ihre Worte, als das Schiff dröhnte und mit Felsen unter ihnen in Kontakt kam. Das Boot bebte, wodurch Bodil und Coline ins Taumeln gerieten und Schwierigkeiten hatten, zu stehen.

Stolpernd kamen Arne und Ulf zu ihrer Hilfe gelaufen. Bodil schaffte es gerade noch, Colines Hand zu ergreifen, als das Schiff seitwärts kippte und die Frau über Bord schleuderte. An Bodils Hand hängend, schrie Coline und kratzte an der Seite des Schiffes, versuchte sich hochzuziehen. Ein weiteres Dröhnen ertönte, gefolgt von einem lauten Knarren des belasteten Holzes, als das Schiff erneut schwankte und sowohl Bodil als auch Coline über Bord warf.

Arne und Ulf kamen gerade noch rechtzeitig, um hinunterzutauchen und den Frauen zu folgen, die in die eisigen Gewässer fielen.

„Coline?", rief Bodil, während sie durch die Kälte schwamm und versuchte, die Felsen zu vermeiden, die durch den Nebel und die Nachtluft kaum sichtbar waren.

Der Wind nahm zu; die Gezeiten waren nicht freundlich und schlugen gegen Bodil. Die Kälte biss in ihre Haut und ließ ihre Knochen schmerzen. Wassertretend kämpfte Bodil, als Wellen gegen das Schiff krachten und sie mehr als einmal unter Wasser drückten.

„Coline!?", rief sie erneut.

Als sie zu dem Schiff aufblickte, das immer noch zu einer Seite schaukelte, berechnete Bodil den Fall und versuchte herauszufinden, wo Coline gelandet sein könnte. Sie hatte sie nicht schreien hören; Coline hatte nie auf ihre Rufe geantwortet. Bodil geriet in Panik, schwamm hinaus zu dem Felsabschnitt, der den Bug des Schiffes gefangen hielt, und hoffte und betete zu den Göttern, dass Coline nicht mit dem Kopf aufgeschlagen und von der Strömung unter Wasser gezogen worden war.

Ihre Verfolgung wurde unterbrochen, als Ulf sie packte und sie zur Bucht zerrte, wo das Wasser flacher wurde.

„Zum Ufer", brüllte er über die brechenden Wellen hinweg.

„Ich muss Coline finden", protestierte Bodil und versuchte, sich aus Ulfs mächtiger Hand zu befreien.

„Arne hat sie, jetzt geh ans Ufer!", donnerte er.

Dicht folgend ging Bodil mit Ulf an Land. Sie war immer noch unruhig und schaute gelegentlich zurück, um sicherzugehen, dass Coline tatsächlich nicht mehr im Wasser war.

KAPITEL
DREI

Am Ufer überblickte Bodil die Situation. Arne, Ulf und sie hatten zum Glück keine Verletzungen davongetragen. Und glücklicherweise war das Schiff nicht allzu schwer beschädigt. Aber es würde Zeit brauchen, das Schiff von den Felsen zu befreien, was ihre Bemühungen verzögern würde, rechtzeitig zum Point zu gelangen, um Lief und die anderen zu warnen. Es war das Letzte, was sie in einer so entscheidenden Zeit brauchen konnten. Soweit sie feststellen konnte, waren nur sie vier über Bord gegangen. Die Besatzung auf dem Schiff rief nach ihnen; sie hatten bemerkt, dass sie fehlten.

Bodil setzte sich. Sie war wütend auf sich selbst; wie hatte sie es geschafft, Coline fallen zu lassen? Wie konnte sie es nicht schaffen, sie beide an Bord des Schiffes zu halten? Sie war eine erfahrene Seglerin und eine starke, mächtige Kriegerin. Sie hatte schon schlimmere Gewässer erlebt als diese.

»Ist alles in Ordnung bei euch?«, fragte Arne.

»Ja«, stöhnte Ulf als Antwort.

»Bei mir nicht. Ich hätte standfester sein müssen. Es ist meine Aufgabe, Coline zu beschützen, und ich habe gleich bei der ersten Hürde versagt«, beklagte sich Bodil, lauter als sie erwartet hatte, sodass die Gruppe es hörte.

»Es war nicht deine Schuld. Wir waren zu übereilt. Die Mannschaft hat unsere Position im Nebel falsch eingeschätzt. Wir hätten weiter von der Küste entfernt sein müssen. Es war ein Anfängerfehler«, argumentierte Ulf.

»Das Befreien des Schiffes wird uns noch weiter verzögern«, stampfte Arne.

»Ich dachte, Sören hätte uns seine beste Besatzung gegeben. Sie sollen diese Gewässer kennen«, argumentierte Ulf.

Bodil ignorierte die streitenden Männer und ging am Strand zu Coline, die in der Kälte zitterte und ein wenig erschüttert aussah. Inmitten ihrer Nörgelei hatte keiner von ihnen daran gedacht, nach ihr zu sehen, was Bodil noch mehr ärgerte.

»Würdet ihr zwei endlich die Klappe halten? Um der Götter willen, ihr klingt wie kleine Schulmädchen. Hört auf, so dumm zu sein und anderen die Schuld zu geben; es war niemandes Fehler. Wir wussten, dass diese Gewässer gefährlich sind. Männer und ihre aufgeblasenen Egos, keiner von euch hat daran gedacht, nach Coline zu sehen«, schnappte Bodil frustriert.

Arne eilte an Colines Seite und entschuldigte sich überschwänglich. Coline bestand darauf, dass es ihr gut ging, trotz des großen Schnitts an ihrer Wade. Es war nichts gebrochen, soweit Bodil sehen konnte, aber es würde schwierig sein, darauf zu laufen, während es heilte.

»Es gibt ein kleines Dorf weiter an der Küste. Wir könnten Pferde und Vorräte bekommen und unsere Reise fortsetzen. Wir sind jetzt sowieso aufgehalten; so können wir wenigstens weitermachen«, zuckte Coline zusammen, während Arne sich um ihre Wunde kümmerte.

»Wir könnten sehen, ob wir das Schiff reparieren lassen können und dann folgen«, schlug Bodil vor.

Einige Besatzungsmitglieder kamen vom Schiff in einem kleineren Boot, um bei ihrer Rettung zu helfen. Arne weigerte sich, jemand anderen Coline versorgen zu lassen und gab sich selbst die Schuld, dass er nicht früher zu ihr gekommen war.

»Du, Junge!«, fragte Ulf und zeigte auf ein Besatzungsmitglied, das kaum alt genug war, um ein Schwert zu halten. »Kennst du diese Gegend gut?«

Der Junge nickte selbstbewusst: »Ja, das tue ich.«

»Wie weit ist es zur Burg des Highlanders?«

Der Junge schaute sich um und überblickte die Umgebung, so gut er konnte, durch den dichter werdenden Nebel.

»Ein halber Tagesritt, wenn ihr euch beeilt.«

»Ich kann die Reise noch schaffen«, beharrte Coline, obwohl sie Mühe hatte, ihren Schmerz zu verbergen.

Als sie versuchte aufzustehen, knickte ihr Bein ein, und sie fiel in Arnes wartende Arme.

»Keine Chance. Du bist verletzt; du musst heilen. Wenn du die Reise machst, riskierst du eine Infektion. Wir haben nicht die Kräuter, um solche Wunden zu behandeln. Ich bringe dich zurück zum Schiff. Ulf und Bodil können zum Dorf reisen und alles besorgen, was wir brauchen, um das Schiff zu reparieren, und wir machen weiter wie geplant«, bestand Arne darauf.

»Wir können es uns nicht leisten zu streiten. Wir haben keine Zeit zu verschwenden. Es gibt keinen anderen Weg, die Informationen zu finden, die wir brauchen«, flehte Coline, aber Arne beharrte darauf, dass sie in keinem Zustand sei, weiterzumachen.

»Wir müssen einen anderen Weg finden. Es war bestenfalls ein riskanter Plan. Sieh nur, was passiert ist. Wie würdest du dem Laird erklären, dass du es aufs Pferd geschafft hast, wenn du nicht einmal stehen kannst?«, schimpfte Arne.

Coline öffnete den Mund, um zu widersprechen, aber Arne kämpfte seinen eigenen Kampf. Er beschützte sie.

»Nein, Coline. Wenn etwas schief gehen sollte, wenn er deinen Plan durchschauen würde, wie würdest du entkommen?«

Coline verstummte, sie wollte nicht zugeben, dass er recht hatte, aber er hatte gute Argumente. Ihr Plan war genauso tot im Wasser wie die Überreste ihres Schiffes. Ein Gedanke blitzte in Bodils Kopf auf. Einer, von dem sie wusste, dass er funktionieren würde. Der Plan, den Coline entwickelt hatte, war zu gut, um ihn aufzugeben. Sie brauchten diese Informationen vom Laird, und sie würde sie auf die eine oder andere Weise bekommen.

»Coline, dieser MacTavish, hat er dich schon einmal gesehen?

Würde er wissen, dass dein Haar rot ist? Gibt es irgendeine Möglichkeit, wie er dich identifizieren könnte?«

»Nein, er hat meine Schwester Sima und meinen Vater getroffen, aber wir wurden nie formell vorgestellt. Warum fragst du?«

Ulf und Arne hingen an jedem Wort von Bodil. Ihr Herz schlug schneller, als eine neue Hoffnung in ihr wuchs. Sie konnte ihr Versprechen, Coline zu schützen, einhalten, indem sie sie mit Arne zurückließ und an ihrer Stelle reiste, sich als die junge Dame ausgebend.

»Ich werde an deiner Stelle gehen. Ich kenne genug von der Sprache, um als Highländerin durchzugehen. Es ist ein guter Plan, nicht wahr? Auf diese Weise kann Coline bei Arne und dem Schiff bleiben und folgen, wenn es repariert ist, und wir können trotzdem mit unserem Plan fortfahren.«

Ulf schüttelte den Kopf, sein Gesicht wurde grimmig und entschlossen. Sie könnte sagen, dass er sich Sorgen machte, wenn Bodil es nicht besser wüsste, aber sie wagte es nicht, nach ihrer früheren Meinungsverschiedenheit darüber nachzudenken.

»Es ist viel zu riskant für eine Frau allein. Selbst für eine Kriegerin wie dich«, argumentierte Ulf.

»Dann wird sie nicht allein gehen. Jemand sollte mitgehen und vom Hügelschutz aus Wache halten. Dann könnte sie Alarm schlagen, wenn sie das Gefühl hat, in Gefahr zu sein. Ich bin sicher, Bodil kann sich behaupten, bis Hilfe eintrifft«, schlug Arne vor.

Ulf fuhr sich frustriert mit der Hand übers Gesicht und rieb sich die Schläfen, während er stöhnte. In seinem Kopf überschlugen sich die Möglichkeiten für ein Scheitern.

»Du musst bei Coline bleiben. Jemand muss das Schiff den Rest des Weges zum Point bringen... Ich werde über Bodil wachen«, erklärte Ulf.

Bodil war mit seiner Erklärung nicht glücklich. Sie wusste, dass er ohnehin nicht viel von ihr hielt und wollte oder brauchte seine Aufsicht nicht.

»Ich brauche kein Kindermädchen. Ich kann auf mich selbst aufpassen. Ich habe Kelten, Highlander und Engländer gleichermaßen besiegt. Ich kann mit einem Laird umgehen.«

Ulf und Bodil begannen, untereinander zu streiten. Er hielt sie für töricht, weil sie das Risiko eingehen wollte, allein zu gehen. Und sie mochte ihn schlichtweg nicht. Es war schlimm genug, gezwungen zu sein, mit einem Mann zusammenzuarbeiten, der offensichtlich so wenig von ihr hielt, ohne sie zu kennen oder die Chance zu bieten, sie kennenzulernen. Sie war frei von den Zwängen der Verachtung ihres Mannes. Sie hatte keine Lust, so bald wieder unter dem Stiefel eines anderen Mannes zu stehen.

»Genug!«, schrie Arne, seine Stimme trug weit im Wind. »Entweder geht Ulf mit dir, oder niemand geht. Das ist keine Zeit zum Streiten. Wir haben Menschen, die auf uns angewiesen sind. Während wir unter uns streiten, macht unser Feind Fortschritte gegen uns.«

Ulf und Bodil starrten sich gegenseitig an. Dann stimmten sie stillschweigend zu, die Reise gemeinsam zu unternehmen, denn Arne hatte recht, auch wenn sie es nicht zugeben wollten. Sie brauchten einander, um die Aufgabe zu erledigen.

KAPITEL
VIER

Ulf befahl den Besatzungsmitgliedern, ins Dorf zu gehen und Pferde zu holen, während Coline auf dem Schiff weiterhin Bodil in den Gepflogenheiten des Schlosslebens unterrichtete. Die richtige Art, einen Laird zu begrüßen, wann und wen man mit »Mein Herr« oder »Meine Dame« anzureden hatte. Bodil lernte schnell, aber Coline hatte keine Zeit, ihr alles beizubringen, was sie wissen musste, nur die Grundlagen, um zurechtzukommen.

»Wenn er dich nach dem Dorf fragt, aus dem du geflohen bist, was sagst du dann?«, fragte Coline.

»Bitte, Mein Herr, ich würde lieber nicht darüber sprechen. Es war eine Tortur, die ich am liebsten vergessen möchte«, antwortete Bodil, senkte ihren Kopf und spielte die Rolle des bedrängten Fräuleins perfekt.

Ulf grunzte und verdrehte die Augen.

»Hast du etwas zu sagen, Tölp... Entschuldigung, ich meine Ulf?«, neckte Bodil ihn, was Coline dazu brachte, ihr Lachen hinter ihrem Ärmel zu verstecken. Sie war so glücklich, wieder an Land zu sein.

»Ich finde diesen Plan töricht. Du kennst die Sprache kaum und bist nicht wirklich mit den Sitten des Hofes vertraut. Du wirst auffliegen, bevor die Sonne untergeht.«

»Du sprichst, als ob du dir wünschtest, dass der Plan scheitert«, zickte Bodil.

»Sei nicht so dumm. Ich wünsche mir genauso wie jeder andere, dass der Plan gelingt. Allerdings kann ich nicht erkennen, wie du als eine Dame des königlichen Hofes durchgehen sollst.« Ulf stöhnte.

Coline hatte eines ihrer Kleider für Bodil beiseitegelegt. Sie verdrehte die Augen und schlüpfte hinter den Stapel Fässer, um ihre Reisekleidung gegen die einer Dame zu tauschen. Bodil war ein bisschen größer als Coline. Ihre Hüften waren breiter, ihr Hintern höher, und ihre Brüste waren merklich anders. Das Kleid passte, aber es betonte alles doppelt so stark, als wenn Coline es tragen würde. Als sie hinter den Fässern hervortrat, nun vollständig gekleidet für ihre neue Rolle, steckte Bodil ein kleines Messer in den Schaft ihres Stiefels, verborgen durch den bodenlangen Rock.

»Jetzt sieht sie wie eine Hofdame aus«, hauchte Coline.

Arne pfiff, und Ulf warf schließlich einen Blick in ihre Richtung. Sein Kiefer klappte herunter und seine Augen quollen hervor. Sie war eine Erscheinung.

»Meine Güte, ich glaube, du hast ihn sprachlos gemacht. Aber merke dir, das passiert nicht oft«, neckte Arne.

Bodil spürte, wie ihre Wangen unter Ulfs sehnsüchtigem Blick erröteten. Dann brach er den Blickkontakt ab, hustete und ging zur Tür.

»Wir sollten uns beeilen«, knurrte Ulf und schloss die Tür hinter sich.

Ulf, Arne und Bodil segelten vom Schiff zurück zum Ufer, zu den wartenden Pferden. Niemand sagte etwas; Bodil nestelte am Mieder, unbehaglich im einengenden Stoff. Arne grinste in sich hinein und beobachtete seinen Freund, der versuchte, die Schönheit, die ihm gegenüber saß, nicht anzustarren.

Ulf bot Bodil eine Hand an, um ihr beim Aufsteigen zu helfen, aber sie schlug seine Hand beiseite und schwang sich ohne seine Hilfe in den Sattel. Sie wendete ihr Pferd von ihm weg und lauschte den Anweisungen, die der Schiffsjunge ihr zum Schloss gab.

»Viel Glück, Bruder«, kicherte Arne, während er zurück zum Schiff segelte.

Vorausreitend kämpfte Ulf mit seinen Gedanken. Er konnte seine Augen nicht davon abhalten, über Bodils Kurven zu wandern und zu bewundern, wie das Mieder ihre Brüste hochdrückte und sie perfekt zur Geltung brachte. Schließlich grunzte er vor sich hin und entschied sich zu sprechen.

»Ich halte das immer noch für ein törichtes Unterfangen.«

»Nicht schon wieder«, seufzte Bodil.

»Ich verstehe nicht, warum wir nicht einfach ins Dorf reisen und Fragen stellen können. Sicherlich wird jemand etwas wissen.«

Bodil lachte laut über seine Aussage. »Und du sagst, ich wüsste nichts vom Hof.«

»Was soll das bedeuten?«

»Die Dorfbewohner wissen selten etwas über die Angelegenheiten des Lords. Sie werden früh an ihren Platz erinnert. Man bringt ihnen bei, ihre Nasen aus Angelegenheiten herauszuhalten, die über ihrem Stand liegen. Wenn wir anfangen, Fragen zu stellen, wird die Nachricht den Laird erreichen, bevor wir oder die anderen den Point erreichen«, spottete Bodil.

»Ich dachte, den Dorfbewohnern wird geraten, sich aus Rangangelegenheiten herauszuhalten«, versuchte Ulf, ihre Aussage ins Lächerliche zu ziehen.

»Das stimmt, aber lass dich nicht täuschen. Die besten Spione sind die, die von Angst beherrscht werden. Wünschst du dir, dass mir etwas zustößt?«

»Was?«, keuchte Ulf.

»Du hast mich gehört. Ich könnte hinzufügen, dass du so versessen darauf scheinst, unseren Plan zu ruinieren, der ein guter Plan ist. Ich werde wahrscheinlich darunter leiden, wenn die Nachricht von einem bevorstehenden Plan zum Lord durchdringt. Wenn ich es nicht besser wüsste, würde ich sagen, du wünschst diesem kalten Herzen von mir Übles«, höhnte Bodil und benutzte seine eigenen Worte gegen ihn.

Ulf zog sein Pferd näher an ihres heran und griff nach ihren Zügeln, wodurch er beide Pferde zum Stehen brachte. Bodil drehte sich überrascht zu ihm um, noch mehr überrascht, als er sich vorbeugte und seine Lippen auf ihre legte. Sie zog sich nicht zurück, als er seine Aufgabe fortsetzte, sie atemlos küsste, bevor er sich abrupt zurückzog und sein Pferd vorwärtstrieb.

Bodil saß auf ihrem Pferd und sah zu, wie Ulf davonritt. Zum ersten Mal seit langem stellte sie fest, dass sie sprachlos war. *Was um Himmels willen war das gerade?*

KAPITEL
FÜNF

Gemäß den Worten des Schiffsjungen kam das Schloss einen halben Tag nach Verlassen des Schiffes in Sicht. Es war nicht so weitläufig wie Beacham Castle, aber dennoch beeindruckend. Das Schloss war von Steinmauern umgeben, und Wachen waren alle paar Meter mit Schilden und Speeren bewaffnet postiert.

»Ich werde aus dem Schutz der Hügel beobachten. Ich behalte alles genau im Auge. Wenn Gefahr droht, entfache ein Feuer. Wenn ich den Rauch sehe, komme ich«, wies Ulf an.

»Ich kann auf mich selbst aufpassen«, beharrte Bodil, bereit, ihren Ritt zum Schloss fortzusetzen. Stattdessen packte Ulf ihren Arm und starrte sie an, sein Blick ließ sie erstarren und brachte sie dazu, zuhören zu wollen.

»Ich bezweifle deine Fähigkeiten nicht; du wurdest mir wärmstens empfohlen. Meine Aussage bleibt trotzdem bestehen. Entfache ein Feuer; ich werde an deiner Seite sein«, hauchte Ulf.

Seine Worte hatten mehr Gewicht bei Bodil, als sie erwartet hatte. Als sie zustimmend nickte, flüsterte Ulf ihr zu, vorsichtig zu sein, bevor er abstieg und in die Bäume schlich. Bodil saß da und beobachtete, bis sie ihn nicht mehr sehen konnte, bevor sie wie in Trance in Richtung des Schlosses von Laird MacTavish ritt.

Die Wachen stellten keine Fragen an eine Dame und ließen sie passieren. Als sie abstieg, wurde ihr Pferd schnell in die Ställe gebracht, während zwei Wachen sie durch die dunklen Hallen zu MacTavish führten, der noch beim Essen saß.

»Laird MacTavish, ich präsentiere Lady Coline Beecham, zweite Tochter von Lord Beacham«, verkündeten die Wachen und ließen Bodil unter MacTavishs wachsamem Auge stehen.

MacTavish war alt und wirkte kräftiger als ein Mann seines Alters. Bodil machte einen Knicks, ihre Augen verließen MacTavish nicht, während er sie begierig anstarrte.

»Was bringt Euch zu meinem Schloss, Lady Coline?«, krächzte MacTavish, während er an seinen Fingern saugte, da Essen an seinen Händen entlanglief.

Der Anblick drehte Bodil den Magen um, aber sie behielt ihre Fassade bei.

»Ich komme, um Hilfe zu suchen. Ich glaube, Ihr wart ein Freund meines Vaters. Unser Schloss wurde von Wikingern überfallen. Ich wurde in einem Dorf festgehalten, das sie überfallen hatten. Es gelang mir zu entkommen. Ich stahl ein Pferd und ritt tagelang. Bitte, mein Herr, Ihr seid der einzige, der mir helfen kann. Ich bitte um Unterschlupf«, flehte Bodil, machte große Augen und senkte den Kopf.

»Beeindruckend für eine junge Frau, den Wikingern unbeschadet zu entkommen«, höhnte MacTavish, seine Augen auf ihren Brüsten.

»Ich fürchtete um mein Leben, mein Herr. Meine Familie ist noch gefangen; ich konnte sie nicht retten. Ich hoffte, ich könnte Euch um Hilfe bitten.«

»Und wie soll ich das tun?«

»Ich bin nicht bewandert in Krieg oder Kampf, mein Herr«, Bodil senkte den Kopf.

»Wie konntet Ihr entkommen?«

»Es ist alles so verschwommen. Ich wurde geschickt, Wasser zu holen, und sah, dass die Tore angelehnt waren. Ich rannte zu den Ställen und ritt so schnell ich konnte davon«, Bodil täuschte eine Träne vor, ließ ihre Stimme ersticken und versteckte ihre trockenen Augen in ihren Händen.

Sie wusste, dass MacTavish misstrauisch wurde, und hoffte, er würde seine Befragung aufgeben, bevor ihr die Antworten ausgingen.

»Ihr müsst müde sein, mein Kind. Meine Wachen werden Euch zu einer Kammer bringen, wo Ihr etwas ruhen könnt. Ich werde Euch morgen aufsuchen, um die Angelegenheit weiter zu besprechen.«

Zwei Wachen näherten sich Bodil. Plötzlich hatte sie das Gefühl, nicht mehr Gast in diesem Schloss zu sein, sondern Gefangene in einem sehr schönen Käfig.

»Danke, mein Herr, Eure Gastfreundschaft wird sehr geschätzt«, lächelte Bodil süß und klimperte mit den Wimpern.

MacTavish starrte weiterhin lüstern, aber winkte sie weg, entließ sie und die Wachen.

Das Schloss wirkte von außen trügerisch. Es sah so klein aus, aber während die Wachen Bodil hindurchführten, hatte sie das Gefühl, die Flure gingen endlos weiter. Schließlich öffneten sie die Tür zu dem, was wie Dienstbotenquartiere im hinteren Teil des Schlosses aussah. Die Fensterläden waren mit einem dicken Vorhängeschloss verriegelt, und der Raum stank nach Muff und Feuchtigkeit. Die Pritsche stand kaum noch, und der Kamin schien unbrauchbar zu sein. Sie stießen sie hinein, schlugen die schwere Tür zu, und Bodil hörte das Klirren eines Schlüssels, als ihre Schritte zurück durch die Flure verschwanden.

In ihrem Zimmer gefangen, wanderte Bodil durch den kleinen Raum und trat jedes Mal, wenn sie vorbeikam, gegen das Bein der Pritsche. MacTavish hatte gesagt, er würde sie am Morgen besuchen; sie brauchte die Nacht, um herauszufinden, wie genau sie ihn überzeugen könnte, dass sie tatsächlich Coline war. Wenn er sich an Lord Beecham erinnerte, könnte er sich auch daran erinnern, wie jung seine jüngste Tochter war. Obwohl Bodil keine alte Jungfer war, war sie einige Jahre älter als Coline und sah auch so aus.

Als sie auf der Pritsche lag und versuchte, es sich bequem zu machen, während die Nacht hereinbrach, war Bodil überrascht, als sie das Klirren des Schlüssels hörte und Ulf eintreten sah.

»Wie bist du hier? Warum bist du hier? Ich habe dir kein Signal gegeben zu kommen«, flüsterte Bodil wütend, obwohl sie insgeheim froh über seine Ankunft war.

»Ich traute diesen Wachen nicht. Ich hielt es für besser, dich von innen genau im Auge zu behalten«, flüsterte Ulf und schloss die Tür hinter sich.

»Nun, um ehrlich zu sein, hättest du nicht zu einem besseren Zeitpunkt kommen können. Ich glaube, du hast recht. Er glaubt nicht, dass ich Coline bin. Dieser Plan war ein Fehler.«

Ulf sagte nichts, überrascht von ihrem Geständnis. Sie hatten viel gestritten in der kurzen Zeit, die sie einander kannten. Und nach dem, was Ulf von ihr gesehen hatte, wusste er, dass sie nicht leichtfertig zugeben würde, falsch zu liegen.

»Vielleicht... nein... möglicherweise«, überlegte Bodil laut, während sie durch den kleinen Raum ging, der durch Ulfs großen Körper noch kleiner wirkte.

»Sprich, Frau«, grinste Ulf.

»Der alte Bock konnte seine Augen nicht von mir lassen. Er hat kaum in mein Gesicht gesehen... genauso wie du jetzt schaust«, schnappte Bodil und schlug Ulf mit der Hand auf die Schulter, was ihn leicht zum Kichern brachte. »Vielleicht könnte ich ihn verführen. Das könnte sein Vertrauen gewinnen, um seine Zunge zu lockern.«

Ulf hob eine seiner dicken Augenbrauen, verschränkte die Arme vor der Brust und lehnte sich gegen die Tür. Seine Augen wanderten noch einmal über sie.

»Du scheinst so unbefangen mit deinem Körper für jemanden, der kürzlich verwitwet wurde.«

Bodil wurde seine Anschuldigungen leid. Sie war es leid, dass ihre Handlungen in Frage gestellt wurden, besonders da sie in dieser Position war, um ihm und seinen Freunden zu helfen.

»Ich glaube, du warst es, der mich geküsst hat, nicht umgekehrt«, entgegnete sie.

Als Ulfs selbstgefälliger Gesichtsausdruck unverändert blieb, hatte Bodil das Gefühl, dass sie sich weiter erklären musste, trotz ihres Ärgers, dies tun zu müssen.

»Außerdem habe ich nicht vor, DAS zu tun. Hast du MacTavish gesehen? Er ist widerlich. Er muss nur *denken*, dass ich mit ihm schlafen will.«

Ulfs Grinsen wurde breiter, er schien von ihren Bemühungen

amüsiert zu sein. Entweder das, oder er glaubte nicht, dass sie es in sich hatte, es zu tun.

»Er mag alt sein, aber er ist kein Narr. Er wird dich durchschauen.«

Bodil spürte die Herausforderung in seinem Ton. Sie war eine Kriegerin in mehr als einer Hinsicht und wusste, wie sie ihre Weiblichkeit zu ihrem Vorteil nutzen konnte. Nach Ulfs Haltung und dem amüsierten Blick in seinen Augen, bildete Bodil einen neuen Plan. Wenn ihre Worte Ulf nicht davon überzeugen konnten, dass sie fähig war, den Laird zu verführen, dann würden es ihre Taten tun.

»Oh, Ulf, du hast recht; ich war töricht zu glauben, ich könnte das alleine schaffen«, seufzte sie und ließ ihre Schultern in gespielter Niederlage sinken und ihren Kopf fallen.

»Bin ich das?«, fragte Ulf überrascht.

»Ja, ich weiß nicht, was ich tun würde, wenn du nicht gekommen wärst, als du es getan hast. Schau mich an; ich bin unbewaffnet in diesem scheußlichen Kleid, in dem ich mich nicht bewegen oder atmen kann, hilflos gegenüber MacTavish und seinen Männern«, sagte sie und zog unbequem an den Nähten ihres Kleides.

Ulfs Augen fielen auf das Mieder, an dem Bodil zog und versuchte, sich zu befreien.

»Ich bin eine Kriegerin, keine Dame. Ich sehe so lächerlich aus, wie ich mich fühle. Ich versuche nur zu beweisen, dass ich immer noch einen Zweck in dieser Welt habe.«

»Ich denke, du hast einen Zweck... und du siehst alles andere als lächerlich aus«, schluckte Ulf. Bodil wusste, dass sie mit ihrem Plan erfolgreich war, ihm ihre Verführungskünste zu zeigen.

Bodil klimperte mit den Augen und errötete, rückte näher an ihn heran, streichelte seinen Arm und schenkte ihm ein schüchternes Lächeln.

»Deine Worte sind zu freundlich. Aber ich gebe zu, ich fühle mich sicherer, wenn ich weiß, dass du hier bist, um mich zu beschützen... du und diese großen, starken Arme«, neckte sie, strich über seinen Arm und ließ ihre Hände zu seinen Schultern und über seine Brust wandern. Sie sog scharf die Luft ein. Sie sah ihn mit lustvollen Augen an, ihre Finger begannen, an der Muskelwand darunter zu kratzen.

»Kann ich dir etwas sagen?«, fragte sie und drückte ihre Brüste gegen ihn, während sie versuchte, ihren Atem zu kontrollieren.

»Alles«, schluckte Ulf.

Bodil lehnte sich nah an sein Ohr und seufzte sanft, ihre Hände glitten unter sein Hemd, um die glatte Haut seines Bauches zu fühlen.

»Ich konnte nicht aufhören, an diesen Kuss zu denken. Kein Mann hat mich je so geküsst... mit solch ungezügelter Leidenschaft, es ließ mich überlegen... aber nein, ich sollte nicht«, flüsterte sie und zog sich weg.

Es reichte aus, um Ulf dazu zu bringen, mehr hören zu wollen, er packte ihre Schultern und hielt sie fest.

»Was hast du überlegt, Bodil?«, fragte er heiser.

Sie lächelte und beugte sich zu seinem Ohr, knabberte leicht an seinem Ohrläppchen, während ihre Hände tiefer glitten.

»Es ließ mich überlegen, zu welcher anderen Leidenschaft du fähig bist...«

Bevor sie ihren Satz beenden konnte, hatte Ulf sie in seine Arme genommen und zum Bett getragen, wo er sie unter sich festnagelte.

Seine Hände machten sich schnell daran, ihr Mieder aufzuschnüren und befreiten schließlich ihre Brüste. Ulf saugte an ihren Brustwarzen, während eine Hand ihre Hände über ihrem Kopf festhielt und die andere eilig unter ihren Rock fuhr.

Bodil stöhnte bei seiner Berührung und bewegte ihre Beine, um sie weit zu öffnen, damit Ulfs Hände ihren Oberschenkel nachzeichnen konnten. Sie verschränkte ihre Finger so gut es ging mit seinen, um ihm zu zeigen, dass sie es auch wollte... sehr zu ihrer Überraschung.

Ulf zog Küsse über ihre Brust und ihren Hals, brachte schließlich seine Lippen wieder auf ihre, wo ihr Mund ihn willkommen hieß. Sie stöhnte gegen seine Lippen, als seine Finger die Feuchtigkeit zwischen ihren Schenkeln neckten.

Sie befreite ihre Hände und griff nach seiner Taille, drängte ihn, sich zu befreien. Ulf spürte ihre Vorstöße und machte sich bereit, zu gehorchen. Als er seine Hose herunterdrückte, keuchte Bodil beim Anblick. Ulf stand stramm, sein Schwanz aufgerichtet, bettelte um ihre Berührung. Er war nicht übermäßig lang, aber sein Umfang war beeindruckend, und Bodil spürte, wie sie als Antwort zuckte. Vorfreude bildete sich in ihrer Magengrube.

Sie rollte eilig ihre Röcke hoch, verfluchte in Gedanken die Stoffschichten, zog Ulf auf sich herunter, bereit, ihn zu empfangen, als ihr Liebesabenteuer durch ein Klopfen an der Tür unterbrochen wurde.

»Lady Coline«, krächzte MacTavish, »seid Ihr noch wach?«

KAPITEL
SECHS

»Es ist MacTavish!« flüsterte Bodil, während sie sich eilig wieder anzog.

Der Raum war klein, und es gab nicht viele Möbel oder Verstecke, und da die Fenster verschlossen waren, hatte Ulf keine Möglichkeit zu entkommen.

Ulf schaffte es gerade noch unter die Pritsche, bevor der alte Laird durch die Tür platzte und Bodil damit überraschte, wie beweglich der alte Mann war.

»Meine Liebe, ich konnte nicht aufhören, an Sie zu denken. Ich konnte nicht bis morgen warten«, säuselte er, stürmte auf sie zu und packte ihre Hüften.

»Wie freundlich von Ihnen, sich um mich zu sorgen«, gurrte sie.

»Sie müssen nach Ihrem Martyrium so verängstigt sein. Schauen Sie sich an. Sie zittern noch immer«, der Laird fuhr mit einer Hand durch ihr Haar und streichelte ihre Wange.

Sie zitterte tatsächlich, aber nicht aus den Gründen, die er vermutete.

»Lassen Sie mich Sie ansehen. Sind Sie sicher, dass diese brutalen Wikinger Ihnen nicht wehgetan haben?«, fragte er. Seine Hände wanderten hungrig über sie. »So ein hübsches Ding. So jung und geschmeidig.«

Bodil kämpfte dagegen an, mit den Augen zu rollen, griff nach seinen Händen und bewegte sie weg von Stellen, an denen seine Hände nichts zu suchen hatten. Sie konnte die Klinge in ihrem Stiefel spüren. Sie fand Trost darin zu wissen, dass es nur eine schnelle Bewegung brauchte, um sie zwischen MacTavishs Rippen zu versenken.

»Mein Herr, während ich gerne meine Dankbarkeit für Ihre Hilfe und Unterkunft zeigen würde, kann ich nicht anders, als mich zu fragen, ob ich hier wirklich sicher bin. Was, wenn man mir gefolgt ist?«

»Wenn man Ihnen gefolgt wäre, meine Liebe, wüssten wir es inzwischen.«

MacTavish zerrte fester an Bodils Kleid und versuchte, sie davon abzuhalten, sich zu entfernen. Sie blickte über seine Schulter und sah Ulfs Augen, die unter dem Bett hervorlugten. Sie schüttelte den Kopf, da sie spürte, dass er wütend wurde und eingreifen wollte.

»Mein Herr, während ich Ihnen gerne danken würde, kann ich mich nicht konzentrieren. Ich mache mir Sorgen. Ich bin beunruhigt...«, sprach Bodil hektisch und versuchte, die umherwandernden Hände des Lairds zu kontrollieren.

Sie war jetzt froh, dass sie Colines Platz eingenommen hatte. Bodil war stark genug, um die Annäherungsversuche des Lairds abzuwehren; sie fürchtete, Coline wäre nicht so glücklich gewesen.

»Mein Herr, bitte«, fuhr Bodil los, drückte fest gegen seine Schultern und befreite sich endlich. Dann, nachdem sie tief durchgeatmet hatte, milderte sie ihre Entschlossenheit, als sie die Frustration in seinen Augen sah.

»Wenn wir das Problem meiner Sicherheit lösen können, können wir unsere gemeinsame Zeit in einer viel entspannteren Umgebung fortsetzen. Sind Sie nicht auch dieser Meinung?«

»Es gibt kein Problem mit Ihrer Sicherheit«, MacTavish stürzte sich auf Bodil, zog sie erneut in seine Umarmung und versuchte, sie zu küssen.

»Was, wenn die Wikinger auftauchen? Sind Ihr Schloss und Ihre Wachen stark genug, um einen Angriff abzuwehren?«

Frustriert stöhnte MacTavish laut in einem langen Atemzug. Dann, sich verlangsamend, hörte seine Belästigung auf, und er gab ihnen genau das, was sie wollten.

»Es gibt genug Truppen, die mein Schloss bewachen. Nicht nur meine Männer, sondern jeden Tag wird eine Gruppe aus England erwartet.«

»Aus England?«

»Ja! Unter dem Kommando von Lord William Thomas. Hören Sie jetzt auf, sich Sorgen zu machen, und danken Sie mir angemessen dafür, dass ich Ihnen erlaubt habe, in meinem Schloss Zuflucht zu suchen.«

MacTavish vergrub sein Gesicht in Bodils Halsbeuge, seine Hände wanderten und umfassten ihr Gesäß. Bodil sah Ulf direkt in die Augen und formte mit den Lippen: »Kennst du einen Lord William Thomas?«

Ulf schüttelte verwirrt den Kopf.

»Ich kenne diesen Lord William Thomas nicht. Vertrauen Sie ihm?«, erkundigte sich Bodil.

»Ich habe genug von all diesen Fragen!«, brüllte Laird MacTavish, drehte Bodil herum und schleuderte sie aufs Bett.

Bodil schrie auf, als ihr Kopf gegen die Wand prallte. MacTavish kam nicht sehr weit, bevor Ulf brüllend unter dem Bett hervorschoss, auf den Laird zustürmte und ihn gegen die gegenüberliegende Wand schmetterte.

MacTavish verstummte, sein Gesicht war eine Mischung aus Schock und Entsetzen. Der alte Mann mochte zwar beweglich und stark genug gewesen sein, um Bodil zu belästigen, aber gegen Ulf hatte er keine Chance. Seine Augen waren weit vor Angst. Er begann zu zittern, nie hatte der Laird erwartet, in den Grenzen seines eigenen Schlosses überfallen zu werden.

Ulf zog ein Messer von seiner Hüfte und hob es an die Kehle des Lairds. »Ihr Lords denkt alle, ihr seid besser als alle anderen. Was gibt dir das Recht, eine junge Dame so zu misshandeln? Dein Schloss und deine Ländereien geben dir nicht das Recht, einen anderen Menschen wie dein Spielzeug zu behandeln, besonders nicht eine wehrlose junge Frau, die zu dir um Hilfe kam.« Ulf hielt inne, als ihm sein Ausbruch bewusst wurde.

Er hatte nicht beabsichtigt, seinen Ausbruch auf Bodil zu beziehen, aber er hasste, wie der Laird sie betatscht hatte. Die Art, wie er sie aufs Bett warf, und als sie aufschrie, war der letzte Strohhalm gewesen.

»Ich sage, wir töten ihn. Er ist uns jetzt von keinem Nutzen mehr«, knurrte Ulf und drückte die Klinge fester an die Kehle des alten Mannes.

Bodil sprang auf und packte Ulfs Arm, um ihn davon abzuhalten, einen großen Fehler zu begehen. Die Wachen würden es bemerken, wenn der Laird fehlte, und der Verdacht würde sofort auf sie fallen, da sie die einzige Außenstehende im Schloss war.

»Ich wusste nicht, dass du dich so sehr kümmerst«, neckte sie ihn; es funktionierte, da sie spürte, wie seine Schultern sich entspannten.

»Wenn wir ihn töten, werden wir den gesamten Haushalt auf uns aufmerksam machen. Wie sollte ich einen toten Laird in meiner Schlafkammer in derselben Nacht erklären, in der ich um Unterschlupf bitte? Lass uns vernünftig sein. Er könnte sich noch als nützlich erweisen. Hier...« Sie riss einen Stoffstreifen von der Decke ab. »Lass uns ihn fesseln und knebeln. Sperren wir ihn in den Schrank, bis wir ihn wieder brauchen.«

Ulf rührte sich nicht, und MacTavish blieb still. Ein leichtes Ziehen an seinem Arm und Ulf gab nach, da er den Sinn in Bodils Plan erkannte.

KAPITEL
SIEBEN

Mit MacTavish sicher gefesselt und in seinem Schrank eingesperrt, machten Ulf und Bodil ihre Flucht und schlossen die Tür hinter sich. Ulf nahm Bodils Hand fest in seine und führte sie durch die dunklen Hallen, den Weg, den er durch die Dienstbotenquartiere und vorbei an den Küchen genommen hatte.

Die Wachen hatten nicht bemerkt, dass MacTavish fehlte. So gingen sie wie gewohnt ihrer Arbeit nach, als die Nacht hereinbrach. Ulf bemerkte, wie sehr es ihnen an Arbeitsmoral mangelte. Einige schliefen an ihren Posten, während andere plaudernd herumstanden. Keiner von ihnen hatte Bodil und Ulf gesehen, die zu den Ställen rannten.

Während sie schnell die Pferde sattelten, wandte sich das Gespräch ihrem weiteren Plan zu.

»Was ist der Plan?«, flüsterte Bodil.

»Ich weiß nicht. Wir müssen die anderen warnen, aber es wäre gut zu wissen, gegen welche Streitmacht wir antreten... nein, es ist zu riskant. Wir sind in der Unterzahl, und du hast dein Schwert nicht. Also machen wir weiter zum Point. Bis wir dort ankommen, werden die anderen das Schiff eingeholt haben«, antwortete Ulf.

»Wir kennen den Namen des Lords. Wäre es nicht besser, die

heranrückenden Truppen auszukundschaften und sein Gesicht kennenzulernen?«

»Du bist verrückt. Nein, wir gehen zum Point; dort werden Verstärkungen auf uns warten«, argumentierte Ulf.

»Was bringt es, sie zu warnen, wenn wir nicht wissen, gegen welche Streitkraft wir antreten? Dieser Lord Thomas hat vielleicht überhaupt keine richtige Armee, soweit wir wissen. Es hat keinen Sinn, unnötige Panik zu verbreiten.«

»Das war nie der Plan. Wir haben bekommen, wofür wir gekommen sind.«

»Warum bist du so stur? Die Mission ist immer noch dieselbe; wir sind gekommen, um Informationen zu finden, und jetzt haben wir eine neue Spur, der wir folgen können. Der Plan ist unverändert. Arne und das Schiff werden die anderen vor dem Bündnis der Engländer und Hochländer warnen«, erwiderte Bodil.

Ulf dachte über ihre Worte nach. Sie hatte recht. Der Plan war gewesen, Lief zu warnen, was Arne gerade tat. Bodil hatte Colines Identität für eine Erkundungsmission übernommen, aber sie hatten immer noch Informationen, die sie finden mussten. Als er sie ansah, während sie auf seine Antwort wartete, änderte sich seine Meinung erneut. Es war ein guter Plan, Bodil hatte recht, aber sie sah immer noch aus wie eine Dame des Königshofs und hatte weder Rüstung noch Waffen. Der Gedanke, dass sie verletzt oder gefangen genommen werden könnte, ließ Galle in seiner Kehle aufsteigen.

»Nein...«, er schüttelte den Kopf, konnte nicht zu Ende sprechen, bevor Bodil ihn hart gegen die Brust stieß und ihn mit Augen voller Donner anstarrte.

»Warum? Warum machst du das immer? Warum sind meine Pläne nie gut genug für dich?«, fauchte Bodil.

»Schau, so ist das überhaupt nicht...«

»Dann sag mir, warum. Gib mir einen guten Grund, warum wir nicht nach den Truppen suchen sollten.«

Die Wahrheit war, dass er nicht antworten konnte. Wie könnte er ihr die Wahrheit sagen? Dass er nicht riskieren wollte, dass sie verletzt wird? Wie sie sich freiwillig gemeldet hatte, Colines Platz einzunehmen, trotz der Gefahr, in die sie sich begab, wie sie gefährliche

Gewässer riskierte, um eine Frau zu retten, die sie kaum kannte, und wie sie sich gegen MacTavish behauptete. Ulf fragte sich, ob er sie falsch eingeschätzt hatte. Sie verteidigte ihren Standpunkt gut, nicht nur jetzt, sondern bei jedem Schritt ihrer Reise. Je länger er mit ihr zusammen war, desto mehr wuchs seine Wertschätzung und Zuneigung für sie.

»Na?«, Bodil stach mit einem festen Finger gegen seine Brust, als er nicht antwortete.

»Gut, lass uns deinen Plan verfolgen«, stimmte Ulf zu.

KAPITEL
ACHT

Laut den Informationen, die sie von MacTavish gesammelt hatten, bevor sie ihn knebeln und in den Schrank stecken mussten, näherten sich Lord William Thomas und seine Truppen von Süden her dem Schloss. Das bedeutete, dass sie umkehren und in die entgegengesetzte Richtung ihrer Kameraden reiten mussten. Aber es war eine Gelegenheit, die sie nicht verpassen konnten. Sie ritten langsam und hielten sich am Waldrand abseits des Hauptweges. Sie brauchten die Deckung der Bäume, wenn sie auf den Lord und seine Truppen treffen wollten.

Zuerst sprachen sie nicht. Was zwischen ihnen im Schloss passiert war, lag noch schwer in der Luft. Keiner wollte es ansprechen. Was wäre passiert, wenn MacTavish sie nicht unterbrochen hätte? Bodil wollte nur einen Punkt beweisen, doch als Ulf versuchte, sie zu überwältigen, wurde ihr klar, wie sehr sie es wollte. Je mehr sie darüber nachdachte, desto unbequemer wurde das Reiten.

»Ich glaube, ich sollte mich entschuldigen«, brach Ulf schließlich ihr Schweigen.

»Wofür?«

»Ich war zu hart zu dir. Du hast dich in Gefahr gebracht, um Coline zu beschützen, und selbst als die Lage angespannt war, war dein Kopf bei der Mission. Ich verstehe, warum Rykers Frau Astrid dich für diese Aufgabe vorgeschlagen hat«, gab er zu.

Bodil wusste nicht, wie sie reagieren sollte; sie versuchte ihr Bestes, ihre errötenden Wangen bei seinem Kompliment zu verbergen.

»Warum warst du so streng? Hast du ein Problem mit Frauen?«, fragte sie und korrigierte sich bei seinem schmerzlichen Blick. »Ich meine, nichts für ungut, ich bin nur neugierig.«

Nach kurzer Überlegung entschied Ulf, dass Ehrlichkeit die beste Wahl war. Endlich öffnete er sich ihr, jemandem, über seine wahren Gefühle. Ein Geheimnis, das seinen Geist schon zu lange plagte.

»Die Wahrheit? Ich fühle mich nicht, als ob ich auf diese Mission gehöre«, begann er. »Mein Vater ist einer der vertrauenswürdigsten Berater des Königs. Also hat er vorgeschlagen, dass ich mit Lief und den anderen gehe.«

»Ich bin sicher, dein Vater glaubt an deine Fähigkeiten; sonst hätte er es nicht vorgeschlagen.«

»Ich weiß, dass du Recht hast; du bist nicht die Erste, die das sagt. Ich habe viele Schlachten hinter mir. Ich kämpfe mit Lief und Arne, solange ich mich erinnern kann. Trotzdem war ich nicht Liefs erste Wahl.«

»Ich bin sicher, das stimmt nicht.«

»Doch, es stimmt. Ich war damit einverstanden, aber mein Vater bestand darauf. Also fühle ich jetzt, dass ich etwas Edles tun muss, um mich zu beweisen. Um dem König, Lief und meinem Vater zu beweisen, dass die Entscheidung, mich auf die Mission mitzunehmen, die richtige war.«

»Das ist eine Menge, was man auf den Schultern trägt«, sagte Bodil und fühlte mit Ulf und seinem Kampf.

»Bodil, darf ich dich etwas fragen?«

»Natürlich«,

»Verzeih mir meine Dreistigkeit, aber wie kannst du so... ruhig sein, nachdem du vor Kurzem Witwe geworden bist?«, fragte Ulf sanft und spürte, dass es ein sensibles Thema sein könnte.

Bodil wusste, dass das Thema ihres Ehemannes irgendwann wieder aufkommen würde. Das bedeutete nicht, dass sie glücklich darüber war. Dennoch schätzte sie Ulfs Offenheit über seinen Vater und seinen

Platz in der Mission. Ehrlichkeit verlangt schließlich Ehrlichkeit. Sie nahm sich einen Moment Zeit, um zu überlegen, wo genau sie beginnen sollte.

»Grom war... ein schwieriger Mann. Nicht am Anfang. Er hat mich mit süßen und freundlichen Worten getäuscht. Versprechen über die Zukunft, Reisen und unser eigenes Schiff. Sobald er mich als seine Frau beanspruchte, änderte sich alles. Er war nicht der Mann, für den ich ihn hielt. Nicht der Mann, in den ich mich verliebt hatte«, teilte Bodil mit.

Es war das erste Mal, dass sie solche Worte zu jemandem sprach. Nicht einmal ihre engsten Freunde und Familie wussten von dem Grauen, das ihre Ehe war. Sie hatte mit jemandem, mit irgendjemandem über Grom und seine Art reden wollen, aber sie fühlte tiefe Scham. War etwas mit ihr nicht in Ordnung, dass ein Mann, der behauptete, sie zu lieben, sie so behandelte? Sie war eine Kriegerin. Wie hatte sie zugelassen, so behandelt zu werden? Das waren nur einige der vielen Fragen, die sie sich während ihrer Ehe gestellt hatte.

»Er war ein wütender Mann, besonders wenn er betrunken war. Er kritisierte ständig meine Schwertkunst und sagte mir immer wieder, ich sei keine Kriegerin und weder Wikingerin noch Frau genug, um eine Schild- oder Schwertjungfrau zu sein. Als ich ihm das Gegenteil bewies, mochte er es nicht und brach meinen Arm. Ich erzählte Astrid, ich sei von meinem Pferd gefallen.« Sie hielt inne und beobachtete Ulf aus dem Augenwinkel.

Er hörte aufmerksam zu, was sie zu schätzen wusste. Er sagte kein Wort und wartete darauf, dass sie fortfuhr; er wusste, dass sie noch viel zu sagen hatte.

»'Dein Platz ist im Haus, wo du dich um mich kümmerst', hatte er gesagt. Er mochte es nicht, wenn ich ein eigenes Leben hatte. Meine Welt musste mit ihm beginnen und enden. Seine Worte, seine Fäuste, ich ertrug beides«, würgte sie hervor. Ihr war nicht klar gewesen, wie viel Schmerz sie noch in sich trug.

»Du bist eine Kriegerin; warum hast du ihm erlaubt, dich so zu behandeln?«, fragte Ulf.

»Weil ich ihn liebte. Ich war verblendet. Ich akzeptierte seine

Entschuldigungen und dachte, die Dinge würden besser werden. Das wurden sie nie«, hörte Bodil auf.

Ulf öffnete den Mund, um zu sprechen. Er wurde zunehmend wütend, als er von Groms schrecklichen Wegen hörte. Selbst jetzt sprach sie nie mit Gift in ihrer Stimme von ihm. Stattdessen sprach sie einfach von der Hölle, die sie ertragen hatte. Ulf wusste, dass sie jedes Recht hätte, ihn zu hassen, aber ihr Tonfall beschrieb keine Frau, die irgendjemanden hasste. Stattdessen sprach ihr Ton von einer Frau, die jetzt frei war.

»Ich habe mich einmal gewehrt. Ich hatte genug, aber es machte alles nur schlimmer. Groms Ego konnte es nicht zulassen, von einer Frau gedemütigt zu werden, nicht von irgendeiner Frau, sondern von der, die er als seine beanspruchte... Er hätte mich in dieser Nacht fast getötet... Du magst mich für kaltherzig halten, weil ich lache und so frei bin, aber du musst verstehen, zum ersten Mal seit Jahren bin ich genau das. Frei. Ich bin froh, dass er tot ist.« Sie endete, richtete sich auf und versuchte, den Schmerz in ihren Augen zu verbergen.

»Es tut mir so leid, dass ich dich falsch eingeschätzt habe«, gab Ulf zu, Schuld stach ihn wie ein Dorn in der Seite.

»Du wusstest es nicht.«

»Das ist keine Entschuldigung.«

»Ich lache und lächle in deiner und der Gegenwart deiner Männer, weil sie mich und meine Geschichte nicht kennen. Sie waren nicht diejenigen, vor denen ich mich verstecken musste. Was für eine Kriegerin lässt sich in ihrem eigenen Haus versklaven?«

»Genug! Ich will nicht hören, dass du so über dich sprichst.« Ulf schnappte, sehr zu Bodils Überraschung.

»Du bist so viel mehr, als du weißt. Du bist loyal und fürsorglich, stark und schön... Du solltest keine Scham für deine Entscheidungen empfinden; du hast ihn geliebt und bist ihm treu geblieben trotz seiner verabscheuungswürdigen Taten gegen dich. Auch ich bin froh, dass er tot ist... eigentlich nein, ich wünschte, er wäre noch hier, damit ich ihm das eine oder andere darüber beibringen könnte, wie ein Mann seine Frau behandeln soll!«, stöhnte Ulf, in seinen eigenen Gedanken verloren.

Ulf war nie verliebt gewesen, hatte nie ihre Wärme gespürt. Aber mit Bodil stellte er fest, dass er sich dem näherte. Es gab keine anderen Worte, um es zu beschreiben, keine andere Art, es zu erklären. Er sorgte sich um ihr Wohlbefinden. MacTavish zu sehen, wie er sie begrapschte, zu sehen, wie sie über Bord fiel, und jetzt die abscheulichen Dinge zu hören, die ihr verstorbener Mann getan hatte. Es war zu viel. Ulf spürte, wie sein Herz mit jedem ihrer Worte ein wenig mehr schmerzte. Der Gedanke, dass sie mit diesem riesigen Geheimnis durchs Leben gehen musste, ohne es jemandem sagen zu können, er konnte sich nicht vorstellen, wie sich das anfühlte.

»Danke, aber ich will nicht dein Mitleid.«

»Du hast nicht mein Mitleid... Im Gegenteil, du hast meine Bewunderung. Wie kannst du denken, dass du weniger hast?«, fragte Ulf und ließ Bodil erneut sprachlos zurück.

»Bodil, ich...«

Bodils Gesicht fiel, ihre Augen wurden ernst, und sie griff nach den Zügeln seines Pferdes und zog es zum Stehen. Sie legte einen Finger auf ihre Lippen und zeigte auf die Hügel vor ihnen. Eine kleine Armee marschierte direkt auf sie zu und bewegte sich schnell. Ulf führte ihre Pferde in die Baumreihe außer Sichtweite.

KAPITEL
NEUN

Bodil und Ulf stiegen ab und ließen die Pferde in der Nähe grasen. Dann kletterten sie schnell hoch in die Baumkronen, um außer Sicht zu bleiben. Von einem höheren Aussichtspunkt aus konnten sie die Gruppe deutlicher sehen. Bei näherer Betrachtung war die Gruppe nicht so groß, wie Laird sie dargestellt hatte, vielleicht ein Dutzend oder mehr Männer, gefolgt von Pferden, die Wagen voller Vorräte zogen.

»Das sind die Truppen? Wir könnten die Bedrohung hier und jetzt beseitigen«, flüsterte Ulf.

»Sei kein Narr. Das werden nicht die einzigen Truppen sein; nur die ersten.«

»Genau, bremsen wir sie aus und nehmen ihre Vorräte, bevor sie ihre Streitkräfte bewaffnen können«, argumentierte Ulf.

»Es ist zu offen, ein Angriff auf so viele Männer bei Tageslicht ist töricht, und das weißt du«, fauchte sie zurück.

Ulf schaute sie vorwurfsvoll an, in der Hoffnung, die Kriegerin in ihr anzustacheln. Er sehnte sich danach, sie nach den begeisterten Geschichten von Astrid und Ryker im Kampf zu sehen.

»Wir sind NUR zu zweit. Wir könnten sie ohne ins Schwitzen zu kommen erledigen.« Ulf grinste und ließ seine Augenbrauen tanzen.

Bodil musste zugeben, es war verlockend. Aber sie musste sich noch bewaffnen und aus dem einengenden Kleid in etwas Kampftauglicheres wechseln.

»Nein, wir warten bis zur Nacht. Überraschen sie«, erwartete sie, dass Ulf widersprechen würde, aber er nickte zustimmend und kletterte hinunter.

Im Schutz der Nacht, während die meisten Männer schliefen, umkreisten Bodil und Ulf das Lager der Truppe wie hungrige Löwen, die ihre Beute taxieren. Zwei Männer standen Wache vor einem Zelt, das viel prächtiger war als die anderen, offensichtlich die Unterkunft von Lord William Thomas. Als Bodil Ulf ein Zeichen gab, war sie bereit. Gemeinsam bewegten sie sich durch die Schatten und schlichen sich hinter die Wachen. Ulf packte den ersten und brach ihm mit einer schnellen Drehung das Genick. Bodil schlich sich von hinten an den anderen Wächter heran, griff nach einem Messer an seiner Seite und durchschnitt seine Kehle, bevor er ein Geräusch machen konnte, um die anderen zu alarmieren.

Ulf war erstaunt darüber, wie anmutig und dennoch tödlich sie sich bewegte. Er trat einen Schritt zurück und beobachtete, wie sie sich durch das Lager bewegte und Truppen im Schlaf tötete. Der Plan war perfekt gewesen. Sie konnten unbemerkt vorbeischleichen und im Schutz der Nacht jeder echten Gefahr aus dem Weg gehen. Das war, bis Ulf zu sehr von Bodil abgelenkt wurde und über drei schlafende Soldaten stolperte.

»Eindringlinge!«

»Du tolpatschiger Idiot!«, schrie Bodil Ulf an, während sie einem Mann, dessen Eingeweide sie verstreute, ein breites Schwert abnahm.

»Tut mir leid«, schrie er zurück, als er sein Schwert hob und zwei Männer mit einem Schwung niederstreckte.

»Das wird es dir sein, wenn du nicht schneller wirst«, neckte Bodil.

Ulf drehte sich um und sah, wie sie ihr Schwert besser führte als jeder Mann, den er kannte. Sie stürmte vor, durchbohrte einen Mann, stürmte weiter und spießte zwei Männer mit einer Klinge auf. Dann, mit Leichtigkeit, zog sie ihr Schwert heraus, drehte sich und schnitt einen anderen am Knie nieder, drehte ihr Schwert in der Hand und trieb es durch seinen Rücken. Ulf schaute bewundernd zu, wie sie fünf Männer niederstreckte, während er nur drei erledigt hatte.

»Du lässt nach, Ulf«, neckte Bodil, als sie ihre Handklinge durch die Luft warf, die Ulfs Wange knapp verfehlte und ihr Ziel fand: die Augenhöhle eines Soldaten, der sich hinter Ulf anschlich.

»Bewundere nur die Aussicht«, gluckste Ulf.

Er wollte ihr zeigen, dass er sie *beschützen* konnte, obwohl sie es offensichtlich nicht nötig hatte. Seite an Seite kämpfend erledigten sie den Rest der Truppen, wobei Ulf einen Toten mehr als Bodil für sich beanspruchte.

»Angeber«, lachte sie und wischte sich das Blut von der Stirn.

»Es ist noch einer übrig«, deutete Ulf auf das Zelt des Kommandanten. Niemand war herausgekommen; Lord Thomas war noch drinnen.

Bodil schlich um die Rückseite herum, während Ulf die Vorderseite übernahm und alle Ausgänge abdeckte, falls der Kommandant zu fliehen versuchte. Dann, durch die Stoffwände brechend, brüllte Ulf seine Ankunft. Der englische Soldat hob eine zitternde Hand, sein Schwert nicht für jemanden mit einem so dünnen und untrainierten Körperbau gemacht.

»Bleib zurück, oder ich durchbohre dich!«, brüllte er und versuchte, furchterregend zu klingen, aber alles, was er tat, war Ulf zum Lachen zu bringen.

»Das bezweifle ich stark«, kam Bodils Stimme von hinten.

Bevor er reagieren konnte, brachte sie den Griff ihres Schwertes auf seinen Kopf nieder und schlug ihn zu Boden.

Der Soldat griff sich an den hämmernden Kopf und stand auf, nur um wieder niedergeschlagen zu werden, als Bodil ihm die Füße unter dem Körper wegfegte. Auf seinen Knien sitzend, blickte der Soldat zu Bodil und Ulf auf, die ihn umringten.

»Wo ist der Rest deiner Truppen?«, forderte Ulf.

»Das sind meine Truppen. Die einzigen, die ich jedenfalls befehlige«, kam die Antwort.

»Lügen. Ein Lord hätte mehr als ein Dutzend Männer«, spuckte Bodil aus.

»Lord?«

»Bist du nicht Lord William Thomas?«, fragte Bodil, während ihre Augen zu Ulf huschten.

Der Soldat lachte, und er lachte laut, rollte auf seine Seite, bis Ulf die Geduld verlor und ihn am Kragen packte. Er hob ihn hoch, sodass seine Zehen kaum den Boden berührten, der Soldat lachte trotz seiner misslichen Lage.

»Du hältst mich für Lord Thomas?«

»Wir wissen, dass du planst, Laird MacTavish zu helfen, also wo ist der Rest deiner Truppen?«, knurrte Ulf.

»Ihr wisst nichts. Dumme Wikinger, alle Muskeln und kein Hirn. Ich bin nicht Lord Thomas, noch ist Lord Thomas auf dem Weg, um diesem dummen Hochländer zu helfen. Wikinger und Hochländer sind alle gleich, eine Plage, die aus unseren Ländern ausgerottet werden muss«, spuckte der Soldat.

»Du solltest besser anfangen, Sinn zu machen, und zwar jetzt!«, schnappte Bodil und schlug ihm hart gegen den Kopf. »Wir wissen über das englische Bündnis mit den Hochländern Bescheid. Warum? Was ist euer Ziel hier?«

»Bündnis? Ha!«, der Soldat fing an, auf den Boden zu spucken, »Bündnis oder nicht, ich weigere mich, mit dreckigen Hochländern in die Schlacht zu ziehen.«

Bodils Geduld begann dünn zu werden, ihr Temperament flammte auf. Dies dauerte viel zu lange, und sie verabscheute den spöttischen Ton des Engländers.

»Ulf, lass ihn fallen«, sagte sie.

Ulf ließ den Mann ohne zu zögern auf den Boden fallen und trat mit einem Grinsen zurück, bereit, die Frau bei der Arbeit zu sehen. Der Soldat versuchte wegzukriechen, aber Bodil war zu schnell für ihn. Sie vergrub ihr Knie in seiner Brust und zog das Messer aus ihrem Stiefel, riss schnell seine Hose an den Nähten auf und entblößte ihn der Nachtluft.

»Sprich oder verlier deinen Schwanz«, donnerte sie und ließ ihn den kalten Stahl ihrer Klinge spüren.

Er versuchte sich zu wehren, aber Bodil war zu stark und hielt ihn fest, wobei sie ihre Klinge etwas tiefer eingrub.

»Ich werde nicht noch einmal fragen!«, brüllte sie.

»Nein, bitte, bitte«, bettelte er, was Ulf zum Lachen brachte.

»Gut, ich werde es euch sagen. Lord Thomas bringt den Großteil seiner Truppen zum Point. Er sucht nach einem Schatz, den der Jarl von Dänemark für den König hinterlassen hat.«

»Braver Junge«, grinste Bodil, zog den Mann auf die Füße und warf ihn in Ulfs Richtung.

»Ich sage, wir töten ihn. Er hat uns gegeben, was wir suchen«, sagte Bodil, während sie mit ihrem Messer spielte, es wie ein Spielzeug durch die Luft wirbelte und in der Luft auffing und dabei den panischen Blick in den Augen des Engländers genoss.

»Ich stimme zu«, grinste Ulf.

Bodil packte Ulf am Nacken und zog ihn zu sich, küsste ihn lang und heftig, schob ihre Zunge in seinen Mund und massierte ihn mit ihrer. Ulf war sprachlos, als sie zurücktrat.

»Du wolltest den letzten töten, und ich habe nein gesagt. Also tu, was du tun musst; ich werde Vorräte sammeln«, grinste sie und zwinkerte Ulf zu, bevor sie das Zelt verließ.

KAPITEL ZEHN

»Wir müssen die ganze Nacht durchreiten, um rechtzeitig zum Point zu gelangen und die anderen zu warnen«, sagte Bodil, während sie auf ihr Pferd stieg.

»Dann reiten wir«, entgegnete Ulf.

Und so hatte ihre Reise eine üble Wendung genommen. Lief und die anderen ritten geradewegs in eine Falle, und Arne segelte mit dem Schiff in die Gefahr. Bodil und Ulf mussten mehr denn je aufholen.

Ihre Differenzen waren nun beiseitegelegt. Ihre Ziele vereint. Vereint im Kampf und vereint in Liebe. Auch wenn solche Worte nicht ausgesprochen worden waren, waren ihre Gefühle und Absichten klar. Mit ihrer Mission im Kopf, den Blick auf das Ziel gerichtet, ritten sie, wie sie noch nie geritten waren. Die Menschen, die ihnen am Herzen lagen, ihre Waffenbrüder, brauchten sie. Bodil und Ulf waren ihre einzige Hoffnung.

Während sie durch die Nacht ritten, ignorierten sie ihre schmerzenden Muskeln. Während sie durch den folgenden Tag ritten, ignorierten sie ihre müden Augen. Die Pferde wurden müde, aber Bodil und Ulf trieben sie an. Selbst als sie sich dem Point näherten, fühlt sich jeder Schritt angesichts der drohenden Gefahr an wie ein Schritt in die entgegengesetzte Richtung. Wenn die, die man liebt, unbekannten

Risiken ausgesetzt sind, kann man scheinbar nie schnell genug rennen. Sie trieben sich selbst an und ritten mit aller Kraft. Nichts und niemand würde ihnen in die Quere kommen.

Ihre Reise schien kein Ende zu nehmen. Während sie ritten, waren sie gezwungen, langsamer zu werden und Deckung zu suchen. Die Wälder waren voller Truppen. Wie groß war Lord Thomas' Armee? Es war nicht wie früher, als sie leicht ein Dutzend Männer überwältigen konnten. Sie mussten vorsichtig sein. Es würde nur eine Truppe brauchen, die sie sah, und ihr Plan wäre ruiniert.

Schließlich, mit schmerzenden Gelenken, müden Augen und wunden Muskeln, erreichten sie erschöpft den Point. Nach einer schnellen Suche fanden sie Lief und die anderen in einem Gasthaus. Verdeckt vom Küstennebel und der Dunkelheit der Nacht kam Arne gerade rechtzeitig mit dem Schiff an.

»Was habt ihr herausgefunden?« fragte Lief.

»Du solltest alle zusammenrufen. Wir müssen uns vorbereiten, und wir haben nicht viel Zeit«, antwortete Bodil.

Alle versammelten sich auf dem Schiff, fern von neugierigen Augen und übereifrigen Ohren. Sie konnten es sich nicht leisten, dass noch jemand ihre Pläne erfuhr oder vom Schatz des Jarls erfuhr. Sie hatten bereits eine große Streitmacht, mit der sie fertig werden mussten. So planten Lief, Sven, Revna, Arne, Toke, Ulf und Bodil bis tief in die Nacht, während die Mannschaft Wache hielt. Wenn die Engländer und Highlander dachten, sie könnten die Wikinger bestehlen, lagen sie falsch. Wenn sie dachten, sie könnten die Wikinger besiegen, lagen sie falsch.

EPILOG

Die Sonne war noch nicht über dem Horizont aufgegangen. Aber der Himmel zeigte bereits die ersten Anzeichen von Licht. Über Nacht hatte sich der Nebel vom Meer verdichtet und war weit ins Land gezogen. Mit Bodils und Ulfs Hilfe plante die Gruppe den Anmarschpunkt der Truppen durch die Bäume. Lief hatte darauf bestanden, dass Ulf und Bodil bei dieser Schlacht aussetzen sollten. Sie hatten in den letzten Tagen genug für sie getan. Ulf und Bodil argumentierten beide dagegen. Dieser Kampf gehörte genauso ihnen wie allen anderen. Aber da Ulf während der Strategiebesprechung einschlief, hatte Lief die Entscheidung für sie getroffen.

»Ihr seid einen Tag und eine Nacht geritten; ihr braucht Ruhe«, bestand Lief darauf.

»Wir können kämpfen«, wehrte sich Bodil.

»Ich zweifle nicht an euren Fähigkeiten. Weder an deinen noch an Ulfs, aber eure Reise hat ihren Tribut gefordert. Ihr riskiert Verletzungen. Ich kann keine Kräfte abziehen, um mich um euch beide zu kümmern, falls ihr verletzt werdet. Ruht euch auf dem Schiff aus; vertraut darauf, dass wir damit klarkommen«, sagte Lief.

»Aber...«, begann Ulf, doch Coline unterbrach ihn.

»Wir wären ohne euch beide verloren. Vertraut uns, jetzt ist es an der Zeit, dass wir euch beschützen«, lächelte Coline.

Widerwillig standen Ulf und Bodil an Bord des Schiffes und sahen zu, wie ihre Brüder und Schwestern im Morgengrauen ausritten, um sich den englischen Truppen zu stellen.

»Ich bin nicht den ganzen Weg gekommen, um nicht am Kampf teilzunehmen«, beschwerte sich Bodil, »was soll ich jetzt tun?«

»Ich nehme an, wir tun, was uns aufgetragen wurde, und ruhen uns aus«, seufzte Ulf und ging zu seiner Kabine.

Bodil sah ihm nach und fühlte sich etwas enttäuscht. Sie waren endlich allein, mit nichts zu tun. Trotz ihrer langen Reise, dem Kampf gegen die englischen Truppen und allem mit MacTavish, war Bodil voller Energie. Angestaute Spannung und unbeantwortete Fragen. Zwischen ihren Beinen baute sich Frustration auf. Sie hatten mehrere Momente geteilt, und sie würde nicht schlafen, ohne Antworten zu bekommen.

Bodil stand länger als beabsichtigt vor Ulfs Tür; sie wusste, was sie tun und sagen wollte, aber plötzlich war ihr Mut verschwunden. Reiß dich zusammen, sagte sie sich, als sie nach dem Türgriff fasste. Ulf lag auf dem Bett. Seine Kleidung lag neben ihm auf dem Boden verstreut, die Wolldecke war das Einzige, was ihn von der Taille abwärts bedeckte.

Ihn so zu sehen, ließ Bodils Gedanken leer werden. Alles, was sie geplant hatte zu sagen, verschwand aus ihren Gedanken. Taten sagen mehr als Worte, dachte sie. Die Tür hinter ihr mit mehr Kraft als nötig zu schließen, reichte aus, um Ulf auf ihre Anwesenheit aufmerksam zu machen.

»Ist alles in Ordnung?«, fragte er, als er sich aufrichtete.

Bodil sagte kein Wort. Langsam begann sie, ihre Kleidung auszuziehen, wobei sie ihren Blick mit seinem verschränkt hielt. Mit jedem Kleidungsstück, das sie ablegte, wurden Ulfs Augen dunkler. Ihr Puls beschleunigte sich, als seine Augen sich mit Lust füllten und seine Zunge über seine Lippen fuhr. Schließlich, als sie nackt vor ihm stand, erwartete sie, nervös zu sein. Stattdessen fühlte sie sich stark und schön. Sie war etwas größer als Ulf, aber nicht viel. Sie stand da und ließ ihn den Anblick ihrer breiten Hüften, starken muskulösen Beine und ihres vollen, runden Busens in sich aufnehmen.

»Wir sind allein. Wir haben keine Möglichkeit zu wissen, wie die Schlacht gegen die Engländer und Highlander verläuft. Die anderen kehren vielleicht nicht zurück, und der Tod könnte bis zum Einbruch der Nacht zu uns kommen. Alles, was wir haben, ist jetzt, und wir haben von MacTavishs Schloss viel Unerledigtes übrig... Ich bin eine Frau, die immer zu Ende bringt, was sie angefangen hat...«, atmete Bodil und machte langsame Schritte auf ihn zu.

»Steh auf«, befahl sie, und Ulf gehorchte.

Er ließ die Decke zu seinen Füßen fallen und enthüllte den Körper, den sie nicht aus ihrem Kopf bekommen konnte. Ulf stand da und ließ Bodils Augen von Kopf bis Fuß über ihn wandern. Er sog scharf die Luft ein, als sie ihre Hände über seine festen Brustmuskeln und Schultern gleiten ließ. Bodil hatte eine Schwäche für Schultern; es war ein Zeichen von Stärke, und Ulfs Schultern machten sie schwach.

»Setz dich hin«, befahl sie; fasziniert von ihrer selbstbewussten Einstellung, sagte Ulf nichts, als er sich auf das Bett setzte und seine Hände über ihre Hüften gleiten ließ und herum zu ihrem hohen, festen Hintern.

Bodil kletterte auf ihn, spreizte ihre Hüften weit, als sie sich auf seinen Schoß setzte. Ulfs Hände fuhren ihren Rücken hinauf und in ihr Haar, als er ihr Gesicht zu seinem hinunterzog.

»Bist du dir hierbei sicher?«, flüsterte er und hoffte, dass sie jetzt nicht zurückschrecken würde. Er hatte ehrlich begonnen, sich um sie zu sorgen. Und während sein Schwanz danach schmerzte, sie zu spüren, wollte er nur mit ihr zusammen sein, wenn sie es wirklich wollte.

»Ich war mir noch nie bei etwas so sicher«, antwortete sie und küsste ihn sanft, auf seine Reaktion wartend.

Er öffnete seinen Mund, hieß sie willkommen, ihre Zungen tanzten, kämpften mit Leidenschaft. Bodil griff nach unten und nahm ihn in ihre Hand, führte ihn in sich ein. All das Warten hatte dazu geführt, dass ihre Säfte auf ihn tropften, was zu einem zufriedenen Stöhnen führte, als er sie ausfüllte.

Er hatte mehr Umfang als Grom, und sie liebte es, wie Ulf jeden

Teil von ihr ausfüllte. Sie begann, sich langsam an seiner Länge auf und ab zu bewegen, zunächst langsam, wobei sie ihre Augen auf seinen hielt und zusah, wie die Leidenschaft in seinen Augen wuchs. Die langsame Geschwindigkeit war eine Qual für sie beide. Bodil musste mehr spüren, sie erhöhte ihr Tempo, und Ulf umfasste ihre Pobacken und half ihr, auf und ab zu steigen, während sie bei jeder Bewegung keuchten und knurrten.

Bodil kratzte an seinem Rücken, als sie spürte, wie der Druck zwischen ihren Beinen wuchs und stärker wurde, während der Geruch ihres Schweißes und ihres Geschlechts die Luft füllte. Bodil stöhnte in Ulfs Ohr, als er mit seiner Zunge über ihre Brustwarzen glitt, die Empfindung verstärkte ihre wachsende Ekstase. Schließlich wurde es zu viel, um es zu ertragen, und sie schrie seinen Namen, als sie um ihn herum zerbrach. Sie bog ihren Rücken durch und klammerte sich um Ulf, was ihn zum Stöhnen brachte, als sie zitterte, Wellen durch jeden Teil ihres Körpers rollten und den Schmerz in ihren Muskeln linderten.

Ihre Beine zitterten unter ihr, ihre Muskeln tanzten. Sie blickte zu Ulf zurück, der sie angrinste, seine Augen von Verlangen benebelt. Bodil kletterte herunter und kniete sich zwischen Ulfs Beine, ihre Hände glitten über seine Oberschenkel, während sie ihren Blick auf seinen gerichtet hielt. Sie beugte sich hinunter und nahm ihn in ihren Mund, schmeckte das Ergebnis ihrer Lust, das auf ihm glänzte. Ulf ließ seinen Kopf zurückfallen, als er nach dem Gefühl ihres Mundes um ihn herum keuchte, die Art, wie ihre Zunge rollte und neckte. Dann legte er eine Hand auf ihren Hinterkopf und stieß mit den Hüften, seine eigene Ekstase war nicht weit entfernt.

»Bei allen Göttern, Frau«, stöhnte er, sein Atem kam kurz und schnell.

Bodil stöhnte tief in ihrer Kehle; die Vibrationen, die von ihr zu Ulf rollten, reichten aus, um ihn über die Kante zu stoßen, als er ihren Mund mit seinem eigenen Vergnügen füllte. Bodil schluckte ihn hinunter und leckte sich die Lippen, als sie auf die Füße kam, ihre Beine zitterten immer noch unter ihr.

»Du bist etwas ganz Besonderes, Frau«, gluckste Ulf.

Ohne ihr eine Chance zu geben zu antworten, stand er auf, wickelte ihre Arme um seine Hüften und legte sie unter sich auf das Bett. Ulf konnte sie beide schmecken, als er ihre Lippen küsste, sie küsste, bis sie beide atemlos waren. Sein Bart kitzelte ihre Brust, als er seinen Mund ihren Hals hinunter, über ihr Schlüsselbein und über ihre Brust laufen ließ. Als er ihre Brust in seinen Mund nahm, stöhnte Bodil. Ihre Stöhner wurden lauter, als er ihre Beine weit spreizte und seine Finger über sie rollte, sie neckte, bis ihre Lust wieder zu wachsen begann. Bodil unterdrückte ein Kichern, als sein Bart ihren Bauch kitzelte, während er seine Küsse zwischen ihren Brüsten hinunter zu ihrem Bauch, zu ihren Hüften wandern ließ, bis sein Gesicht zwischen ihren Schenkeln war.

Bodil blickte nach unten und sah, wie Ulf ihr denselben fleischlichen, urtümlichen, von Begierde erfüllten Blick schenkte, den sie ihm geboten hatte. Mit verschränkten Blicken drehte er seinen Hals, neckte sie, als er ihren Oberschenkel küsste, was sie springen und stöhnen ließ, als er sanft in ihren Oberschenkel biss und kleine rote Flecken hinterließ.

»Ich werde nicht aufhören, bis ich deine Stimme meinen Namen schreien höre, so laut, dass es jeden Teil dieses Schiffes erreicht«, sagte Ulf, seine Stimme hatte einen tiefen, gefährlichen und lustvollen Ton.

Ulf spreizte ihre Schenkel weiter auseinander und rollte seine Nase durch den kleinen Fleck dunkler Haare. Seine Zunge begann mit langsamen, neckenden Leckbewegungen, die Bodil quälten, bis sie das Gefühl hatte, nicht mehr aushalten zu können. Jedes Mal, wenn sie kurz davor war zu explodieren, hörte Ulf auf. Es war wahnsinnig, aber auf bestmögliche Weise.

»Ulf, bitte«, flüsterte sie.

»Was hast du gesagt?«, fragte er mit einem Lächeln der Freude auf seinen Lippen.

»Bitte, Ulf, ich kann nicht noch mehr Neckerei ertragen. Ich brauche dich zu...«

»Dich meinen Namen schreien lassen?«

»Ja, bei den Göttern und ganz Asgärd, ja!«, rief sie.

Ulf schob zwei dicke Finger in sie hinein, bog sie und streichelte ihr Inneres in einem langsamen, verlockenden Tempo, während seine Zunge über die empfindliche Knospe tanzte, die nach Erlösung schrie.

Bodil keuchte und japste, ihre Hände glitten durch Ulfs Haar und hielten ihn an Ort und Stelle.

»Ulf...«, flüsterte Bodil.

»Lauter«, sprach er gegen sie, die Vibrationen seiner tiefen Stimme sendeten Wellen durch sie.

Spannung baute sich in ihrem Bauch auf, als sie seinen Namen stöhnte, nur um jedes Mal, wenn sie stöhnte, mit einem weiteren Chor von »Lauter« beantwortet zu werden.

»Oh Götter, Ulf!«, schrie sie, am Rande der Herrlichkeit taumelnd.

Schließlich gewährte Ulf ihr die Erlösung, um die sie gebeten hatte, schloss seinen Mund um sie, saugte an ihrer schmerzenden Knospe und schickte Bodil in einen Bereich der Ekstase, den sie noch nie zuvor gefühlt hatte. Er saugte härter, als ihre Hüften zuckten, bis er ihre Lust auf seiner Zunge schmecken konnte.

»Ich bin noch nicht fertig mit dir«, grinste er und kroch zu ihr hoch, während sie nach Luft schnappte.

»Tu mit mir, was du willst; ich habe viel zu viel Spaß, um jetzt aufzuhören«, grinste Bodil.

ENDE

AILSA: AUF DER SPUR DER RÄUBER DES KÖNIGS

HEISSER HISTORISCHER WIKINGERROMAN

PROLOG

Bisher war die Reise zum Punkt erfolglos gewesen, ein totaler Fehlschlag. Die Einheimischen weigerten sich zu reden und mieden die Wikinger bei jeder Gelegenheit, einige spuckten sogar in ihre Richtung. Um die Sache noch schlimmer zu machen, kamen Ulf und Bodil mit der Nachricht eines bevorstehenden Angriffs an. Der Morgen nahte und ließ Leif kaum Zeit zum Ausruhen. Leif versammelte die anderen und machte einen Plan für den Morgen. Coline sollte im Gasthaus bleiben, da ihr Bein noch heilen musste. Ulf und Bodil waren nicht glücklich darüber, dass sie bei dieser Schlacht zusehen sollten, aber Leif wusste, dass es das Beste war.

Nach ihrem Gespräch bereitete sich die Gruppe auf den Kampf vor, aber Leif konnte kaum denken. Er brauchte Zeit für sich. Seine Gedanken rasten, und Selbstzweifel schlichen sich ein. Er fühlte sich nicht wie ein Anführer; die gesamte Mission war von Anfang an ein Durcheinander gewesen. Sie waren der Entdeckung des Verstecks des Jarls kein Stück näher gekommen und ihnen gingen schnell die Hinweise aus.

Leif war es gewohnt, von zu Hause weg zu sein. Expeditionen waren sein Leben. Irgendetwas an dieser Expedition fühlte sich anders an. Zum ersten Mal wurde Einsamkeit zu seinem ungebetenen Freund. Seine Kameraden zu sehen, die alle die Liebe fanden, verstärkte nur seinen Schmerz. Er hatte sich nie Sorgen gemacht, jemanden zu finden. Liebe war nichts, wonach er gesucht hatte, aber Einsamkeit ist eine grausame Emotion. Wenn er seine Mannschaft betrachtete, ihr Lachen hörte und die Frauen sah, die in den Armen seiner Männer lagen, juckte es ihn unter der Haut. Ruhelos und frustriert beschloss er, einen Spaziergang zu machen, um seinen Kopf freizubekommen.

Leif fühlte sich am besten am Meer. Das Meer repräsentierte Freiheit, endlose Möglichkeiten und Abenteuer. So lange auf dem Landweg zu reisen, wie er es auf dieser letzten Mission getan hatte, half nicht gerade dabei, wie er sich jetzt fühlte. Als das Rauschen der Wellen seinen Namen rief, konnte er das Gefühl nicht abschütteln, dass jemand oder etwas mit ihm reiste. Die Einsamkeit spielte ihm Streiche.

Der Himmel wurde dichter mit Nebel. Und die Luft fühlte sich schwer an, wie es immer vor einem Sturm der Fall war. Die Wellen schlugen gegen das Ufer. Leif hatte den perfekten Platz ausgesucht, um das Meer zu bewundern. Ein Felsen ragte vom Rand der Klippe hervor und bildete einen Balkon über dem Wasser. Das Spiegelbild des Mondes tanzte auf dem Wasser. Das Geräusch der Wellen war wie ein Lied in seinen Ohren, ein Wiegenlied, das ihn beruhigte.

»Ich möchte nur das Richtige tun. Meine Männer schützen, meine Befehle an den König erfüllen und mein Land schützen. Wann ist diese Expedition so schwierig geworden?«, sprach Leif zu sich selbst. Oder zu den Göttern? Zum Meer? Er wusste es nicht. Aber es hatte geholfen.

»Ein Krieg? Es wäre sinnlos. Unzählige Unschuldige würden sterben, und wofür? Geld? Es ist unsinnig. Ich muss an meine Familie und meine Freunde denken. Wie kann ich am besten das Schlimmste verhindern? Bitte führe meine Hand im Kampf und hilf mir, meine Männer gut zu führen«, seufzte Leif, stand da und beobachtete die Wellen.

Der Horizont wurde langsam heller, als der Morgen nahte. Aber die Sonne würde ihr Gesicht noch für ein paar Stunden nicht zeigen. Leif drehte sich um und beschloss, dass es Zeit war, zum Gasthaus zurückzukehren, obwohl er wusste, dass er nicht viel, wenn überhaupt, Schlaf bekommen würde. Leif konnte eine Präsenz spüren. War es eine führende Hand der Götter, die sein Gebet beantwortete? Er wusste es nicht.

Als er sich dem Gasthaus näherte, war er sich des Schattens, der ihm dicht auf den Fersen folgte, nicht bewusst.

KAPITEL
EINS

Ailsa McCannon schritt unruhig in den Schatten des Gasthauses auf und ab. Bis zur Morgendämmerung waren es noch einige Stunden; der Regen, der sich zurückgehalten hatte, hatte nun eingesetzt. Ein sanfter Nieselregen. Das Geräusch war wohltuend für die Ohren und beruhigend für die Seele. Der Wikinger, dem sie gefolgt war, war vor einer Weile in sein Zimmer zurückgekehrt, und sie hatte immer noch keine Ahnung, was sie als Nächstes tun sollte.

Sie hatte überlegt, was zu tun sei, seit die Wikinger in ihrem Dorf angekommen waren. Sie hatte eine Vorgeschichte mit Wikingern. Aber etwas in ihr hatte sich verändert, nachdem sie diesen einen belauscht hatte, wie er am Rand der Klippen mit den Wellen sprach. Seine Worte hallten immer wieder in ihrem Kopf nach, während sie ihren Kopf gegen die Wand lehnte und die sanften Regentropfen ihr Gesicht streicheln ließ, und sie entschied, was zu tun sei.

Sie schlüpfte um die Seite des Gasthauses herum und schlich hinein. Die Seitentür war selten abgeschlossen, und sie war froh zu sehen, dass dies auch jetzt wieder der Fall war. Der Eingang führte in den Flur direkt unter der Treppe, versteckt hinter einer weiteren Tür, die zum Speisesaal führte. Sie konnte noch immer das leise Gemurmel von ein oder zwei Gästen hören, die tranken und sich unterhielten.

Alle Zimmer im Obergeschoss waren belegt. Als sie draußen war, hatte sie bemerkt, in welchem Fenster Licht brannte, als ihr Wikinger ankam. Sie schloss die Augen und folgte ihrer inneren Karte des Gasthauses. Als sie sicher war, dass sie die richtige Tür vor sich hatte, griff sie in ihre Tasche und holte ihre bewährten Werkzeuge heraus, um das Schloss zu knacken.

Eine falsche Bewegung oder ein lautes Drehen des Schlosses, und sie wäre umzingelt. Wenn einer der Kameraden dieses Wikingers beschließen würde, einen frühen Morgenspaziergang zu machen, würde man sie auf frischer Tat ertappen. Sie atmete tief ein und beruhigte ihre zitternden Hände, während ihr Herz tief in ihrem Hals schlug. Sie betete zu allen Göttern, dass sie das Richtige tat, als sie langsam und leise hineinschlüpfte.

Behutsam schloss sie die Tür hinter sich und nahm den Raum in Augenschein. Alles schien in Ordnung. Die Kerze am Fenster warf ein sanft tanzendes Licht durch den Raum. Von den Schatten her nahm sie an, dass der Wikinger auf seinem mit Stroh bedeckten Bett schlief. Sie war schon früher in diesem Zimmer gewesen; sie wusste, welche Bodendielen knarrten und knackten. Als sie einen langsamen Schritt nach links machte, um das Bett herum, wusste sie, dass es zu spät war.

Sofort sprang der Wikinger aus den Schatten, packte sie von hinten und warf sie aufs Bett. Sie drehte sich um, bereit, sich zu wehren, aber sie war viel zu langsam; er bedeckte ihren Körper mit seinem und hielt sein Messer an ihre Kehle.

»Wer bist du? Warum verfolgst du mich?«, verlangte er zu wissen.

KAPITEL
ZWEI

Leif hatte länger gewartet als erwartet, bis derjenige, der ihm folgte, seinen Zug machen würde. Er hatte ihre Anwesenheit bemerkt, sobald er das Wasser verlassen hatte. Als er ihre Präsenz spürte und die leisen Schritte hörte, hatte er erwartet, dass sein Verfolger ein Mann wäre, ein Späher für die Engländer. Jetzt, während Leif über seinem Angreifer saß, war er überrascht, seine Klinge an der Kehle einer wunderschönen Frau zu finden.

Wie immer, wenn er in Gegenwart solcher Schönheit war, reagierte sein Körper wie von selbst. Es war viel zu lange her, seit er die zärtliche Berührung, liebevolle Umarmung und Wärme eines Frauenkörpers unter sich gespürt hatte. Dennoch konnte er sich nicht einen Moment lang ablenken lassen. Sie war immer noch eine Bedrohung. Und er brauchte Antworten.

Sie war klüger, als er ihr zugetraut hatte. In den Augenblicken, in denen er die Reaktion seines Körpers registrierte, hatte er sich ablenken lassen, und sie bemerkte es sofort und nutzte den Vorteil. Als er eine Frau unter sich sah, bewegte er seine Klinge von ihrer Kehle weg und gab ihr genug Raum, ihren Arm um seinen zu schlingen. Sie drückte gegen ihn, drehte ihn um und warf ihn vom Bett. Sie sprang auf ihre Füße und rannte zur Tür. Leif versuchte, ihr Bein zu packen, um sie aufzuhalten, aber sie war zu geschickt. Leif war entschlossen, sich nicht von diesem Eindringling überlisten zu lassen. Sie hatte noch immer Fragen zu beantworten.

Leif sprang auf seine Füße, warf sich über die andere Seite des Bettes und erreichte die Tür vor ihr. An dem erstaunten Blick auf ihrem Gesicht konnte Leif erkennen, dass er ein viel besserer Krieger war, als sie erwartet hatte. Er nahm sich ein Blatt aus ihrem Buch und nutzte ihren Moment der Ablenkung zu seinem Vorteil.

Er packte sie und drehte sie herum, damit sie seinen nächsten Zug nicht sehen konnte. Im Bewusstsein, dass andere auf ihren Kampf aufmerksam werden könnten, legte er seine Hand über ihren Mund. Sie kämpfte gegen seinen Griff an, aber Leif war viel stärker als sie, und ihr Kampf verstärkte nur seinen Griff. Sie war eine Kämpferin, stark und definiert. Leif ließ seine Hände ein wenig wandern und bewunderte frei den Ton und die Muskeln ihres Körpers, die Glätte ihrer Haut und wie sie sich in seinen Armen anfühlte. Schnell riss er sich aus seiner Ablenkung und verstärkte seinen Griff.

»Machen Sie keinen Laut. Wenn Sie versprechen, nicht zu schreien, werde ich Ihnen meinen Namen nennen, um zu zeigen, dass ich Ihnen nichts Böses will. Ich bin derjenige, den sie Leif nennen. Ich werde Sie gehen lassen, aber erst, wenn Sie meine Fragen beantwortet haben. Nicken Sie, wenn Sie verstehen«, knurrte Leif ihr ins Ohr.

Die Frau in seinen Armen hörte auf, sich gegen ihn zu wehren, und nickte sanft ihre Zustimmung. Langsam nahm Leif seine Hand weg.

»Wer sind Sie und warum sind Sie hier?«, fragte Leif.

»Ich bin eine Hure; ich habe einfach das falsche Zimmer. Es tut mir leid, dass ich Sie gestört habe. Kann ich jetzt bitte gehen, bevor mein Gönner denkt, ich hätte meine Meinung geändert«, antwortete Ailsa.

Vorzugeben, eine Frau zu sein, die ihren Körper verkauft, war eine Ausrede, die Leif noch nie gehört hatte. Er bewunderte ihre Kühnheit, aber Leif war kein Narr. Die restlichen Zimmer im Gasthaus waren von seinen Männern belegt, und sie alle hatten eine Frau in ihren Betten.

»Netter Versuch. Meine Männer belegen den Rest dieses Gasthauses, und keiner von ihnen schläft allein. Ich habe auch noch nie eine

Hure gesehen, die sich kampfbereit kleidet oder die ein Schloss knacken kann«, antwortete Leif.

»Sie schmeicheln mir. Ich kleide mich so, um den Dänen zu gefallen, die diese Länder eingenommen haben. Ich wurde angeheuert, das Bett eines Paares zu wärmen. Haben Sie so etwas noch nie erlebt? Vielleicht kann ich, wenn ich fertig bin, eine meiner Freundinnen rufen, und wir können es Ihnen zeigen«, flüsterte sie und bewegte ihre Hüften gegen ihn, wobei sie seine Reaktion spürte.

»Versuchen Sie es noch einmal. Prostitution wurde in meinem Land vor Jahren verboten. Wir nehmen an solchen Aktivitäten nicht teil. Wenn ein Däne mit einer Frau zusammen ist, ist sie aus freiem Willen da, nicht weil sie bezahlt wird«, argumentierte Leif.

»Mit Respekt, Sie sind nicht in Dänemark. Sie sind an den Ufern Englands. Vielleicht wollen Ihre Männer lokale Bräuche ausprobieren«, argumentierte Ailsa zurück.

Leif lachte tief und dunkel in ihr Ohr. Sie war keine so gute Lügnerin, wie sie dachte, aber er mochte, wie sie auf ihrer Lüge bestand und wie sie ihre Hüften rollte, um ihn zu überzeugen.

»Ich bin ein geduldiger Mann, aber Sie strapazieren meinen letzten Nerv. Ich habe Ihnen gesagt, dass ich Ihnen nicht schaden werde, und ich beabsichtige, mein Wort zu halten. Alles, was ich verlange, ist, dass Sie mir die Wahrheit sagen. Ich werde nicht noch einmal fragen. Wer sind Sie? Und warum folgen Sie mir?«, forderte Leif.

Tief seufzend entspannte sich die Frau in Leifs Griff. »Mein Name ist Ailsa McCannon, und alles, was ich suche, sind auch Antworten.«

»Antworten auf was?«, fragte Leif sanft.

Ailsa griff in ihr Kleid und zog eine lange Silberkette um ihren Hals hervor. An der Kette hing eine kleine Brosche, die normalerweise von einem Mann getragen wurde, um seinen Umhang zu halten. Leif griff danach und hielt sie näher an das Kerzenlicht, um einen besseren Blick zu haben. Bei näherer Betrachtung konnte er erkennen, dass sie dänisch war.

»Woher haben Sie das?«, fragte Leif und erkannte, dass er diese Brosche schon einmal gesehen hatte.

»Es gehörte meinem Vater«, antwortete Ailsa.

KAPITEL
DREI

Das war das Letzte, was Leif am Vorabend einer Schlacht erwartet hatte oder brauchte. Er ließ Ailsa los und öffnete die Brosche, wobei er eine weitere Kerze anzündete, um sie besser betrachten zu können. Während er die Nadel untersuchte, hielt sich Ailsa in seiner Nähe auf, sichtlich nervös, dass sie die Nadel nicht zurückbekommen würde. Leif war nun sicherer denn je, dass er die Nadel kannte, basierend auf der Handwerkskunst, dem Material und der Verzierung.

»Ich kenne diese Handwerkskunst. Sie gehört zu denen, die in direktem Dienst des Königs stehen«, sagte Leif.

Leif griff nach dem Tisch neben der Kommode. Er nahm seine eigene und zeigte sie Ailsa. Die beiden Nadeln waren fast identisch, wobei Leifs viel neuer war. Ailsa nahm sie ihm zögernd ab und untersuchte sie genau, wobei sie etwas vor sich hin murmelte, was Leif nicht hören konnte. Er beobachtete sie aufmerksam im Kerzenlicht. Da bemerkte er es.

Er sah zum ersten Mal ihr rötlich-blondes Haar und wie sich ihr Akzent verändert hatte, als sie Dänisch sprach. Sie war eine Highlanderin, aber auch eine Dänin.

»Es tut mir leid, dass ich Ihnen nicht weiterhelfen kann. Diese Nadeln sind häufig genug. Und von Ihrem Alter her glaube ich nicht, dass ich wüsste, wem sie gehört haben könnte«, Leif nahm seine Nadel zurück.

»Wenn Sie auch eine haben, müssen Sie doch andere kennen, die dem König in der Vergangenheit gedient haben. Fällt Ihnen nicht ein Name ein, von jemandem, der zu diesen Ufern reiste, bevor er nach Hause zurückkehrte?«, fragte Ailsa.

»Es tut mir leid. Viele haben diese Küsten lange vor der Gründung der Siedlung überfallen. Aber ich weiß wenig von jemandem, der seine Nadel... oder ein Baby zurückgelassen haben könnte«, Leif schüttelte sanft den Kopf.

Ailsa sah fast zu Tränen gerührt aus; sie hielt an so viel Hoffnung fest, dass sie endlich die Antworten bekommen könnte, nach denen sie sich sehnte. Als sie Leifs starren Blick bemerkte, richtete sie sich auf, ihr Gesicht verhärtete sich sofort.

»Danke, ich entschuldige mich für die Störung. Gute Nacht«, Ailsa nickte und wandte sich zum Gehen.

Leif fühlte mit ihren Tränen. Er erkannte den Mut, den es sie gekostet hatte, jemanden aus seiner Gruppe zu konfrontieren. Leif und seine Männer waren groß, muskulös und einige der wildesten Krieger im Dienst des Königs; ihr Anblick war oft einschüchternd. Der Gedanke an die Feindseligkeit, die er und seine Männer seit ihrer Ankunft am Point erfahren hatten, brachte Ailsa zusätzliche Punkte für ihren Mut ein.

»Ich bitte Sie zu verweilen, Ailsa. Ich bewundere Ihren Mut, angesichts der Feindschaft zwischen Wikingern und Highlandern. Ich bin immer bereit zu lernen. Würden Sie mir erklären, woher Sie solchen Mut nehmen?«, fragte Leif.

Sie hielt an der Tür inne, ihr Gesicht war immer noch hart wie Stein, und sie drehte sich nur leicht zu ihm um.

»Die Männer, die vor Ihnen hier waren, waren grausam...«, antwortete Ailsa.

»Die Männer des Jarls?«, fragte Leif.

Ailsa nickte, bot aber keine weiteren Details an; es war für Leif offensichtlich, dass es ein Thema war, auf das sie nicht näher eingehen wollte.

»Wenn also die Männer des Jarls so grausam waren, warum fühlten

Sie sich sicher genug, mir zu folgen? Ich könnte für alles, was Sie wissen, genauso grausam sein.«

Ailsa bot ein kleines Lächeln an, das kaum ihre Lippen berührte.

»Sie sind kein grausamer Mann. Ein Mann, der so ernsthaft zu den Göttern betet vor einer Schlacht, der um Führung bittet, um das Richtige zu tun, ist ein guter Mann. Das weiß ich«, sagte sie und schlüpfte aus der Tür.

KAPITEL
VIER

Ailsa machte sich auf den Heimweg, zu dem Zuhause, das sie mit ihrer Mutter teilte. Ein privater kleiner Ort, den die umliegenden Dörfer vergessen hatten, ein Ort, der ihr Sicherheit und Privatsphäre bot. Ailsa versuchte, an ihre Mutter zu denken, während sie in Richtung Dorfmitte ging; alles, was sie tat, tat sie, um ihrer Mutter zu helfen.

Doch je weiter sie sich von dem Wikinger entfernte, desto mehr erinnerte sich ihr Körper an seine Berührung. Als er sie fest an sich gedrückt hatte, waren seine Hände auf Wanderschaft gegangen. Obwohl er es nicht beabsichtigt hatte, waren seine Finger unter ihren Ausschnitt geglitten und hatten ihre Brüste gestreift. Ihre Haut kribbelte noch immer bei der Erinnerung.

Sie konnte sein Gewicht noch immer auf sich spüren, wie er sie kontrollierte und über ihr schwebte. Selbst als ihr Bewusstsein sich daran erinnerte, wie sein Körper darauf reagierte, dass sie unter ihm lag, war es ihr egal, dass er ihr ein Messer an die Kehle hielt. Obwohl es einschüchternd war, fühlte sie keine Bedrohung, als ob er ihr niemals schaden würde.

Die Art, wie sein Atem ihren Hals streichelte, das tiefe Grollen in ihrem Ohr, als er mit ihr sprach. Sie konnte seinen Duft noch immer an ihrer Kleidung riechen.

Sie blieb stehen und ließ ihre Hände über die Stellen wandern, die seine Finger berührt hatten. Sie griff nach ihrem Kragen, hob ihn an ihre Nase und sog seinen Duft tief ein. Es sandte einen Schauer über ihren Rücken. Ailsa konnte sich nicht erinnern, wann ihr Körper zuletzt so auf einen Mann reagiert hatte. Mit einem Verlangen in ihrem Bauch wollte sie zu ihm zurückkehren. Ailsa wüsste nicht, was sie sagen sollte, wenn sie dort ankäme. Sie lächelte bei der Erinnerung daran, wie er ihre Lügen durchschaute. Wie hatte sie jemals geglaubt, sie könnte ihn überzeugen, dass sie eine Hure sei? Er war viel zu klug dafür.

Er war so sanft mit ihr gewesen. Er hätte grober sein können, gefährlicher. Er war nicht wie die anderen Wikinger, denen sie begegnet war. Er war größer, mit Armen so dick wie Baumstämme; sie erinnerte sich an das Gefühl seiner Brust an ihrem Rücken, wie seine Hüften sich unwillkürlich näher an sie gepresst hatten. Leif. Die Art, wie er seinen Namen fast knurrte, sein Klang an ihrem Ohr. Sie fragte sich, wie es sich anfühlen würde, wenn sie ihn in den Wogen der Ekstase über ihre Zunge rollen ließe.

Sie stand da und ließ diese Gedanken sie ablenken, als ein Reiter ins Dorf galoppierte. Erschrocken versteckte sie sich im Schatten, beobachtete und folgte ihm dicht. Sie kannte den Reiter nicht. Er trug komplett schwarz ohne erkennbare Banner, die Kapuze seines Umhangs tief ins Gesicht gezogen, sein Gesicht verbergend. Es war viel zu nah an der Morgendämmerung, dass jemand mit solcher Dringlichkeit ins Dorf ritt. Etwas stimmte nicht.

Ailsa schlich durch die Schatten, blieb weit genug zurück, dass der Reiter sie nicht sehen würde, aber nah genug, um ihn nicht aus den Augen zu verlieren. Schließlich hielt der Reiter vor dem Haus des Häuptlings an.

Wer könnte den Häuptling zu solch einer Stunde aufsuchen? dachte Ailsa.

Sie schlich am Pferd des Reiters vorbei und bemühte sich besonders, es nicht zu erschrecken, damit es nicht seinen Reiter auf ihre Anwesenheit aufmerksam machte. Auf Zehenspitzen schlich sie um das Haus herum und suchte nach einem Weg, hineinzuschleichen.

Stimmen verrieten ihr, dass der Reiter sich mit dem Bürgermeister unterhielt. Panisch duckte sie sich unter das Fenster und lauschte.

»Eure Informationen haben sich als unschätzbar erwiesen«, sagte eine Stimme.

»Ich freue mich, dass ich behilflich sein konnte. Wann wird der Rest Eurer Streitkräfte hier eintreffen?« drängte die andere Stimme, die Ailsa als die des Bürgermeisters erkannte.

»Sie werden in Kürze hier sein. Sorgt Euch nicht, Herr. Dieses Wikingergesindel wird für Euer Dorf keine Sorge mehr darstellen.«

Ailsa blieb in den Schatten und wartete, bis der Reiter das Dorf verließ. Zuerst versuchte sie herauszufinden, was der Reiter gemeint hatte. Dann, als sie an den Gasthof zurückdachte, wurde ihr etwas klar; eine Tatsache, die sie mit Grauen erzittern ließ, das sich in ihrer Magengrube zusammenballte.

Der Gasthof war unheimlich still gewesen. All die anderen Male, als sie sich hineingeschlichen hatte, war er voller Leben. Menschen versammelten sich entweder in der Speisehalle oder an der Bar. Normalerweise tummelten sich die Leute drinnen und draußen, doch es war keine Menschenseele zu sehen gewesen.

Es war leer. Der Gasthof ist nie leer. Normalerweise ist dieser Ort voller Reisender und Einheimischer. Wo waren alle? Wer war der Reiter? fragte sich Ailsa. *Es ist eine Falle!*

Ailsa wusste nicht warum, denn sie kannte den Wikinger nicht einmal, aber sie konnte nicht einfach untätig bleiben, wenn sie wusste, was sie wusste. Ihr Instinkt setzte ein, und sie rannte zurück zum Gasthof. Sie musste Leif warnen.

KAPITEL
FÜNF

Leif besaß eine verborgene Gabe; es war dieselbe Gabe, die ihn warnte, wenn ihm jemand folgte. Er wusste nie genau, was dieses Gefühl auslöste – ein Ziehen im Bauch, ein Zucken im Ohr oder eine Veränderung des Windes –, aber er vertraute immer seinem Bauchgefühl, wenn es sich meldete. In diesem Moment sagte ihm sein Bauchgefühl, dass er und seine Männer in eine Falle getappt waren.

Er betrachtete die Lage objektiv. Auf ihren Reisen hatten sie in zahlreichen Gasthäusern übernachtet, genau wie in jenem, in dem er sich heute Nacht befand. So viele Gasthäuser, dass er den Überblick verloren hatte, doch alle hatten eine Gemeinsamkeit: Egal zu welcher Nachtzeit, sie waren immer voller Leben. Heute Nacht war das Gasthaus jedoch viel zu still; selbst als er vom Ufer zurückkehrte, hatte er keine Menschenseele gesehen.

Er hatte Revna und Toke als Wachen zurückgelassen. Nichts entging ihnen, also wie hatte Ailsa an ihnen vorbeikommen können? Das Gasthaus war klein. Es gab nicht viele Verstecke. Von seiner Zimmertür aus hatte er einen freien Blick auf den gesamten zweiten Stock; es war unmöglich, dass sie unbemerkt vorbeigekommen sein konnte.

Während er noch versuchte, es herauszufinden, hörte er

jemanden vor seiner Tür. Leif blies die Kerzen aus und tauchte den Raum in Dunkelheit. Dann stellte er sich mit gezogenem Messer hinter die Tür und wartete auf den Eindringling. Die Tür öffnete sich langsam, und eine Gestalt trat über die Schwelle. Sofort packte er die Gestalt und drückte sie gegen die Tür, die mit einem lauten Knall zufiel.

»Kein Wort. Wenn du dich bewegst, schneide ich dir die Kehle durch!«, knurrte Leif leise.

Seine Hände tasteten die Person unter seiner Kontrolle ab. Kurven, straffe Muskeln, ein knackiger Hintern. Kurven, die er wiedererkannte. Seine Hände wanderten höher, suchten nach einer Waffe. Brüste? Er hatte eine Ahnung, wer es war, dennoch konnte er sich nicht davon abhalten, sie zu betasten. Seine Haut kribbelte, als er hörte, wie ihr Atem schwerer wurde.

»Ailsa?«, fragte er in die Dunkelheit.

»Kennst du noch andere Huren, die Schlösser knacken können?«, scherzte sie.

»Ich denke, wir haben bereits festgestellt, dass du keine Hure bist.«

»Aber ich könnte eine sein«, neckte sie, »ich scheine immer wieder in deinen Armen zu landen... oder unter dir festgenagelt.«

Leif sagte nichts, momentan sprachlos von ihrem Witz. Er lächelte nicht oft, war aber dankbar für die Dunkelheit des Raumes, damit sie sein Gesicht nicht sehen konnte oder wie er versuchte, sein Lachen zu unterdrücken.

»Ist das eine Axt an deiner Hüfte, oder freust du dich einfach, mich wiederzusehen?«, scherzte sie erneut.

Leif konnte nicht ignorieren, wie sein Körper immer auf sie zu reagieren schien. Ihr Witz wurde nun zum Problem; ihre Worte und was sie andeuteten, hatten ebenfalls eine Wirkung. Leif fehlten die Worte, aber er konnte sich auch nicht dazu bringen, sich von ihr zurückzuziehen. Ailsa verstummte, ihr Atmen war das einzige Geräusch im Raum.

»Wenn du aufhören würdest, in mein Zimmer einzubrechen, würdest du vielleicht nicht in meinen Armen landen«, sagte Leif schließlich mit rauer Stimme.

»Wo bliebe denn da der Spaß?«, summte Ailsa und bewegte ihre

Hüften zur Antwort, wobei sie ihre Aktionen vom früheren Abend nachahmte.

»Wenn ich es nicht besser wüsste, würde ich sagen, du versuchst, dich in Schwierigkeiten zu bringen«, flüsterte Leif.

Schwierigkeiten! Das Wort zwang Leif, sich daran zu erinnern, woran er gedacht hatte, bevor Ailsa aufgetaucht war.

Er senkte erneut sein Messer und steckte es sicher in seinen Gürtel.

»Warum bist du zurückgekommen?«

»Ein Reiter ist in die Stadt gekommen. Ich habe ein Gespräch mitgehört. Du und deine Männer seid in einer Falle«, keuchte Ailsa und erinnerte sich, warum sie so hastig zurückgelaufen war.

»Weck die anderen, aber sei leise. Keine Kerzen; lass niemanden, der vielleicht wartet, wissen, dass wir wach sind«, befahl Leif.

»Was wirst du tun?«

»Ich habe zwei meiner besten Leute als Wachen zurückgelassen. Ich begann mich zu fragen, wie du an ihnen vorbeikommen konntest.«

»Ich habe beide Male, als ich eingebrochen bin, keine Wachen gesehen.«

»Ich werde nach ihnen suchen. Sei vorsichtig beim Wecken der anderen. Wenn ein Angriff bevorsteht, müssen wir schnell handeln.«

Ailsa schlüpfte aus dem Zimmer, während Leif zusah. Sein Magen verkrampfte sich erneut und verursachte ein Stechen in seinem Herzen, als Zweifel an ihr in seinem Kopf aufstiegen. Wie konnte sie so leicht passieren? Was, wenn sie eine Spionin für die Engländer war? Oder schlimmer noch, was, wenn sich die Highlander und die Engländer erneut verbündet hatten?

Seine Zweifel ließen etwas nach, als er sich daran erinnerte, dass sie keine Waffe hatte. Sie hatte den größten Teil ihrer Bekanntschaft in seinen Armen oder unter ihm verbracht, und seine Hände hatten sie bei ihrer ersten Begegnung überall abgetastet. Wenn sie eine Waffe gehabt hätte, hätte sie sie gezogen, oder er hätte ihre Umrisse gespürt, so nahe, wie sie beieinander waren. Er glaubte nicht, dass sie jemanden verletzen könnte oder würde; sie hatte die Möglichkeit gehabt, ihm zu schaden, als sie ihn vom Bett warf, aber dennoch hing ein schwerer Verdacht in der Luft.

Während Ailsa langsam die anderen weckte, ging Leif nach unten, um nach Toke und Revna zu suchen. Der Verdacht gegenüber Ailsa wurde stärker, als er sich zum hinteren Teil der Taverne begab und Revna bewusstlos am Boden fand; Blut verklebte eine kleine Stelle in ihrem Haar. Von Toke fehlte jede Spur. Er untersuchte Revna und war erleichtert festzustellen, dass ihre Verletzung nicht allzu schlimm war. Sie würde sich erholen, und mögen die Götter demjenigen helfen, der sie angegriffen hatte, denn sie würden die volle Wucht ihres Zorns zu spüren bekommen.

KAPITEL
SECHS

Die anderen waren verwirrt darüber, wer Ailsa war, aber als sie hörten, dass Leif sie geschickt hatte, befolgten sie ihren Befehl. Leif ordnete eine Durchsuchung des Gasthauses an. Leider hatte derjenige, der Toke mitgenommen hatte, keine Spuren hinterlassen. Kein Kampf, keine Fußabdrücke; es war unheimlich.

Revna kam endlich zu sich und schüttelte ihren Bruder Sven ab, der darauf bestand, sie zu umsorgen, als wäre sie ein Kind.

»Ich habe Ihnen gesagt, mir geht es gut! Warten Sie nur, bis ich herausfinde, wer das getan hat. Ich werde die volle Kraft der Walküre auf ihre Köpfe niederbringen!«, tobte Revna und spuckte vor Wut.

»Beruhigen Sie sich, sonst alarmieren Sie jeden, der auf uns wartet«, beschwichtigte Sven.

»Sollen sie doch kommen! Ich will, dass sie kommen, damit ich ihnen die Wirbelsäulen herausreißen und ein paar Schädel zertrümmern kann. Wenn Toke in irgendeiner Weise verletzt wird, wird der Rotblut-König nichts im Vergleich zu dem Chaos sein, das ich entfessele«, tobte Revna weiter.

»Rotblut-König?«, flüsterte Ailsa zu Leif.

»Ein König aus der Legende. Er war dafür bekannt, vom Blutrausch in den Wahnsinn getrieben worden zu sein. Er tötete so viele, dass seine eigenen Männer ihn stürzen mussten, um ihn zu stoppen«, antwortete Leif.

Revna lief auf und ab; niemand konnte sie beruhigen. Ihre Augen bohrten sich tief in Ailsa, und Ailsa wusste, dass sie ihr nicht traute.

»Woran können Sie sich erinnern?«, fragte Sven.

»An nichts! Wer auch immer sich an mich herangeschlichen und mich niedergeschlagen hat!«, spuckte Revna.

»Was glauben Sie, ist mit Toke passiert? Es gibt keine Anzeichen für einen Kampf. Glauben Sie, er ist demjenigen gefolgt, der Sie angegriffen hat?«, fragte Ulf.

»Was, wenn er entführt wurde? Sie könnten Sie für Erpressung benutzt haben«, nickte Ailsa in Richtung Revna.

»Wie bitte?«, knurrte Revna, blieb abrupt stehen und ballte die Hände an ihren Seiten zu Fäusten.

»Wenn sie dachten, er würde sich sorgen, haben sie ihm vielleicht gesagt, er müsse mitgehen, oder sie würden Sie verletzen«, schluckte Ailsa, plötzlich nervös unter Revnas wütendem Blick.

»Und wer genau sind Sie?«, fragte Revna und ging langsam auf Ailsa zu.

»Mein Name ist Ailsa McCannon...«

»Und warum sind Sie hier?«, knurrte Revna.

»Genug, Revna, wir haben keine Zeit dafür«, warnte Leif.

Es dauerte einige Momente, bis Revna sich entspannte, aber sie gehorchte Leifs Befehl, behielt Ailsa jedoch genau im Auge.

»Ich schlage vor, wir verlassen dieses Gasthaus vor dem Morgengrauen. Nutzen wir die Dunkelheit, um zu entkommen.«

»Welcher Teil von *uns* beinhaltet *Sie*?«, schnappte Revna.

»Warum sollten wir gehen? Wir gehen nirgendwohin ohne Toke«, sagte Sven.

»Ich finde es seltsam, wie diese hier anscheinend viel darüber weiß, was hier vor sich geht, während wir nichts über Sie wissen«, brummte Ulf.

Die Gruppe begann langsam, Ailsa einzukreisen und eine Mauer zu bilden, von der sie wusste, dass sie keine Hoffnung hatte, an ihr vorbeizukommen.

»Warum sind Sie so erpicht darauf, dass wir gehen? Warum so

begierig, dass wir unseren Waffenbruder zurücklassen? Haben Sie die Angewohnheit, Ihre eigenen Leute im Stich zu lassen?«, warf Arne ein.

Ailsa sah Leif um Hilfe an, aber sein eigener Verdacht wuchs, als die anderen ihre Fragen auf sie einprasseln ließen. Was Ailsa in seinen Augen zu sehen erwartete, war Mitgefühl oder Einfühlungsvermögen. Immerhin war sie zurückgekommen, um ihn zu warnen. Doch alles, was sie sah, war eine steinerne Mauer, die alles verbarg, was vorher dort gelegen haben mochte.

»Wie schaffen Sie es, so leicht ins Gasthaus rein- und rauszukommen? Sie sind an zwei unserer Besten vorbeigekommen«, starrte Arne.

»Als ich ankam, stand niemand Wache. Niemand sieht mich je; ich bin unsichtbar«, antwortete Ailsa. »Ich habe mein ganzes Leben im Dorf verbracht. Wenn man genug Zeit an einem Ort verbringt, bemerkt man das Kommen und Gehen der Leute. Das Gasthaus ist nicht so groß; es ist leicht, unbemerkt ein- und auszugehen«, plapperte Ailsa.

»Ich glaube kein Wort von dem, was sie sagt. Ich denke, sie ist eine Spionin«, knurrte Sven.

»Nein! Nein! Das bin ich nicht!«, geriet Ailsa plötzlich in Panik und hatte das Gefühl, nicht atmen zu können, umringt von solch mächtigen Kriegern, ohne Fluchtmöglichkeit und ohne sich verteidigen zu können.

»Meine Tür war abgeschlossen, als Sie das erste Mal kamen. Dennoch haben Sie es geschafft, sie zweimal zu öffnen, und haben sich sogar vor wenigen Augenblicken mit Ihren Fähigkeiten im Schlösserknacken gebrüstet«, sagte Leif.

Ailsa musterte die Gesichter, die auf sie herabstarrten, alle eine Mischung aus Überraschung, Misstrauen und Wut. Zum ersten Mal fühlte sie, dass sie in Gefahr war, und der einzige Ausweg war die Wahrheit.

»In Ordnung, ja, ich gebe auf. Ich bin so etwas wie eine... Diebin. Ich hatte keine Wahl, es ist nichts, worauf ich stolz bin, aber ich tue, was ich kann, um zu überleben. Es ist der einzige Weg, den ich kenne, um zu überleben, seit ich laufen konnte. Ich bin sehr gut darin, ungesehen an Orte zu gelangen und sie wieder zu verlassen. Ich bin Ihnen gefolgt, als Sie in die Stadt kamen, und keiner von Ihnen hat es bemerkt... Nun, außer Leif heute Abend«, gestand Ailsa und befürchtete, dass sie mit der Wahrheit mehr Schaden als Nutzen angerichtet hatte.

»Toll, eine Diebin. Schlimmer als eine Spionin. Wir können ihr nicht trauen!«, schnappte Revna und versuchte, sich durch die Gruppe zu Ailsa durchzudrängen, aber Sven und Ulf hielten sie zurück.

»Ich stimme Revna zu. Allerdings ist unsere Mission viel zu wichtig. Wir haben viel zu viel riskiert, um zu riskieren, eine Diebin in unserer Mitte zu haben«, warnte Arne.

Ailsa sah mit flehenden Augen zu Leif hinüber. Bettelte um Hilfe. Leif beobachtete sie sorgfältig, als ihm ein Gedanke kam.

»Sie könnte uns immer noch nützlich sein. Wenn sie unbemerkt ein- und ausgehen kann, kann sie uns auch zeigen, wie das geht. Sobald wir draußen sind, können wir richtig nach Toke suchen, ihn finden und unseren Angriff planen«, schlug Leif vor.

Die Gruppe stritt unter sich; keiner vertraute Ailsa, besonders wenn es um den Schatz des Jarls ging.

»Genug! Ich bin hier der Kommandant! Sie müssen ihr nicht vertrauen, aber Sie müssen mir vertrauen und meinen Befehlen gehorchen!«, knurrte Leif und brachte die Gruppe zum Schweigen.

»Ailsa, beweisen Sie mir, dass mein Urteil nicht falsch ist. Bringen Sie Coline in Sicherheit«, sagte Leif.

»Ich werde mit ihr gehen! Nur zur Sicherheit«, trat Bodil vor. »Ich habe geschworen, sie zu beschützen, und bis diese Mission abgeschlossen ist, beabsichtige ich, dieses Versprechen zu halten.«

Ulf richtete sich auf, seine Augen strahlten vor Stolz für seine Frau. Arne entspannte sich ein wenig, wissend, dass Bodil Coline beschützen würde; ihm hatte die Idee nicht gefallen, dass Ailsa mit Coline weggehen sollte, besonders da ihr Bein noch heilte.

KAPITEL
SIEBEN

»Folgt mir«, sagte Ailsa und ging aus dem Gasthaus hinaus.

Keiner aus der Gruppe machte Anstalten, sich zu bewegen; alle tauschten Blicke aus und warteten auf die Reaktion ihrer Kameraden. Dann richteten sich alle Augen auf Leif. Leif verdrehte die Augen und folgte Ailsa, dicht gefolgt vom Rest seiner Mannschaft.

Aus dem Gasthaus hinauszuschleichen hatte sich als einfacher Teil erwiesen. Die anderen davon zu überzeugen, dass sie sie nicht in eine Falle führte, war eine ganz andere Aufgabe. Außerhalb des Gasthauses führte Ailsa sie um die Rückseite der Scheune herum, die als Vorratslager diente. Es war der schnellste und einfachste Weg, ins Dorf zu gelangen, ohne gesehen zu werden.

Hinter dem Gasthaus war das Dorf dicht mit Hütten verschiedener Größen und Formen bebaut. Im Laufe der Jahre waren Menschen aus anderen Dörfern zur Landzunge gezogen, und das Dorf war schnell gewachsen. Niemand hatte erwartet, dass es so wachsen würde. Infolgedessen standen die Häuser eng beieinander und bildeten ein Labyrinth rund um den Dorfplatz.

Den Wikingern beizubringen, sich leise zu bewegen und die Bewohner nicht zu alarmieren, war keine leichte Aufgabe. Sie durch die engen Zwischenräume zu bekommen, war noch schwieriger. Thyra und Revna führten die Gruppe an. Obwohl sie kräftiger gebaut waren als die durchschnittliche Frau, meisterten sie die engen Räume mit Leichtigkeit und gaben den anderen hinter ihnen einen klaren Blick auf den besten Weg.

»Das ist lächerlich. Warum schleichen wir uns herum wie Kinder?«, beschwerte sich Ulf.

»Weil wir nicht wissen, ob euer Feind gerade das Dorf durchkämmt, um euch zu finden, und zum neunten Mal: Sei still!«, antwortete Ailsa.

Sie und Leif folgten der Gruppe von hinten, eingekeilt zwischen den engen Lücken zwischen den Häusern und Leif und Arne. Ailsa hatte sich noch nie so gefangen gefühlt, gleichzeitig aber auch so sicher. Es war ein seltsames Gefühl, mit dem sie nichts anzufangen wusste.

»Der Dorfplatz liegt direkt vor uns. Dort könnt ihr euch freier bewegen. Von dort aus ist es viel einfacher, zur Küste zu gelangen«, beharrte Ailsa.

Knistern, Knallen und der Geruch von Rauch erregten die Aufmerksamkeit von Leif und Ailsa. Als sie sich umdrehten, weiteten sich Leifs Augen. Ailsa hatte recht gehabt, sie waren in einer Falle, und wenn sie noch länger geblieben wären, um zu streiten, hätten sie es vielleicht nicht lebend herausgeschafft. Sie sahen zu, wie das Gasthaus in Flammen aufging.

»Halt! Seht!«, befahl Leif.

»Bei den Göttern«, keuchte Ulf.

Die Gruppe hielt an, um die Szene zu betrachten; selbst aus der Entfernung zwischen dem Gasthaus und dem Platz waren Gestalten zu erkennen, die sich vor den Flammen bewegten. Bewaffnete Soldaten bewachten jeden Ausgang und warteten auf jeden, der zu entkommen versuchte.

»Sie denken immer noch, wir sind drinnen«, flüsterte Revna.

»Sie warten auf einen Kampf«, erwiderte Sven mit Freude und Schalk in der Stimme.

»Dann lasst uns ihnen geben, wofür sie gekommen sind«, sprach Thyra.

Ailsa stand wie erstarrt vor Schreck. Als sie zu den Flammen hinüberblickte, sah sie eine kleine Armee von mindestens zwanzig Mann. Ihre Gruppe bestand nur aus sieben Personen, sie selbst eingeschlossen, und sie war keine Kämpferin.

»Ihr denkt doch nicht daran, zurückzugehen?«, fragte sie.

»Warum nicht?«, schnappte Revna.

»Ihr seid in der Unterzahl, da sind mindestens zwanzig, und das sind nur die Soldaten, die wir sehen können. Wer weiß, wie viele noch darauf lauern, einzugreifen«, geriet Ailsa in Panik.

»Wir haben schon viel größere Truppen mit weitaus weniger Männern besiegt, und außerdem sind sie abgelenkt, weil sie nach uns suchen. Also enttäuschen wir sie nicht. Mach dir keine Sorgen, kleine Taschendiebin. Wir verlangen nicht von dir, dass du kämpfst«, sagte Ulf.

Ailsa schaute zu Leif hinüber, ihre Augen flehten ihn an, vernünftig zu sein, aber sie wusste, dass es ein verlorener Kampf war. Auch er teilte die Gedanken der Gruppe, und Wut kochte in seinen Augen.

»Wir haben schon viel größere Truppen besiegt. Ailsa, du bleibst hier. Alle anderen folgen mir. Zeigen wir diesen Narren, was passiert, wenn man Wikinger unterschätzt«, befahl Leif.

Ailsa sah mit Erstaunen zu, wie die Gruppe an ihr vorbeidrängte, ihre Waffen zog und zurück in Richtung der Flammen marschierte.

KAPITEL
ACHT

Ailsa beobachtete, wie die Gruppe zur Taverne zurückkehrte. Sie überlegte wegzulaufen, was die Wikinger noch misstrauischer machen würde, dass sie etwas verbarg. Schließlich, nach einigen Minuten des Nachdenkens, folgte Ailsa der Gruppe, blieb jedoch weit genug zurück, um nicht involviert zu werden. Im Schutz der Schatten sah sie zu, wie die Gruppe sich lautlos bewegte und im Dunkeln herumschlich, genau wie sie es ihnen kurz zuvor beigebracht hatte. Ihr Moment des stillen Stolzes verging schnell, als sie ein leises Gurgeln von links hörte. Sie folgte dem Geräusch und beobachtete, wie Thyra einen Soldaten von hinten packte und ihm die Kehle durchschnitt, bevor er die anderen alarmieren konnte.

Ailsas Blick wanderte weiter und sie sah, wie Revna ihre Axt in den Schädel eines Mannes versenkte. Die Wikinger erledigten so viele Männer so leise wie möglich, bevor einer der britischen Soldaten auf sie stieß und seine Kameraden mit einem Schrei alarmierte.

Plötzlich versammelten sich alle Truppen um sie herum, um die Wikinger in die Falle zu locken. Ailsa war gleichzeitig erstaunt, beeindruckt und entsetzt über die Fähigkeiten der Wikinger. Sie hatte schon zuvor Wikinger getroffen, aber keiner hatte sich mit der Flüssigkeit, Anmut und Präzision bewegt wie diese.

Ulf erledigte drei Männer, indem er zwei mit seinem Breitschwert aufspießte und seine Axt in das Gesicht eines dritten schleuderte. Arne und Revna kämpften gegen sechs Soldaten, machten sich über sie lustig, verhöhnten sie, bevor sie sie niederschlugen. Sven war nicht von Thyras Seite gewichen; Ailsa hatte schnell erkannt, dass sie seine Frau und er ihr Mann war. Es war offensichtlich, dass Thyra Svens Schutz nicht brauchte. Sie war genauso stark und gerissen, unterbrach sogar mitten im Kampf für einen schnellen, adrenalingeladenen Kuss, bevor sie einem Mann, der Sven angriff, den Kopf sauber vom Hals trennte.

Ailsa war fasziniert von ihren Fähigkeiten, ihrem Selbstvertrauen und wie mühelos sie so viele Soldaten besiegten. Ailsa war eine geschickte Diebin und hatte ein Talent dafür, unbemerkt überall ein- und auszusteigen, doch sie hatte nie die Notwendigkeit oder Anleitung gehabt, wie man sich im Kampf behauptet. Sie hoffte, dass Revna ihr irgendwann genug vertrauen würde, um sie zu unterrichten. Mit Revnas und Thyras Kampffähigkeiten und ihrer Fähigkeit, mit den Schatten zu verschmelzen, wäre sie unaufhaltsam.

Zu ihrer Überraschung fand sie das Adrenalin, die Angst und die Blutgier seltsam erregend. Ihr Atem beschleunigte sich, ihr Puls raste, und unbewusst wanderten ihre Hände über ihren Körper. Als sie spürte, wie sich ihre Brustwarzen unter ihrer Berührung verhärteten, wanderte ihr Blick zu der letzten Person, deren Hände dort gewesen waren: Leif.

War es der berauschende Rausch eines Kampfes? Oder war es, weil er so nett zu ihr gewesen war, als die anderen ihr fast zu Tode erschreckt hatten? Sie wusste es nicht. Aber eines wusste sie: Während der Kampf tobte, kämpfte ihr Herz für Leifs Sicherheit.

Gerade in diesem Moment stürmte ein großer Mann mit einem runden Bauch und grauen Haaren, der viel zu alt und unfit für den Kampf aussah, auf Leif zu. Ailsa vermutete aufgrund seiner Rüstung und des Umhangs auf seinem Rücken, dass er der britische Kommandant war. Leif wich mit einem Seitenschritt aus und schnitt dabei einem Mann, der sich von der anderen Seite näherte, den Bauch auf.

»Hier drüben! Sie sind hier drüben!«, kam ein Schrei von der anderen Seite der Taverne.

Ailsa sah, wie eine Gruppe von Soldaten herumrannte, um sich dem Kampf anzuschließen; eine Reihe von vier Bogenschützen entzündete ihre Pfeile mit Flammen. Angst und Schrecken erfüllten Ailsa. Sie wollte helfen, wusste aber, dass sie wahrscheinlich gefangen genommen, getötet oder schlimmer noch, jemand anderen durch ihren Einsatz in den Tod schicken würde. Während der Kampf tobte, dachte sie erneut daran zu fliehen, konnte sich aber nicht losreißen, bis sie wusste, dass Leif in Sicherheit war.

Männer schrien vor Schmerz, als sie in die Flammen gestoßen wurden. Thyra hatte kurzen Prozess mit den Bogenschützen gemacht, während die anderen den Rest der Truppen erledigten. Ailsa war beeindruckt. Obwohl sie so stark in der Unterzahl waren, hatte sie die Wikinger für dumm gehalten, weil sie ihre Emotionen die Oberhand gewinnen ließen; stattdessen hatten sie triumphiert.

»Sie werden es sich zweimal überlegen, bevor sie versuchen, uns wieder zum Narren zu halten«, jubelte Ulf.

Der übermäßig dicke britische Kommandant versuchte weiterhin, gegen Leif zu kämpfen, der bei jedem Angriff aus dem Weg tanzte, lachte und seine Torheit verspottete, bis der Mann zu müde war, um sein Schwert zu heben. Keuchend, mit rotem Gesicht und schwitzend von der Hitze der Flammen, die hinter ihm noch immer loderten, hörte der Kommandant auf zu kämpfen. Aber selbst Ailsa wusste, dass es nur eine Fassade war, als er sein tapferstes Gesicht vor den Wikingern aufsetzte, und der Mann zitterte.

»Das? Das ist das Beste, was die Briten zu bieten haben? Ich fühle mich beleidigt, dass sie diesen Schweinekerl geschickt haben, um zu versuchen, uns zu töten. Wo wäre die Ehre, durch seine Hand zu sterben?«, knurrte Leif und packte den Mann am Kragen.

Leif hob den Mann mit Leichtigkeit hoch, bis seine Zehen kaum noch den Boden berührten, und verlangte Antworten, feuerte Frage um Frage auf ihn ab. Der Mann wand sich in Leifs Griff, schüttelte den Kopf und weigerte sich zu antworten.

»Wo ist Toke? Was haben deine Männer mit ihm gemacht?«, brüllte Revna.

Ailsa hörte das Grollen von Hufen und ihr Kopf schnappte in Richtung des Geräusches. Verstärkung kam, und es waren viel mehr als die vorherige Gruppe. Ailsas Herz sprang ihr in den Hals. Sie wusste, dass sie handeln musste. Aus den Schatten springend, zur Überraschung der meisten in der Gruppe, stieß sie sich an Revna vorbei, die versuchte, ihr den Weg zu versperren, und machte eine Beeline zu Leif.

Sie packte seine Schulter und versuchte, seine Aufmerksamkeit zu bekommen, aber sein Zorn brannte in den Mann, der unter seinem Griff langsam lila anlief.

»Wir müssen gehen. Verstärkung kommt«, beharrte Ailsa.

»Ich brauche Antworten«, knurrte Leif.

»Und die werden Sie bekommen, aber nicht hier; wir müssen gehen«, bestand Ailsa härter darauf und zog an seiner Schulter, ohne Erfolg.

»Sie hat recht, Pferde, viele davon, sie werden uns bald erreichen«, warnte Thyra.

»Ich habe ein Versteck, das ich benutze. Niemand weiß davon. Wir werden dort sicher sein«, informierte Ailsa sie.

»Welcher Teil von *wir* beinhaltet *dich*? Du bist keine Wikingerin! Du bist nicht eine von uns!«, schnappte Revna, die Ailsa immer noch nicht traute.

»Ihr Verdacht und Misstrauen sollten sich gegen Ihren Feind richten. Kommen Sie jetzt, ich bin nicht Ihr Feind«, schnappte Ailsa zurück, zunehmend gereizt von Revna.

»Wir sind Wikinger. Wir ziehen uns nicht zurück, und ich gehe nirgendwohin, ohne Toke zu finden.«

»Wir müssen schnell eine Entscheidung treffen«, warnte Thyra.

»Wo ist dieses Versteck?«, fragte Arne.

»Es ist ein geheimer Ort; ich habe ihn noch nie jemandem gezeigt. Es ist groß genug für uns alle. Ich kann Sie dorthin bringen.«

»Nein! Nicht ohne Toke«, beharrte Revna.

»Sei nicht so stur, Revna. Wir haben eine Geisel. Lass uns ihr folgen. Im schlimmsten Fall haben wir am Ende der Nacht zwei Geiseln«, grinste Ulf.

»Sie werden nie herausfinden, was mit Ihrem Freund passiert ist...«

»Er ist nicht nur ein Freund«, schnappte Revna.

»Wenn Sie hier sterben, werden Sie ihn nie finden«, sagte Ailsa langsam.

»Leif?«, fragte Revna, »Was ist dein Befehl?«

»Wir gehen mit Ailsa«, antwortete Leif.

KAPITEL
NEUN

Außerhalb des Dorfes, nahe der Küste, ragte das Land ins Wasser hinein. Und das Land um die felsige Kante erhob sich hoch die Klippe hinauf. Dies war der eigentliche Point; nicht das Dorf darunter. Hoch auf dem Grat standen die Ruinen einer alten Burg. Sie galt als Heimsuchungsort für Geister der Vergangenheit, ein Gerücht, das zum Aberglauben wurde. Ailsa war nur zu glücklich, die Leute solche Folklore glauben zu lassen. Mauern lagen in Trümmern, und Steine fielen von den alten Türmen, wenn der Wind zu stark wurde. Aber für Ailsa war es ein Zuhause.

Die meisten Gebäudeteile waren zerstört, bis auf die große Halle, einige Schlafzimmer, den Kerker unter der Festung und einen Teil des zentralen Turms. Zu ihrer Überraschung war es für die Wikinger ein viel kürzerer Weg in die Sicherheit, und sie waren dankbar, da mehr britische Truppen ins Dorf ritten, um nach ihnen zu suchen. Wie Bluthunde durchsuchten sie ein Haus nach dem anderen in der Hoffnung, diejenigen zu finden, die ihre Männer getötet hatten.

Bei der Ankunft in der Burg dirigierte Ailsa Leif, Ulf und Arne in den Kerker, wo sie ihren Gefangenen befragen konnten, ohne einen Aufruhr zu verursachen. Es war ein langsamer Beginn. Die Männer sprachen nicht viel Englisch, und der britische Kommandant sprach kein Dänisch. Aber Leif und die anderen würden sich davon nicht aufhalten lassen.

Thyra und Revna folgten Ailsa in den unteren Teil des Turms. Sie schauten sich überrascht um und lächelten über das Zuhause, das Ailsa aus etwas gemacht hatte, das in Trümmern lag. Wandteppiche hingen an den Wänden, und die Einrichtungsgegenstände sahen alle aus, als wären sie mit hervorragender Handwerkskunst gefertigt worden. Es war gemütlich, intakt und sagte viel darüber aus, wer Ailsa war.

»Du hast diesen Ort zu einem wunderschönen Zuhause gemacht«, sagte Revna und strich über die Kanten eines Wandteppichs mit einem weißen Pferd auf einer Wiese.

»Danke.«

»Das nehme ich gerne an. Bei mir ist sie nicht so schnell aufgetaut«, zwinkerte Thyra.

»Lebst du hier allein?« fragte Revna.

»Nein, ich lebe mit meiner Mutter, Robyn.«

Wie auf Stichwort kam Ailsas Mutter herein und war überrascht, Thyra und Revna zu sehen. Als Ailsa die Panik in ihren Augen bemerkte, erklärte sie schnell die Situation, und Robyn wurde weicher. Sie war glücklich, dass Ailsa endlich ein paar Freundinnen hatte. Eilig lief sie in die Küche und kehrte mit einem großen Topf Eintopf zurück, froh, die Frauen umsorgen zu können. Robyn war eine hervorragende Menschenkennerin, und als Ailsa sah, wie sie Revna beruhigte, entspannte sie sich ein wenig.

»Wie seid ihr beide hier gelandet?« fragte Thyra, während sie genüsslich Brot in ihren Eintopf tunkte.

Ailsa blickte zu ihrer Mutter hinüber und nickte, dass es in Ordnung sei zu reden. Robyn lächelte, setzte sich Revna und Thyra gegenüber und nahm einen Schluck ihres Getränks, bevor sie ihre Geschichte erzählte.

»Vor dreiundzwanzig Jahren ging ich am Ufer entlang und fand einen schönen, großen und hellhaarigen Mann. Er hatte Schiffbruch erlitten. Ich brachte ihn in mein Dorf und bot ihm einen Platz zum Bleiben an, während er sein Schiff reparierte. Es dauerte nicht lange, bis das Schiff repariert war, aber mein Sven war geblieben. Er war ein guter Mann, und wir verliebten uns hoffnungslos ineinander«, sprach Robyn liebevoll, die Liebe zu ihrem Wikinger war noch immer in ihren Augen und in der Art, wie sie lächelte, wenn sie seinen Namen sagte.

»Es war zu meinem Nachteil, dass ich mich in einen so guten Mann verlieben sollte. Er war so freundlich, sanft, rücksichtsvoll und mutig. Ich nahm an, dass alle Wikinger wie er waren. Ich hatte vorher noch nie einen getroffen. Aber mein Dorf hatte eine Geschichte mit Wikingern, die mir nicht bewusst war; sie verstießen mich, weil ich ihn liebte.«

»Was hast du getan?« fragte Thyra, gefesselt von der Geschichte.

»Es gelang mir, sie zu überzeugen, dass Sven anders war. Als er zu dem, was er als kurzen Ausflug bezeichnete, aufbrach und nie zurückkehrte... erfuhr ich, dass ich schwanger war. Ich wurde beschämt, verspottet und von meiner Familie abgeschnitten. Meine Familie galt als sehr angesehen, also kehrte mir auch der Rest des Dorfes den Rücken zu«, erklärte Robyn und wischte sich eine verirrte Träne aus dem Auge.

Selbst nach all diesen Jahren war es immer noch ein Thema, das so viel Schmerz in sich trug. Die Wunde schnitt tief und hinterließ eine tränende Narbe, die nie zu heilen schien.

»Ich hatte nirgendwo hin, also nahm ich hier Unterkunft. Ich verdiente Geld mit verschiedenen Nebenjobs, Kleiderreparaturen, Kräutersammeln usw. Ich arbeitete, bis es nicht mehr ging. Dann reiste ich in ein Nachbardorf, um Ailsa zur Welt zu bringen, und kehrte zurück, sobald ich dazu in der Lage war.«

Ailsa ging zu ihrer Mutter hinüber, legte ihre Arme um ihre Schultern und drückte sanft einen Kuss auf ihre Stirn.

»Als ich alt genug war, tat ich, was ich konnte, um uns beide zu unterstützen. Ich sah Reisende, die vom Markt stahlen; da wusste ich es. Ich wurde eine Diebin.«

»Sie hat nie mehr genommen, als sie für geschuldet hielt«, meldete sich Robyn zu Wort, als fühlte sie die Notwendigkeit, die Handlungen ihrer Tochter zu verteidigen.

»Geschuldet?« fragte Revna.

»War es nicht die Verantwortung des Dorfes, sich um Witwen und Waisen zu kümmern?« antwortete Ailsa.

»Ich denke, du hast recht«, sagte Revna und kehrte zu ihrem Essen zurück.

Robyn seufzte schwer. Aber es war ein Seufzer der Sehnsucht, ein Seufzer des Erinnerns an etwas mit großer Zuneigung und Liebe.

»Mein Sven, er war eine Schönheit, wisst ihr. Daher hat mein Liebling ihre Augen«, sinnierte Robyn, kniff Ailsa ins Kinn und lächelte zu ihr hoch.

»Das Dorf mied mich, weil sie die Geschichten von plündernden Wikingern gehört hatten. Aber egal, wie oft ich ihnen sagte, dass Sven nicht wie die anderen war, gaben sie ihm nicht einmal eine Chance. Ich sehe dieselbe Freundlichkeit und Loyalität in euch beiden«, Robyn schaute zwischen Thyra und Revna hin und her.

»Mein Sven war nicht wie diese schrecklichen Wikinger, die mein Dorf fürchtete, und ganz anders als die Monster, die die Markierungen an der Tür geschnitzt haben.«

Ailsa war so in die Geschichte ihrer Mutter über ihren Vater vertieft gewesen, dass sie Leif nicht bemerkt hatte, der hereingekommen war. Sie wurde sich seiner Anwesenheit erst bewusst, als er gegen einen Stuhl stieß. Er war müde und frustriert, und an der Art, wie er den Topf in der Mitte des Tisches ansah, konnte sie erkennen, dass er hungrig war. Sie fragte sich, wie viel von der Geschichte ihrer Mutter er gehört hatte.

KAPITEL
ZEHN

Ulf, Arne und Sven gesellten sich zu ihnen im Raum. Während Robyn alle ablenkte, indem sie sich beeilte, das Essen aufzutragen, rannte Leif herum und packte Ailsa. Er zerrte sie durch die Tür hinaus auf den Flur, sein Griff verstärkte sich, was Ailsa zum Wimmern brachte und sie an seiner Hand kratzen ließ.

»Wovon hat sie geredet?«, verlangte Leif zu wissen und schüttelte ihren Arm, wobei sich seine Fingernägel in ihre Haut bohrten.

»Hast du vor, immer so grob mit mir zu sein?«, neckte sie ihn.

Sie musste zugeben, dass sie mehr als ein bisschen erregt war von Leifs Kontrolle über sie – oder war es einfach Leif im Allgemeinen?

»Die Markierungen? Wo sind sie?«, forderte Leif und ignorierte ihren Kommentar.

»Es sind nur ein paar Kratzspuren an der Tür. Ich bin überrascht, dass du sie nicht gesehen hast, als wir ankamen. Sie sind ziemlich tief ins Holz eingeritzt.«

»Zeig sie mir«, befahl Leif.

Sie gingen durch die Halle und eine kleine Treppe hinunter in Richtung der großen Halle, wo sie ihm die Markierungen zeigte. Sie waren in die Tür zur großen Halle und in die Tür am Haupteingang der Burg eingeritzt worden. Beide Markierungen waren identisch; er fuhr mit den Fingern über die Zeichen. Sein Puls raste. Das war der Hinweis, nach dem sie gesucht hatten.

»Das sind Runen. Sie zeigen einen Namen...«

»Welchen Namen?«, fragte Ailsa.

»Halfden«, knurrte Leif leise.

Vorfreude, Sehnsucht und Frustration durchströmten Leif. Dann, ohne nachzudenken, packte er in einem Anfall Ailsa an den Schultern und schüttelte sie ziemlich heftig.

»Haben sie etwas hinterlassen?«

»Leif, du bist wie verrückt, und du tust mir weh«, beschwerte sich Ailsa.

Er lockerte seinen Griff, aber nicht den wahnsinnigen Blick in seinen Augen.

»Haben sie etwas vergraben?«

Ailsa trat erschrocken einen Schritt zurück. Sie keuchte: »Woher wusstest du das?«

»Sie haben es also getan. *Wo*!?«

»In der Nacht, als sie ankamen und wir gezwungen wurden, ihnen zu dienen. Sie sagten, dass sie meine Mutter und mich töten würden, wenn wir es nicht täten. Ich konnte einer Vergewaltigung nur entgehen, indem ich ein großes Schnitzmesser in meiner Kleidung versteckt hielt. Aber ja, als sie dachten, ich würde schlafen, hörte ich etwas in der großen Halle.«

»Hast du etwas gesehen?«

»Niemand kennt diese Hallen so gut wie ich. Ich schlich mich hinaus und beobachtete sie von einem der zerfallenen Türme oben. Als sie schließlich gingen, versuchte ich, es auszugraben, aber der Stein war zu schwer.«

Der Schatz des Jarls war also doch hier. Alles hatte funktioniert. Leif erlaubte sich zum ersten Mal seit seiner Ankunft an diesen Ufern, den Rausch des Erfolgs zu spüren.

»Wo?« Er wurde ihr gegenüber wieder sanfter.

»In der großen Halle. Unter dem Heizstein. Um ehrlich zu sein, hatte ich zu viel Angst, nachzusehen. Sie sagten, sie würden zurückkommen.... Leif....Leif«, rief Ailsa ihm nach, als er an ihr vorbei in die große Halle rannte.

Ulf, Sven und Arne waren auf der Suche nach Leif hinausgegangen. Der Kommandant hatte versucht zu fliehen und sich dabei einen ziemlich üblen Nasenbruch zugezogen, als Revna ihm einen Faustschlag mitten ins Gesicht verpasste.

»Leif, was sollen wir mit ihm machen? Leif.... Leif.... wohin geht er?«, fragte Sven und schleifte den Gefangenen hinter sich her.

Ailsa und die Männer rannten, um mit Leif Schritt zu halten. Von der Tür aus beobachtend, versuchten Ulf und Arne beide herauszufinden, was los war, aber Leif ignorierte jede Frage. Stattdessen suchte er den Kamin nach einem Stein ab, der aussah, als wäre er kürzlich umgedreht worden. Eine große quadratische Platte befand sich in der Mitte des Bodens direkt vor dem Kamin. Tiefe Kratzspuren lagen an den Rändern, und Staub und Schmutz waren darum verstreut.

»Das ist es«, flüsterte Leif. »Ulf, Arne, helft mir damit«, befahl er.

Er zog sein Schwert vom Gürtel und klemmte es in den Spalt zwischen den Steinen, um genug Druck darunter zu erzeugen, um den Stein anzuheben, damit die anderen ihn greifen konnten. Gemeinsam hoben sie den Stein an, warfen ihn beiseite und zerschlugen ihn in der Mitte. Unter dem Stein befand sich eine große Holztruhe mit den Zeichen des Jarls, die in den Deckel geschnitzt waren.

Sie zogen sie aus dem Loch und rissen schnell den Deckel ab. Es war das Geld, nach dem sie gesucht hatten. Gold glänzte im Licht des Kamins. Alle keuchten überrascht.

»Ich kann es nicht glauben«, hauchte Sven.

»Wir haben es endlich gefunden«, jubelte Ulf.

Plötzlich kämpfte der britische Kommandant gegen Svens Griff an, aber Sven hielt fest. Der Kommandant begann zu schreien – auf Dänisch – zur Überraschung aller im Raum.

»Was hat er gesagt?«, knurrte Leif.

»Es gehört mir! Ich wurde beauftragt, es zu finden! Es ist meins!«, brüllte der Kommandant.

»Na, sieh mal an. Du sprichst also doch Dänisch«, fauchte Revna, die in der großen Halle auftauchte, nachdem sie dem ganzen Lärm gefolgt war.

KAPITEL
ELF

Revna stellte sich dem Kommandanten gegenüber. Nachdem das Geld gefunden worden war, hatten sie keine Verwendung mehr für ihren Gefangenen. Oder zumindest ließen sie ihn das glauben.

»Jetzt, wo wir den Hort des Jarls gefunden haben, kann ich ihn töten?«, knurrte Revna.

»Ich sehe keinen Grund, ihn am Leben zu lassen«, erwiderte Leif.

Revna zog eine Klinge von ihrem Gürtel und hielt sie dem Mann an die Kehle.

»Wartet! Wartet! Ich kann euch helfen, euren Freund zu finden!«, spuckte er panisch hervor.

»Rede! Bevor meine Schwester dir die Zunge herausschneidet«, schüttelte Sven den Mann an den Schultern.

»Wir haben euch und ihn vor dem Gasthaus gesehen. Wir nahmen an, dass er einer der Männer des Jarls war. Als meine Männer dich niedergeschlagen haben, haben wir ihn mitgenommen.«

»Das haben wir bereits herausgefunden«, schnappte Revna.

»Warum habt ihr ihn mitgenommen?«, fragte Ailsa.

Der Kommandant schaute sie verwirrt an: »Warum sonst? Damit er uns zum Gold führen kann.«

Die Gruppe brach in Gelächter aus, ein Lachen, das den Raum

erfüllte und Ailsa zum Lächeln brachte. Es war das erste Mal, dass die Wikinger eine andere Emotion als Wut zeigten. Sie spürte, wie ihr Herz flatterte, als sie Leifs Augen sich kräuseln sah. Sein Lächeln war breit und strahlend, und sie wollte mehr davon sehen. Während seine grimmige, brütende Seite sehr anziehend auf sie wirkte, stellte sie fest, dass ihr diese weichere Seite genauso gut gefiel.

»Ihr habt den falschen Mann erwischt«, kicherte Sven.

»Toke wird eure Männer die ganze Nacht auf eine Schnitzeljagd geschickt haben, nur zum Spaß«, sagte Revna und steckte ihre Klinge zurück in ihren Gürtel. »Sven, Thyra, kommt ihr mit mir, um Toke zu suchen?«

»Aber klar. Ich kann es kaum erwarten zu hören, was er die ganze Nacht getrieben hat«, lächelte Sven und wischte sich eine verirrte Träne aus dem Augenwinkel, die vom heftigen Lachen herrührte.

Sven übergab den Kommandanten an Ulf und Arne und überließ Leif das Zählen des Goldes. Ailsa nahm dies als Zeichen, die Männer in Ruhe zu lassen, und kehrte zum Turm zurück, um mit ihrer Mutter zu Ende zu speisen. Nachdem sie ihrer Mutter beim Aufräumen nach dem Abendessen geholfen hatte, hörte sie die anderen zurückkehren. Sie eilte zum Fenster und beobachtete, wie Revna, Sven und Thyra mit einem noch größer aussehenden Mann als Leif zurückkehrten. Sie lächelten und lachten. Und das wärmte ihr Herz. Sie eilte zurück zur großen Halle und war erfreut zu sehen, dass Leif noch da war. Der Kommandant war an eine Kette gebunden worden und wurde von Arne streng bewacht, falls er wieder zu fliehen versuchte.

»Toke, Bruder! Ich hatte Angst, dein hässliches Gesicht nie wieder zu sehen«, scherzte Ulf, schlug Toke hart auf die Schulter und zog ihn dann in eine feste Umarmung.

»Es braucht mehr als die Briten, um mich nach Walhalla zu schicken, mein Freund«, antwortete Toke.

»Wie habt ihr ihn gefunden?«, fragte Leif, während er seinen Kameraden umarmte.

»Wir haben uns gefragt, wo der dümmste Ort wäre, um nach Gold zu suchen. Also sind wir zum Ufer gegangen, und auf dem Weg dorthin hat Toke uns gefunden«, antwortete Revna, die wie ein ergebener Welpe an Tokes Seite klebte.

»Als ich merkte, dass sie dachten, ich arbeite mit dem Jarl zusammen, ließ ich sie in Unterwasserhöhlen nach versunkenem Schatz suchen«, sagte Toke und hielt plötzlich inne, als sein Blick auf den britischen Kommandanten fiel. »Ich beschloss, mir eine Seite aus ihrem Buch abzuschauen. Ich stellte eine Falle. Eure Männer haben mich unterschätzt. Ich bin ein Wikinger. Ich wurde für das Meer geboren. Ich habe zwölf eurer Männer ertränkt.«

Der Kommandant lehnte sich zurück und schluckte schwer, während Toke über ihm aufragte.

»Schön zu sehen, dass du besser schwimmen kannst als an dem Tag in den Höhlen«, scherzte Sven.

»Das war ein Ausrutscher. Ich schwimme wie ein Fisch. Ich habe es richtig genossen; ich muss öfter schwimmen gehen. Landreisen machen keinen Spaß; ich vermisse die Wellen«, sagte Toke, ging zurück an Revnas Seite und schloss sie in seine Arme.

»Also, was bedeutet das für ihn?«, fragte Ailsa und zeigte auf den britischen Kommandanten.

»Du wirst eine Nachricht überbringen«, grinste Leif. »Du wirst deinem Anführer sagen, dass das Gold des Jarls mit ihm diese Küsten verlassen hat. Es gibt keine Münze für euch; es wird keinen Krieg geben.«

Revna trat vor und legte einen Arm um Ailsas Schultern.

»Wir werden wissen, wenn die Nachricht nicht wie angewiesen überbracht wird. Siehst du diese hier? Sie ist die beste Attentäterin, die du je gesehen hast. Sie kann sich mit den Schatten bewegen; du wirst sie nie kommen sehen. Wenn du die Nachricht nicht Wort für Wort überbringst, wird sie dir im Schlaf die Kehle durchschneiden«, zwinkerte Revna Ailsa zu.

Ailsa war erfreut, dass Revna ihr endlich zu vertrauen schien. Obwohl sie nie eine Neigung zur Blutgier gehabt oder jemals daran gedacht hatte, jemanden zu verletzen, verursachte die Vorstellung, Revnas Fähigkeiten zu besitzen, eine Gänsehaut bei ihr. Der Kommandant schluckte schwer und nickte heftig zustimmend.

»Sag, dass du verstehst«, meldete sich Ailsa zu Wort, mitgerissen vom Moment.

Leif unterdrückte ein Kichern und blieb standhaft.

»Ich verstehe... Wort für Wort... kein Krieg«, stotterte er.

Auf ein Nicken von Leif hin band Arne den Kommandanten los; sobald er auf die Füße kam, stürmte der Kommandant aus der Burg, ohne auch nur einmal zurückzublicken.

»Ich kann nicht glauben, dass wir es gefunden haben. Unsere Mission ist abgeschlossen«, grinste Sven, was die Gruppe in Jubelrufe ausbrechen ließ.

Alles schien geregelt. Sie hatten ihre Mission erfüllt. Robyn, die die Jubelrufe hörte, kam mit einem kleinen Fass Met in die große Halle. Ailsa lief, um ihr zu helfen, während die Feierlichkeiten begannen. Die Expedition war ein voller Erfolg gewesen. Die Götter hatten Leifs Gebete erhört, nur hatte Leif noch eine lose Angelegenheit, die er erledigen wollte, bevor er zum König zurücksegelte.

KAPITEL
ZWÖLF

Alle waren so abgelenkt von den Feierlichkeiten, dass niemand bemerkte, wie Ailsa sich aus der großen Halle stahl. Niemand außer Leif. Er ließ seine Männer zurück, schlich aus dem Raum und folgte Ailsa durch die Gänge. Sie zögerte vor ihrer Tür; Leif nutzte diesen Moment, um sie ein letztes Mal zu schnappen. Er packte sie und wirbelte sie herum, fing sie zwischen der Tür und sich ein.

»Weißt du, ich konnte hören, wie du mir folgst? Du bist schrecklich darin«, grinste Ailsa.

Leif fasste ihre Hände zusammen und hob sie über ihren Kopf.

»Wenn ich so schrecklich bin, warum landest du dann immer in meinen Armen?«, knurrte Leif, während er mit seiner Nase entlang ihres Kiefers fuhr und seine Lippen Küsse auf ihren Hals hauchten.

»Vielleicht mag ich es, in deinen Armen zu sein«, flüsterte Ailsa.

»Ich glaube, du magst die Gefahr«, flüsterte Leif und knabberte an ihrem Ohrläppchen.

»Vielleicht mag ich gefährliche Männer.«

»Ich bin ein sehr gefährlicher Mann«, antwortete Leif.

»Trotz deiner Annahme bin ich eine sehr gefährliche Frau.«

»Daran zweifle ich keine Sekunde«, knurrte Leif.

Ailsa hakte ihr Bein durch Leifs und befreite ihre Hände. Mit einer geschmeidigen Bewegung hatte sie ihre Positionen vertauscht. Jetzt war er derjenige, der von ihr gefangen war. Leif gluckte tief in seiner Kehle.

»Okay, jetzt hast du mich. Was hast du mit mir vor?«

Mit ihren Augen auf seine geheftet, öffnete sie die Tür und schob ihn hinein. Der Raum war klein; nach ein paar gestolperten Schritten fiel Leif aufs Bett. Ailsa drehte sich um, um die Tür zu schließen. Leif sprang vom Bett und drückte sie gegen die Wand.

»Hast du immer vor, so grob mit mir zu sein?«, neckte Ailsa.

Leif trat zurück, nervös, dass er Ailsa verärgert oder verletzt hatte. Sie drehte sich mit einem schelmischen Grinsen und einem Funkeln in den Augen um.

»Hab ich dir gesagt, du sollst aufhören?«

Den Hinweis verstehend, packte Leif sie und zog sie an sich, pflanzte einen Kuss voller aufkeimender Leidenschaft und all seiner aufgestauten Lust. Ailsa befreite sich aus seinem Griff, schlang ihre Arme um seinen Hals und packte Leifs lange, dicke Locken. Zog ihn näher, küsste ihn zurück, ihre Zungen erforschten sich in einem wilden Durcheinander von Erregung.

Leif fuhr mit seinen Händen über Ailsas Schultern, packte den Ausschnitt ihres Kleides und riss es auf. Er drückte Ailsa gegen die Wand, sie schlang ein Bein um seine Hüfte, als er mit seinen Lippen ihren Hals hinunter wanderte und eine ihrer Brüste in seinen Mund nahm. Dann hielt er sie mit einer Hand hoch, schob die andere unter ihren Rock, zog ihn nach oben und ließ seine Finger zwischen ihren Schenkeln gleiten. Ailsa legte ihren Kopf zurück und stöhnte tief, sehnte sich nach mehr seiner Berührung.

Ihre Süße benetzte Leifs Finger; er liebte, wie ihr Körper auf ihn reagierte. Er ließ ihren Rock fallen; sie sah zu, wie er seine Finger zu seinen Lippen führte, seine Zunge um sie wickelte und sie kostete. Es ließ Ailsas Atem schneller werden, und sie spürte, wie ihre Erregung stieg. Sie wollte ihn; sie brauchte ihn in sich.

Sie schob ihn zurück, zerrte an seinen Kleidern, aber sie war nicht so stark wie er. Er lächelte sie an und entledigte sich schnell seiner Kleider, während Ailsa daran arbeitete, die zerrissenen Überreste ihres Kleides zu entfernen. Ailsa wusste, dass Leif ein starker Mann war, aus

Muskeln gebaut. Aber sie keuchte, als sie ihn nackt vor sich sah. Sanft fuhr sie mit ihren Händen über seine Brust, seinen Bauch hinunter, ließ ihre Finger seine Bauchmuskeln nachzeichnen, bevor sie ihre Finger um den dicken, hervorstehenden Muskel zwischen seinen Beinen schloss.

Leif sog scharf die Luft ein; er hatte sich nach ihrer Berührung gesehnt, seit sie sich getroffen hatten. Sie streichelte ihn und küsste ihn leidenschaftlich, bis Leif nicht mehr viel aushalten konnte. Dann hob er sie in seine Arme und trug sie die wenigen Schritte zum Bett. Er legte sie hin, kletterte auf sie, seine Hände wanderten über jeden Zentimeter von ihr, während sein Mund dicht dahinter folgte. Ailsa stöhnte unter seiner Berührung.

Jeder Kuss und jede neckende Liebkosung trieb Ailsa in den Wahnsinn. »Leif...«

»Du hast mich geneckt, seit wir uns getroffen haben; jetzt bin ich an der Reihe«, stöhnte Leif, als er ihre Schenkel auseinanderdrückte. Ailsa verflocht ihre Finger in seinem Haar und hielt ihn an Ort und Stelle. Er spreizte sie und neckte die schmerzende Knospe zwischen ihren Beinen mit seiner Zungenspitze. Ailsa schrie auf, als ihre Lust stieg. Ohne seinen Mund von ihr zu nehmen, streckte er seinen Arm aus und tätschelte ihre Brüste, zwickte ihre Brustwarzen.

Er liebte, wie sie schmeckte; er saugte sie in seinen Mund und schlürfte sie auf. Ailsa bog ihren Rücken durch und stöhnte seinen Namen, zog an seinen Haaren, bis es schmerzte. Leif zog sich zurück, ließ ihre Lust abklingen, kletterte mit suchenden Küssen von ihrer Hüfte zu ihren Brüsten hinauf, bevor er sie ihren eigenen Geschmack auf seiner Zunge kosten ließ.

Ailsa schlang ihre Beine um seine Taille; sie wollte ihn nicht gehen lassen.

»Leif, ich brauche dich; ich brauche mehr...«

Leif grinste auf sie herab. Die Freude, sie in Ekstase unter seiner neckenden Berührung zu sehen, ließ ihn nur noch mehr schmerzen. Langsam drang er in sie ein und keuchte, wie gut sie sich eng um ihn herum anfühlte. Er begann, langsam mit ihr zu schlafen, bis sie nah dran war und um mehr bettelte. Sie umschloss ihn fest, schlang ihre Arme um seinen Hals und zog ihn näher zu sich. Sie biss in sein Ohr, hart genug, um ihn zum Stöhnen zu bringen, und knurrte verführerisch in sein Ohr: »Leif, ich will, dass du mich nimmst.«

»Sag es noch einmal«, knurrte Leif.

»Ich will, dass du mich nimmst... Hart.«

»Du willst es grob?«, knurrte Leif.

»Ja«, stöhnte Ailsa.

Mit einer schnellen Bewegung befreite er sich aus Ailsas Umarmung und drehte sie um. Er hatte sie auf allen Vieren vor sich, ihr wunderbar runder Hintern war fast zu viel für ihn.

»Kopf runter, Rücken durchgebogen.«

Als Ailsa sich in Position begab, spreizte Leif ihre Pobacken und erfreute sie erneut mit seiner Zunge. Ailsa stöhnte in Ekstase; er war geschickter als jeder andere, mit dem sie zuvor zusammen war.

»Leif!«, schrie Ailsa.

Er packte ihre Hüften und rammte in sie hinein, dehnte sie, während sie sich um ihn herum zusammenzog. Er liebte sie mit langen, harten Stößen, wickelte ihr Haar um seine Hand und zwang sie, ihren Rücken mehr durchzubiegen, was ihm Raum gab, ein wenig tiefer zu stoßen.

Es dauerte nicht lange, bis Ailsa um ihn herum zerfiel. Leif klatschte auf Ailsas Hintern und stieß härter zu. Es dauerte nicht lange, bis ihr Körper von einer weiteren verstandraubenden Explosion der Lust erschüttert wurde. Sie schrie seinen Namen, bis auch er spürte, wie seine Lust Überhand nahm.

Sie fielen auseinander, brachen keuchend aufs Bett zusammen. Ihre schweißglänzenden Körper umschlangen sich wie zwei Puzzleteile, die zusammengehörten. Leif legte seinen Arm um Ailsa, zog sie nah an sich und küsste sie sanft auf die Stirn. Sie legte ihren Kopf auf seine Brust und lauschte dem schnellen Schlag seines Herzens. Es war ein Wiegenlied, das sie in den Schlaf lullte.

Sie wachten Stunden später auf, immer noch liebevoll in den Armen des anderen. Aber Ailsa hatte ein Schmerzen in ihrem Herzen, Fragen, die sie stellen wollte, aber zu viel Angst vor den Antworten hatte.

»Etwas auf dem Herzen?«, fragte Leif verschlafen und gab ihr einen Kuss auf die Stirn.

»Ich dachte nur, wie gut es sich anfühlt, hier in deinen Armen zu sein.«

»Du hast Angst, dass ich gehen werde?«

Ailsa sagte nichts, als ob das Aussprechen ihrer Antwort es real machen würde.

Leif lehnte sich auf einen Arm, umfasste ihr Gesicht und streichelte ihr Kinn mit seinem Daumen.

»Ich habe ein Leben lang gebraucht, um dich zu finden. Ich glaube, meine Aufgabe war nicht, das Gold des Königs zu finden, sondern dich. Ich verspreche, ich werde dich nicht verlassen, wie dein Vater deine Mutter verlassen hat. Ich werde dich überall mit hinnehmen... dich und deine Mutter.«

Ailsa war sprachlos.

»Meine kleine Diebin, du hast mein Herz gestohlen. Und ich werde den Rest meiner Zeit damit verbringen, zu versuchen, deines zu stehlen.«

»Es gehört bereits dir«, flüsterte sie zurück.

Sie kletterte auf ihn, küsste ihn tief, und sie liebten sich wieder und wieder, bis die Sonne auf- und unterging.

EPILOG

Leif hielt sein Versprechen, als er nach Dänemark zurückreiste, um dem König von seinem Erfolg zu berichten. Er hatte Ailsa und Robyn mitgenommen. Der König war so erfreut über ihre Hilfe bei der Mission, dass er Ailsa und ihrer Mutter eine beträchtliche Belohnung gab.

»Ich erkläre, dass eine neue Siedlung am Point errichtet werden soll. Leif, du wirst die Verantwortung für die Siedlung übernehmen. Ich muss dir nicht sagen, was für eine große Ehre das ist«, verkündete der König.

»Es ist mir eine Ehre, Euch zu dienen, mein König«, sagte Leif, während er sein Knie beugte, überglücklich, dass der König ihm eine solche Ehre anvertrauen würde.

»Deine Aufgabe ist es, den Frieden zu wahren. Ich mag die wachsende Unzufriedenheit nicht, und ein Krieg zwischen unseren Ländern ist das Letzte, was wir brauchen. Du wirst jemanden brauchen, der die Gegend kennt, um dir zu helfen. Ailsa, bitte tritt vor.«

Nervös traten Ailsa und ihre Mutter zu Leif, und neigten ihre Köpfe vor dem König.

»Nimmst du die Ehre an, die neue Siedlung an Leifs Seite zu regieren?«, fragte der König.

Sie schaute zu Leif, der ihr zuzwinkerte und frech grinste.

»Es wäre mir eine Ehre«, strahlte Ailsa.

Zufrieden mit der Wendung der Ereignisse, veranstaltete der König ein Fest zu Ehren der Gruppe. Ulf schien sich endlich mit seinem Vater versöhnt zu haben, der stolz von der Beteiligung seines Sohnes an der Mission prahlte. Als die Nacht fortschritt, versammelte sich die Gruppe ein letztes Mal.

»Wir haben es geschafft, Brüder«, jubelte Leif.

Revna hustete, um eine Beleidigung zu verbergen.

»Und Schwestern«, Leif erhob seinen Becher.

»Was werdet ihr jetzt alle tun?«, fragte Ailsa.

Nach einem Moment des Nachdenkens grinsten Ulf und Arne: »Wir werden euch zurück zur neuen Siedlung begleiten. Wenn ihr uns haben wollt? Bodil und Coline nennen diese Gegend ihre Heimat, und wir könnten sie nicht bitten zu gehen«, grinste Ulf.

Leif reichte Ulf und Arne die Hand und schüttelte beide kräftig: »Ich wäre geehrt.«

»Ihr alle kennt unsere Pläne«, lächelte Sven schwach.

»Hast du Thyra gefragt, was sie tun möchte? Die schottische Siedlung war immer ihre Heimat, die Schwertjungfrauen waren ihr Leben«, sorgte sich Reva.

»Noch nicht, ich bin...«

»Du brauchst dir keine Sorgen zu machen. Thyra liebt dich. Die Siedlung geht nirgendwohin«, beruhigte ihn Ailsa.

»Du hast dir da eine Gute ausgesucht, Leif«, zwinkerte Sven.

»Die Beste«, antwortete Leif und zog Ailsa an seine Seite.

∞ → ∞

Zurück am Point begannen Leif und Ailsa, ihre Burg wieder aufzubauen. Das Dorf war nicht glücklich darüber, dass so nah an ihren Häusern eine neue Wikingersiedlung errichtet wurde, aber mit Robyns und Ailsas Hilfe dauerte es nicht lange, bis Frieden am Horizont aufschien. Endlich sah alles gut aus.

»Es ist Zeit, Bruder«, sagte Sven.

An der Küste lag ein großes Schiff. Revna und Toke bereiteten sich auf die Abfahrt vor.

»Ich kann nicht glauben, dass du endlich deinen Traum verwirklichst. Du hast es verdient, Bruder. Ihr alle habt es verdient«, grinste Leif und schüttelte Svens Hand.

Revna und Toke gesellten sich am Ufer zu ihnen, als Arne, Ulf, Bodil und Coline dazukamen.

»Das ist es, das ist das Ende«, sagte Ulf mit Schmerz in seiner Stimme.

»Nicht das Ende. Ein neuer Anfang. Wir werden uns wiedersehen. Familie findet immer einen Weg zueinander zurück«, sagte Revna, während Tränen in ihren Augen glitzerten.

»Revna, darf ich sagen, dass du weich geworden bist, seit du die Liebe gefunden hast?«, neckte Arne.

»Glaub mir, Bruder, das ist sie nicht«, lachte Toke.

Die Gruppe verabschiedete sich und schaute zu, wie Sven, Thyra, Revna und Toke in den Horizont segelten.

»Ich bin glücklich für sie«, sagte Bodil.

»Ich bin glücklich für uns«, lächelte Ailsa.

»So, genug Traurigkeit für einen Tag. Kommt, wir haben Arbeit zu erledigen. Diese Siedlung wird sich nicht von selbst errichten«, befahl Leif.

ENDE

Hast du *Die Räuber des Königs* genossen?

Bitte denken Sie darüber nach, es auf
Goodreads oder bei Ihrem bevorzugten Händler zu bewerten.
Bewertungen helfen mir, neue Leser zu erreichen.

Lies *Gunnar*, die nächste Geschichte in der *Wilde Wikinger-Herzen*.

**Hast du *Wikingerstolz* schon gelesen? Hol es dir kostenlos, wenn du
dich für meinen Newsletter anmeldest!**

ÜBER DEN AUTOR

Peyton Lawson schreibt heiße historische Wikingerromane. Wenn sie gerade keine actiongeladenen mittelalterlichen Abenteuer verfasst, liest sie gerne oder ist auf Reisen.

Für Updates zu Buchveröffentlichungen, Buchempfehlungen, Wikinger-Trivia, Angebote und GEWINNSPIELE abonnieren Sie ihren Newsletter!

www.peytonlawsonromance.com

BÜCHER VON PEYTON LAWSON

The Jürgensen Vikings

The King's Raiders

The Viking Settlers